10,000 Lettres d'impression pour 1 centime.

BIBLIOTHÈQUE POUR TOUS

ILLUSTRÉE

ROMANS, HISTOIRE, VOYAGES, LITTÉRATURE, SCIENCES, ETC.

CHAQUE OUVRAGE COMPLET : **50** CENTIMES.

LE
MARÉCHAL D'ANCRE

(Deuxième série du *Chasseur d'Hommes*)

PAR EMMANUEL GONZALÈS

Prix : 50 centimes

60 CENTIMES POUR LES DÉPARTEMENTS ET L'ÉTRANGER.

PARIS

LÉCRIVAIN ET TOUBON, LIBRAIRES, RUE DU PONT-DE-LODI, 5

ET CHEZ TOUS LES LIBRAIRES DE PARIS, DES DÉPARTEMENTS ET DE L'ÉTRANGER.

N° 128. — Publié par J. Lemer.

PARIS, LÉCRIVAIN ET TOUBON, RUE DU PONT-DE-LODI, 5

BIBLIOTHÈQUE POUR TOUS

PUBLIÉE PAR J. LEMER

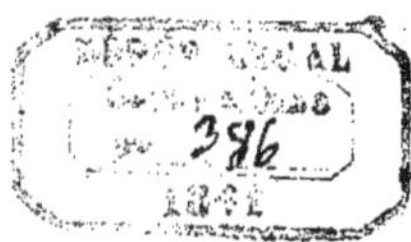

LE MARÉCHAL D'ANCRE

(2e Série du *Chasseur d'Hommes*)

PAR EMMANUEL GONZALÈS

I — Où le lecteur s'aperçoit qu'il pousse des peintres dans les Alpes.

La nuit allait couvrir comme une chappe de plomb les Alpes neigeuses ; sur les versants de deux montagnes de granit et de neige, dans les reflets bizarres de leurs anfractuosités, entre les clairs obscurs de leurs gorges étroites cheminaient deux troupes de voyageurs qui contrastaient par leur physionomie, leur allure et leur costume de la façon la plus tranchée.

Un ravin béant comme la gueule d'un loup affamé, noir et profond comme le lit du fleuve infernal, séparait ces deux bandes que le hasard seul rapprochait constamment, tandis qu'elles suivaient ces sentiers plus praticables pour des chèvres que pour des hommes.

La première troupe se composait de pieux pèlerins qui se rendaient pédestrement à Rome pour assister au Jubilé ; les saints personnages marchant deux à deux et armés de la coquille, du bourdon et du bâton ferré, défilaient silencieusement en plein ciel, en pleins rochers et en pleine neige, comme s'ils eussent continué une procession sur les dalles et sous les voûtes d'une basilique. Les aspects merveilleux de cette nature abrupte et grandiose, ombres sinistres, miroitements perfides, cascades cristallisées, déchirures sauva-

1861

ges, rien ne pouvait les distraire de leurs patenôtres; ils restaient aveugles devant les tableaux sublimes qu'offraient les Alpes neigeuses, comme ils semblaient sourds aux cris, aux huées, aux quolibets de la bande folle et joyeuse qui suivait le sentier opposé.

Cette autre troupe ne se dirigeait sans doute pas vers l'Italie dans des intentions aussi orthodoxes que celle des bons pèlerins. C'était une cohue de bohémiens, moitié mendiants, moitié voleurs, brigands de grand chemin moins le coup de couteau, un ramassis de gueux bouffons, tantôt serviles comme des espions, tantôt hardis comme des maraudeurs, mais traînant derrière eux une queue de femmes, de mulets, d'enfants, de chevaux et de bagages indescriptibles.

C'étaient les bohémiens que Jacques Callot devait rendre immortels par ses eaux fortes, et qu'un de nos amis a ainsi décrits d'après lui. « Les chevaux donnent l'idée du cheval de l'Apocalypse ; les hommes sont coiffés de chapeaux hyperboliques, les femmes ne sont guère vêtues que de *choses futures* ; les enfants se drapent dans des lambeaux ; ils sont en grand nombre, pas une mère qui n'en ait un à chaque main, un sur le dos et un par devant. La bande est conduite par un jeune gaillard pas trop mal équipé ; feutre à larges bords, cheveux retombant en boucles, pourpoint beaucoup trop tailladé, lance sur l'épaule, coutelas d'un côté, carabine de l'autre, enfin chausses qui balaient la poussière. Un singe se promène sur le dos de ce terrible galant. Le jeune bandit est suivi de deux chancelantes haquenées portant chacune femme et enfants, l'un à la mamelle, l'autre à peine sevré, mais déjà bravement en croupe. À la queue du cheval un saint homme, brigand habillé de la défroque d'un moine, et un enfant coiffé d'une marmite dont l'anse lui sert de collier, a mis d'un tourne-broche en guise de bâton, vêtu d'un panier qui lui sert de pourpoint et d'un gril qui lui sert de bout de chausses. Vient ensuite la charrette traînée par un cheval poussif. Un bohémien d'un âge mûr, comme il convient pour guider un coursier si fougueux, est gravement assis sur la bête ; d'une main il se tient au collier, de l'autre il brandit un fouet redoutable. Il porte sur l'épaule un petit baril de vins ou de liqueurs qu'il a bien raison de ne coiffer qu'à lui-même. Sur ce baril un coq apprivoisé chante et domine la scène de sa crête et de son panache. Dans la charrette se rencontrent pêle-mêle un homme armé d'un sabre, une femme qui allaite un marmot, des enfants qui soulèvent des ustensiles de cuisine, un chat, un chien, des lapins, des agneaux et des poules égorgées. Sur un âne sont entassés les traînards, qui se montrent avec orgueil des canards volés sur la route. Enfin la caravane est gardée sur les derrières par un bohémien hardiment taillé qui porte un agneau sur son bras, un mouton en bandoulière, et une formidable carabine sur l'épaule. Les hommes sont sauvages, la maternité donne aux femmes un air de mélancolie rêveuse ; les enfants sont insolents et burlesques, l'âne et les chevaux sont chétifs à faire peur ; l'âne seul est bridé, car il a de la tête et qui sait s'il voudrait suivre la compagnie ? Quant aux chevaux, à quoi bon ? peu importe où ils iront ! où vont-ils ? d'où viennent-ils ? ils ne le savent pas eux-mêmes. »

C'est là un tableau gravé sur nature. Cette troupe déguenillée, au dessus de laquelle s'élevaient çà et là les cous étiques des chevaux fourbus et les bâtons rompus de la charrette surchargée, faisait pour ainsi dire tache sur la neige ; sa misère pittoresque, son désordre, sa gaîté bruyante et grossière insultaient à l'humble et calme attitude des pèlerins.

Les bohémiens s'amusaient surtout à bafouer insolemment de leurs sarcasmes graveleux un adolescent qui fermait la marche de ces derniers et qui, embarrassé dans sa robe, le regard constamment fixé sur les splendeurs magiques des montagnes, restait souvent en arrière de ses compagnons, absorbé dans les enivrements de sa rêverie. Cet enfant qui ne savait pas baisser les yeux devant l'œuvre merveilleuse du Créateur, qui ne savait jamais compter exactement les grains de son rosaire, qui estropiait involontairement ses patenôtres, s'attirait aussi assez souvent les réprimandes du chef de sa bande, et alors seulement il se frappait la poitrine avec humilité comme honteux et surpris de ses singulières distractions ; mais lorsqu'à la vue de cet air de contrition les vagabonds de Bohême se mirent à le provoquer plus directement de leurs railleries, une rougeur soudaine empourpra le visage du jeune pèlerin. Sans doute il n'était pas suffisamment pénétré de cette mortification chrétienne, qui rendait la pieuse théorie plus froide et plus insensible que le marbre aux injures, car il semblait maudire le gouffre qui le séparait des insulteurs en guenilles, et

sans cet obstacle infranchissable il se fût certainement élancé, en dépit de sa robe pacifique, sur le plus hardi de la bande. Il était donc resté en arrière de ses compagnons, tout frémissant d'indignation et de colère, lorsque son attention fut attirée par la vue d'un traînard de la troupe bohème qui s'était arrêté, lui aussi, et un genou en terre paraissait crayonner sur un rouleau de papier quelqu'image grotesque ; une jeune fille debout devant lui riait aux éclats en le regardant terminer en hâte son ébauche.

Le pèlerin surpris ne pouvait détacher ses regards de ce singulier garçon, dont le visage ouvert et naïf, animé par des yeux brillants et encadré par des cheveux longs et crépus, tranchait vivement avec le caractère sinistre et déluré des autres vagabonds. Quant à la petite bohémienne, enfant de quinze à seize ans d'une beauté miraculeuse, elle ne pouvait démentir sa race ; ses sourcils fins et déliés barraient d'une tempe à l'autre son front poli et bistré ; ses lèvres rouges comme une cerise mûre semblaient appeler un baiser ; à son col charmant brimballaient des colliers de perles et de grappes de sorbier ; de ses petites mains mignonnes, elle nouait, tressait, dénouait et éparpillait de cent façons sa longue chevelure d'ébène étoilée de médaillons de cuivre ; le vent faisait flotter sa jupe brodée de paillettes, de dentelles trouées et de plumes d'oiseaux aux couleurs violentes. La sébile à la main, elle tourbillonnait en dansant autour du jeune homme tandis que son sourire malin semblait le défier et le provoquer. Jamais le pèlerin n'avait aperçu une plus ravissante diseuse de bonne aventure, et il fut longtemps encore resté scellé à la même place si le compagnon de la bohémienne n'ayant levé les yeux vers lui, après avoir fini sa besogne, ne lui eût crié amicalement :

— Prenez garde, digne pèlerin, la nuit tombe ; vos amis vont disparaître au tournant de cette gorge, et si vous ne vous hâtez de les rejoindre vous pourriez bien vous égarer dans les neiges !

Ainsi brusquement rappelé à lui-même, le diseur de patenôtres se signa machinalement, fit un geste de remerciement au bohémien et poursuivit sa route en pressant le pas.

Les deux troupes, après un pénible trajet de plusieurs heures, allaient enfin se réunir à la jonction d'un pont de bois jeté sur le ravin. La neige étincelait dans la nuit avec un éclat lugubre. Les pas s'assourdissaient sur les flocons pétris et durcis. Lorsque les bohémiens et les pèlerins se rencontrèrent, les voix enrouées des premiers n'interrompirent pas les psalmodies de ceux qu'ils regardaient comme des ennemis ; les uns arrêtèrent leurs chevaux et leurs mulets ; les autres laissèrent échapper les rosaires de leurs mains tremblantes. Un craquement terrible venait d'éclater aux oreilles de tous comme les trompettes du jugement dernier, et la peur avait couvert d'une sueur froide les visages bronzés et audacieux des mendiants d'Égypte, comme les graves et béates figures des saints voyageurs.

La lune commençait à se dégager toute ronde d'une confuse mêlée de nuages et éclairait de ses lueurs blafardes ce formidable tableau.

Tout à coup, au milieu du silence, la voix argentine de la jeune bohémienne s'éleva étourdiment :

— Pourquoi donc nous arrêter ici, Jacques ! demanda-t-elle ; allons-nous camper sur la neige ? ou nos frères craignent-ils que ce vieux pont ne croule sous nos pieds ? — Silence, Zorah ! silence, répondit vivement à voix basse son compagnon en lui serrant le bras et la tirant en arrière. — Jacques ! êtes-vous devenu fou ou poltron ! reprit-elle avec un accent de surprise mutine. Si vous avez vous peur de passer sur ce pont, je veux vous montrer que je suis plus vaillante que vous. On me dit légère comme un oiseau. Eh bien ! je vais en trois bonds traverser ces planches vermoulues et vous oserez peut-être les franchir après moi !

— Zorah ! je vous en prie, dit Jacques d'une voix suppliante, tandis que de la main il lui montrait le sommet de la montagne.

Mais l'entêtée jeune fille s'écria : — Lâchez-moi ! et se dégageant de son étreinte avec la souplesse d'une couleuvre, elle allait sauter sur le pont lorsqu'un nouveau craquement retentit dans les profondeurs de la gorge et se répercuta avec une si effroyable persistance que Zorah s'arrêta toute tremblante.

— Folle ! lui dit Jacques ; ce n'est pas le pont qui nous fait peur ; c'est l'avalanche ; mais il n'est plus temps de retourner sur nos pas. Il faut aller au devant du danger et je veux montrer à tous le chemin.

En effet la masse des neiges amoncelée sur la cime trop étroite de la montagne, ébranlée soit par le vent, soit par la marche des deux troupes ou le bruit imprudent de leurs voix, oscillait déjà sur sa base, menaçant de se détacher des parois de granit et de glaces jusqu'au fond des ravins, en engloutissant dans son immensité comme des grains de poussière les bohêmes et les pèlerins. Cependant l'exemple du hardi jeune homme que Zorah avait appelé Jacques décida les plus timides, et le pont fut traversé heureusement par les deux troupes. Chose étrange! Par un instinct peut-être égoïste du cœur humain, lorsque les gueux d'Egypte eurent franchi l'abîme sous la menace de l'avalanche, ils échangèrent avec les pèlerins des regards tout à fait bienveillants. Le danger commun avait rapproché leurs cœurs. Dieu leur avait rappelé ainsi, pour un instant qu'ils étaient tous également ses créatures; mais ce rayon du cœur trahi dans tous les yeux, passa comme un éclair.

L'avalanche se grossissait toujours des amas de neige qui en l'augmentant retardaient sa chute pour la rendre ensuite plus impétueuse et plus terrible; elle roulait avec un bruit sourd ses flocons géants et durs comme des quartiers de roche; elle pétrissait et tassait ces éléments de destruction plus sûrs que les armes forgées par Vulcain dans l'antre des Cyclopes. Les voyageurs, l'âme glacée d'effroi, se regardaient comme perdus, lorsque Jacques, qui marchait en avant, aperçut au-dessous de lui, dans le lit desséché d'un torrent qui formait le fond du ravin, un carrosse traîné par des mûles et escorté par deux cavaliers.

— Pauvres gens! dit-il à voix basse à Zorah; ils ne se doutent pas qu'ils sont condamnés à périr, car ils ne peuvent gravir les parois du ravin. Nous, du moins, nous avons quelque chance de salut. Si nous pouvons atteindre le versant opposé de cette montagne, nous ne serons pas enterrés sous ce linceul, que des Titans ne pourraient soulever.

Mais en ce moment même le jeune homme s'arrêta avec une sorte de stupeur; la neige obstruait le sentier et s'élevait comme une muraille devant lui, de sorte que toute issue semblait manquer à ces malheureux qui venaient de concevoir l'espérance d'échapper à la mort. Sous leurs pieds s'ouvrait le gouffre: au-dessus de leurs têtes vacillait l'énorme montagne blanche.

— Ah! Dieu seul peut nous sauver maintenant, Zorah! murmura Jacques en serrant dans ses bras la jeune bohémienne qui le regardait avec une sorte de bonheur et d'extase, sans pousser un cri d'angoisse. La force, le courage et l'adresse sont des armes impuissantes contre un tel péril; à genoux, Zorah. Prie avec moi le Dieu des chrétiens!

La jeune fille, obéissante comme une esclave, et les yeux toujours fixés sur son compagnon, s'agenouilla, ainsi que lui, et joignit les mains avec une naïveté touchante.

— Sotte fille! dit l'armasch, ou chef des bohémiens, meurs, puisqu'il faut mourir, meurs au moins dans la foi de tes pères. Le Dieu de ton galant ne te retirera pas toute vive de dessous l'avalanche.

Et il lança sur le jeune homme un regard sombre où luisait le feu de la jalousie.

— C'est ce qui te trompe, prince d'Egypte! répliqua tout à coup une voix qui semblait résonner sous leurs pieds.

Jacques et Zorah se relevèrent vivement, tandis que les bohémiens restaient pétrifiés d'effroi; mais aussitôt ils virent tomber comme une pluie les flocons de neige qui chargeaient une haie de broussailles entrelacées, serpentant et grimpant le long des rochers. Puis, le bout d'un bâton ferré ayant écarté les ronces, ils aperçurent l'entrée d'une grotte basse ouverte dans le granit et où deux hommes se réchauffaient à un feu de racines sèches et de sarments.

C'étaient le vieil aveugle Tristan et son guide François Perrier qui n'avait pu entendre la dévote exclamation du compagnon de Zorah sans se décider aussitôt à lui faire partager son asile.

A cet instant la masse des neiges s'ébranla avec un fracas horrible et une rapidité épouvantable le long de la montagne, dont quelques blocs se détachèrent, et les deux troupes, gueux et pèlerins, n'eurent que le temps de se précipiter dans la grotte, où ils s'entassèrent au risque d'étouffer. L'avalanche, en tombant, boucha bientôt de nouveau l'issue de cette triste retraite, qui semblait devoir être écrasée par le poids énorme des neiges; chacun des fugitifs se demandait si elle n'était pas destinée à devenir leur tombe, et s'ils reverraient jamais ce ciel bleu dans lequel le soleil leur souriait. L'égoïsme honteux qui se réveille si facilement dans le cœur des hommes, aux heures de crainte et de danger, allumait déjà l'éclair de la haine dans les regards qu'échangeaient les malheureux resserrés dans cet étroit asile. Les bohémiens avaient repoussé contre les parois de la grotte

les timides pèlerins, et s'étaient groupés autour du feu, dont la fumée formait un dôme de brouillard sur leurs têtes. Quant aux saints personnages, ils paraissaient fort humiliés et très-effrayés de se trouver en si étrange compagnie.

Jacques avait d'abord suivi des yeux avec une sorte de sollicitude leur pantomime piteuse et suppliante; mais, quoique bon chrétien, il finit par la trouver si grotesque, qu'il ne put s'empêcher de sourire. Puis, quittant tout à coup la main de Zorah, qu'il réchauffait dans les siennes, il tira de dessous sa cape trouée un carton pendu à sa ceinture, l'ouvrit, et, saisissant un crayon, se mit à esquisser avec une merveilleuse ardeur un gros pèlerin qui tâtait d'un air mélancolique sa besace vide.

Zorah, penchée sur son épaule, l'encourageait en riant; mais elle ne devait pas admirer seule le talent de l'artiste nomade. Le jeune pèlerin, qui paraissait si embarrassé de sa robe et de son bourdon, s'était avancé à petits pas, et ses yeux brillèrent d'une joie naïve en regardant travailler le brave enfant; puis, à son tour, il tira de dessous sa robe brune un carton oublié, et, par une petite vengeance bien légitime, il commença à retracer la physionomie renfrognée et sournoise de l'armasch, avec le grand fouet à manche de cuir, garni de clous d'argent, qu'il portait suspendu au cou comme marque de sa dignité. Zorah, fort surprise, se pencha à l'oreille de Jacques, et l'avertit qu'il avait un concurrent: le jeune garçon tressaillit, et, tendant aussitôt la main au pèlerin, lui dit:

— Vous êtes donc peintre, vous aussi? — J'espère du moins le devenir. — Mais, alors, pourquoi cette robe, ce bourdon? — Pour devenir peintre, il faut aller à Rome, et, pour aller à Rome sans encombre, je n'avais pas le choix du costume; mais, vous-même, êtes-vous bien sérieusement un enfant de cette tribu d'Egypte?

Jacques sourit: — Ces guenilles sont ma sauvegarde, murmura-t-il; pour aller à Rome étudier les maîtres, j'ai dû fuir, comme un voleur, la maison paternelle!

— Votre père était donc injuste et sévère, Jacques? — Oui, comme tous ceux dont les enfants ne veulent pas suivre la volonté; mon père est noble, et il croit qu'un bon peintre ferait tache dans sa lignée. Mais, quel est donc votre pays, faux pèlerin? — La Lorraine, soupira le jeune artiste, la verte et riante Lorraine, où les paysages sont aussi beaux que ceux de l'Arcadie antique, où les plaines, les collines, les bois et les fleuves semblent des tableaux vivants destinés par Dieu à faire l'admiration et le désespoir des peintres! Mais, à votre tour, dites-moi quelle est votre patrie, faux bohémien? — La Lorraine! s'écria ce dernier en lui tendant la main, car nous sommes compatriotes, mon frère; la Lorraine, que nous quittons comme des voleurs d'enfants, mais que le ciel de l'Italie ne nous fera pas oublier! La Lorraine, dont tu peindras les doux et calmes horizons, et dont je veux, moi, peindre les misères, les angoisses, la ruine. La Lorraine est ma mère, et jamais je ne la renierai. — Bien parlé, mon frère; et ton nom? — Jacques Callot. Et toi, mon frère? — Claude Gelée, répondit le pèlerin; et, en même temps, les deux compatriotes s'embrassèrent avec effusion, sans se soucier d'exciter les railleries des assistants.

— Vous êtes deux braves garçons, et vous serez, j'en suis sûr, deux grands peintres, dit alors François Perrier, qui s'était doucement rapproché d'eux, et qui sentit des larmes mouiller ses cils à l'aspect de cette accolade fraternelle. Croyez à ma prédiction, mes frères, car, moi aussi, je veux être peintre, moi aussi je vais à Rome en dépit de tous les obstacles et de tous les dangers. C'est à ce titre, et non comme compatriote, que je vous demande votre amitié, car je suis Bourguignon; hélas! il faut aimer son art avec passion, pour subir tant de fatigues, d'humiliations et de déboires. Mais, je le sens, au fond de mon cœur, que nous ne nous rebuterons pas, et que nous irons jusqu'au bout. Toi, Jacques Callot, tu as déserté jeune, ardent et joyeux, la noble maison où la vie s'ouvrait facile devant toi, où ta mère t'embrassait chaque jour, pour courir rudement les chemins boueux et dormir sous la tente rapiécée des bohémiens! Claude Gelée, tu t'es astreint aux pieux exercices de ces pèlerins qui veulent gagner par ces pénibles épreuves le pardon de leurs péchés, toi qui n'as guère eu le temps d'en commettre! moi, j'ai quitté mon père ruiné, pour aller à Rome en servant de guide à un mendiant aveugle; mais ce n'est pas par lâcheté de cœur, par crainte du travail, par amour de l'oisiveté et du vagabondage, que nous avons consenti à vivre de la rapine ou de l'aumône. Jacques veut rendre son père plus glorieux de son fils fugitif que de sa vieille noblesse. Claude veut que sa chère Lorraine devienne célèbre, grâce à lui, dans ce paradis de l'art où pénètrent si peu d'élus, — et moi, mes chers compagnons, moi qui n'ai pas une ambition si haute, je serai heureux si je rapporte d'Italie, à mon pauvre père, une escarcelle assez ronde pour qu'il puisse manger pendant le reste de sa vie un pain quotidien qui ne soit pas trempé de la sueur du travail. Alors nous aurons chacun atteint notre but, et Dieu bénira notre témérité, n'est-ce pas ?

Les jeunes peintres touchés de l'allocution franche et chaleureuse de François Perrier, lui serrèrent la main, et tous trois s'écrièrent en même temps :

— Si nous pouvions ne plus nous quitter jusqu'à Rome !

— Par Notre-Dame de Saint-Epvre ! ajouta Jacques Callot en souriant, il pousse des peintres dans les Alpes !

Mais, pendant que les jeunes artistes se félicitaient de cette heureuse rencontre, le son strident et prolongé d'une trompe de cuivre retentit à trois reprises dans la grotte.

L'Armasch des bohémiens tressaillit et parut consulter du regard sa troupe hideuse ; mais tous restèrent indifférents à ce signal de détresse.

— C'est bien le son de la trompe de Gorju, dit-il à voix basse à une vieille sorcière qui se chauffait, accroupie sur ses talons. Mais, par les sept plaies d'Égypte, je ne puis traverser l'avalanche pour courir à son aide. Que Belzébuth le garde. Souffle le feu, Miji ! — Jacques, dit Zorah en enlaçant ses bras autour du cou du jeune peintre, ce sont sans doute les voyageurs du ravin que la chute des neiges a surpris. Prions Dieu pour eux, puisque nous ne pouvons les secourir autrement. — Pourquoi donc ? s'écria Callot ; s'ils n'ont pas été engloutis, c'est que l'avalanche s'est détournée de leur sentier, par la protection du ciel, et n'a pas comblé le ravin dans toute sa longueur. Nous devons essayer de les sauver, au lieu de rester lâchement enfermés comme des lièvres occupés à trembler dans leur terrier. Rompons les neiges qui obstruent l'entrée de la grotte. Il ne faut pas que nous ayons vainement entendu l'appel de ces malheureux. — Nous t'accompagnerons, frère, dirent doucement ses deux nouveaux amis. — Patience, compagnon Jacques ! reprit l'Armasch. Tu me dois obéissance, à moi qui t'ai nourri comme un de nos enfants, et je t'ordonne de rester, ou je te ferai faire connaissance avec mon fouet d'argent. — N'ai-je donc plus le droit de risquer ma vie ? répliqua impétueusement Callot, qui devint pâle comme un linge en entendant cette honteuse menace. — Si, mais ton imprudence pourrait nous perdre tous, car la moindre trouée, dans ces neiges friables, déterminerait peut-être une nouvelle chute plus formidable que la première.

Et, d'une main vigoureuse, il serra le bras du jeune homme de façon à lui interdire tout espoir de fuir.

— Eh bien ! moi, qui ne suis pas le sujet d'un roi d'Égypte, dit tranquillement Claude, touché de la rage sourde de Callot, je te remplacerai, frère, je remplirai ta pieuse tâche. — *Vade retro, Satanas !* qui t'a inspiré cette malheureuse idée, mon fils, s'écria le chef des pèlerins ; je t'ordonne de ne pas bouger d'ici, sous peine d'être rejeté de notre sein. Agenouille-toi plutôt dans un coin et prie Dieu de nous tirer de cette terrible épreuve.

Claude Gelée frémit de colère et fut tenté de déchirer cette robe de pèlerin qui lui imposait une obéissance si terrible ; mais hélas ! cette robe ne couvrait pas le moindre pourpoint, et il voulait aller à Rome.

— Allons ! dit alors François Perrier, c'est décidément à moi que reviendra l'honneur de l'entreprise, puisque je ne fais partie ni d'une troupe de Bohême, ni d'une compagnie de pèlerins.

Mais alors la voix du vieil aveugle s'éleva lente et triste :

— As-tu donc oublié, François, que tu m'as juré d'être mon guide et que tu ne joues pas seulement ta vie, mais la mienne en allant au secours de ces inconnus, de ces étrangers. Je ne t'empêche pas d'obéir à la voix de ton cœur, mon enfant. Tu es courageux et bon, va tendre la main à ces malheureux qui se débattent dans le gouffre ; mais si tu meurs, François, sache bien que tu auras trahi ton serment, que tu auras abandonné ton vieux maître Tristan au froid et à la faim, et qu'on ne retrouvera ici que son cadavre. Va maintenant où t'appelle ton devoir de chrétien.

Perrier, embarrassé par ces timides reproches, hésitait à poursuivre son projet, lorsque la grotte subit une violente secousse et qu'un nouvel éboulement de roches et de quartiers de neige durcie arrachant les broussailles chargées de flocons blancs qui masquaient l'entrée de la grotte, tous les fugitifs purent apercevoir le paysage ravagé par l'avalanche et splendidement éclairé par la lune dans toute son horreur.

— Ah ! il n'y a plus de motif pour reculer maintenant ! s'écria Jacques Callot. Que tous les hommes de bonne volonté me suivent ! — Bien, répliqua l'Armasch, mais c'est aux pieux chrétiens qu'il appartient de secourir les premiers leurs frères. Nous n'aurons pas l'insolence de leur enlever un si grand honneur. A vous de courir les premiers au danger, dignes pèlerins. Place, compagnons, place à ces saints dont nous ne sommes pas dignes de baiser les pieds.

Le chef des pèlerins essaya de cacher son dépit sous un sourire béat :

— Enfant du démon, pourquoi nous tenter par l'appât d'une action charitable ? Nous allons à Rome recevoir la bénédiction de notre saint Père, et nous ne devons nous laisser détourner de notre pieux pèlerinage sous aucun prétexte. A vous, bohèmes, qui faites trafic de vos bras, à vous de sauver ces pauvres corps en péril. Ce sont sans doute de riches voyageurs, et vous en obtiendrez d'abondantes récompenses.

L'Armasch sourit et continua d'un ton railleur :

— Mais il ne s'agit pas seulement de sauver des corps ; il s'agit peut-être de sauver des âmes en peine. Nous autres mécréants, nous n'y pouvons rien. D'ailleurs, ne savez-vous chanter que des prières aux agonisants ? Ne pouvez-vous jamais venir en aide aux vivants ? — Insultez-nous, humiliez-nous, fils de Bélial ! Dieu veut que nous tendions le dos et la joue à nos ennemis, répondit le pèlerin. — Oh ! les saints hommes, reprit le bohème, qui n'ont de charité que pour leur besace, et qui prêchent le martyre sans jamais l'endurer. — Prions, mes frères, poursuivit le pèlerin sans s'émouvoir. Entonnons à la face de Dieu des chœurs d'intercession pour le salut de ces pauvres âmes chrétiennes. — Cornes du diable ! s'écria l'Armasch ; voilà un excellent moyen de sauver ces gens perdus dans la neige ! Chanter des cantiques à des noyés qui vont trépasser. Et on nous traite de bandits, nous, qui allons peut-être laisser nos os dans ce ravin pour sauver du naufrage les coffres, les ballots et les bijoux de ces pauvres diables.

Les vagabonds éclatèrent de rire, et les pèlerins levèrent les mains au ciel, à l'exemple de leur chef, comme pour le prendre à témoin de tant d'iniquités et le charger d'en tirer vengeance.

Cependant l'Armasch cherchait autour de lui le hardi Lorrain pour le lancer en éclaireur sur les bords escarpés du ravin, mais Zorah se cramponnait à son ami avec une intrépidité désespérée, et celui-ci ne pouvait se détacher de son étreinte. Du fond du gouffre s'éleva alors un cri suppliant et lamentable qui fit frissonner jusqu'aux bohémiens les plus endurcis.

— C'est une voix de femme ! dit la petite bohémienne. — Raison de plus pour ne pas perdre un instant, répliqua Callot.

François Perrier avait tressailli en entendant ce cri, comme s'il eût senti son âme rompre ses liens de chair et abandonner le corps qu'elle échauffait de sa flamme. Il lui sembla que le monde croulait et qu'il restait seul dans le vide. Puis, un ruisseau de feu coula dans ses veines ; une force et une agilité prodigieuses dilatèrent ses membres ; une idée fixe incendia son cerveau : *Elle* est là et j'irai ! Dût-il ramper sur les roches et les neiges comme un serpent, dût-il courir sur des charbons enflammés, dût-il fendre l'air comme la flèche, il comprit que Dieu lui permettrait d'arriver jusqu'à cette femme, dont il avait reconnu la voix. Il ne s'agissait plus pour lui de sang-froid et de raison. N'était-il pas d'ailleurs imprégné de cette singulière lucidité qui exalte les facultés des somnambules et qui leur fait accomplir des prodiges impossibles à l'état de veille ?

— C'est elle, dit-il à Tristan en saisissant son bâton ferré. Je ne vous abandonne pas, mon père, car je reviendrai. A moi, Jacques ! à moi, Claude ! à moi, mes frères. Je marche en avant. Suivez-moi seulement. Ne craignez rien. Oh ! merci, mon Dieu, vous qui me permettez de revoir Christine, et qui voulez qu'elle m'aime, car je sauverai sa mère !

— Va, mon fils, répliqua Tristan ; moi aussi, j'ai reconnu cette voix, qui m'a déjà remué le cœur comme un souvenir de ma jeunesse et de mes heureux jours.

Certes, il fallait être fou pour tenter de descendre dans cet abîme, où le pied le plus léger et le plus hardi ne pouvait s'appuyer que sur des roches brisées ou des neiges mouvantes ; mais quand a-t-on jamais vu la folie de l'amour compter avec le danger ?

François tâta du bout ferré de son bâton les blocs neigeux qui surplombaient le ravin, et ne put se dissimuler qu'il était impossible de se fier à ces fragiles appuis sans être presqu'aussitôt enterré sous la blanche draperie ; alors sa décision fut bientôt prise. Ne voulant pas perdre de temps à chercher au loin, dans la montagne, un détour qui le ramenât au ravin, il résolut de se laisser glisser rapidement jusqu'au fond, au risque de se briser les membres contre les saillies des rochers ou de s'enfoncer sous la neige pour y dormir de l'éternel sommeil.

II. — DE QUELLE BOUCHE LA BELLE CHRISTINE APPRIT CE QUE FRANÇOIS PERRIER N'OSAIT LUI DIRE.

Il y a un Dieu pour les téméraires comme pour les ivrognes et les amoureux. Certes le valet de Tristan venait de tenter une entreprise insensée. Quoique l'avalanche ne fût pas tombée rigoureusement dans la direction de cette partie du ravin où se trouvaient les voyageurs, cette chute énorme avait occasionné un ébranlement général, non seulement des neiges, mais des rochers, des eaux, des arbustes déracinés, les infiltrations souterraines découvertes par le sol remué, déchiré, broyé, les neiges soulevées par le vent et éparpillées dans l'espace, le choc des pierres qui se rencontraient en roulant dans le ravin, tout devenait obstacle pour le malheureux Perrier; et ses compagnons pensaient qu'à moins d'un miracle, il ne réussirait pas à atteindre le fond du ravin.

Jacques Callot et Claude Gelée s'étaient échelonnés sur le penchant de l'abîme; à l'aide de longues perches et de cordages, ils étaient parvenus à le descendre sain et sauf jusqu'au tiers de son chemin; mais là, il resta abandonné à ses seules ressources, et les regards des deux bandes le suivirent avec cet intérêt anxieux que les natures les plus endurcies et les plus perverses ne sauraient refuser aux actes d'héroïsme extraordinaire. Souvent on le vit glisser dans un trou caché sous une couche légère de flocons blancs et où il devait rester englouti, mais chaque fois il reparut comme le nageur qui a plongé sous la vague; tantôt il s'était cramponné à la chevelure entrelacée de ces herbes dures qui restent vertes sous la neige des Alpes, tantôt son bâton solidement fiché dans une entaille du roc l'avait retenu. Par moment il se couchait sur la croûte durcie et lisse de la neige et se laissait glisser au hasard. D'autres fois il rampait comme une couleuvre et les arêtes du rocher écorchaient ses membres, mais il ne sentait pas la douleur, et il remerciait Dieu, lorsqu'il arriva sanglant et brisé au fond du ravin. La vieille dame gisait évanouie; sa fille pleurait couchée sur une roue du carrosse; quant au comte Lorenzo, il geignait comme un damné, une jambe engagée sous le ventre de son cheval.

Un faible sourire illumina le visage pâle de Christine, en reconnaissant Perrier.

— C'est vous! murmura-t-elle; est-ce donc un rêve ou une réalité! ne croyais-je pas tout à l'heure, quand mes yeux se sont fermés de lassitude, de froid et de peur, que nous allions mourir abandonnés. Oh! mais vous êtes donc notre ange gardien. Chose singulière! en me sentant tomber dans la nuit profonde qui n'a point de réveil terrestre, je croyais me rapprocher de vous. C'est la vie qui nous sépare, et non la mort, ô ami loyal et dévoué. Pour moi la mort commençait ainsi qu'un rêve confus dans lequel je voyais flotter votre image et ma pensée vague se reportait à ce jour heureux où vous nous défendiez contre le féroce marquis de Langallerie. Aussi n'était-ce pas l'effroi de mourir jeune d'une agonie solitaire et lente qui me brisait le cœur, c'était la douleur de voir ma mère se débattre anxieusement sous mes yeux dans les affres de la mort, en essayant de me tromper par un faux sourire. Mais vous êtes là, bon François, elle est sauvée.

— Sauvée! répéta-t-il. Hélas! je voudrais pouvoir vous donner cette certitude, mademoiselle. Dieu sait que je dévouerais ma vie pour elle comme pour vous. Pauvre femme! elle est encore assoupie dans sa torpeur. Ne la réveillez pas, je vous en supplie, pour lui inspirer une menteuse espérance.

La jeune fille l'écoutait avec une surprise croissante; elle reprenait peu à peu toute sa présence d'esprit; les ombres du rêve fuyaient de son cerveau aux accents de la voix triste et grave du jeune peintre; déjà Christine se repentait de l'élan sincère et presque passionné qui avait dicté ses premières paroles; elle avait saisi la main de sa mère pour faire passer dans son cœur une joyeuse confiance au salut inespéré et pour avoir un témoin de ce dangereux entretien; — mais obéissant à la prière de François, elle la laissa retomber.

— Comment, s'écria-t-elle, vous n'osez pas essayer de l'emporter hors de ce ravin; vous l'abandonnez aussi lâchement que le comte Lorenzo! Mais pourquoi donc alors êtesvous descendu jusqu'au fond du gouffre. Répondez, François, répondez, car vraiment ma pauvre tête s'y perd et je ne comprends rien à tout ceci. — Mademoiselle, reprit Perrier d'une voix sourde, je ne puis sauver qu'une seule victime de ce désastre... — Une seule! dit Christine en frissonnant, mais en fixant sur lui un regard fier et serein.

— Si je tentais de vous sauver toutes deux, poursuivit-il, la neige s'effondrait à coup sûr, sous nos pas et nous serions engloutis ensemble. — Eh bien! monsieur, ne perdez pas de temps, murmura la jeune fille, prenez ma mère dans vos bras. Je saurai mourir seule, mais je ne saurais pas mettre ma vie au prix de l'abandon de ma mère. Quelle opinion avez-vous donc conçue de moi, François, pour croire que j'accepterais ce honteux marché? Vous qui restez fidèle à votre serment de servir un vieil aveugle, comment osezvous me proposer un abandon plus vil et plus infâme que la trahison de Judas! Ma mère aurait été dure et cruelle pour moi, que ce serait un crime de ma part de déserter son dernier souffle, et cette sainte femme a été plus douce, plus tendre, plus faible pour sa fille que le plus doux ange du Paradis.

François Perrier, pâle comme la neige qui tourbillonnait sur leurs têtes, répliqua doucement: — Vous me jugez mal, mademoiselle; je vous l'ai déjà dit, ma vie est à votre mère comme à vous. Lorsque vous serez en sûreté, je reviendrai la chercher, et si je succombe à la tâche, eh bien, je mourrai près d'elle!

— Pourquoi donc ne pas la sauver tout d'abord, monsieur? demanda Christine avec un accent d'insistance. Je suis jeune et forte, je puis résister plus longtemps qu'elle au froid et à la tourmente. François, je vous en prie, notre sauveur, notre ami, emportez-la sans tarder plus longtemps.

Cependant Lorenzo Vitelli avait attentivement écouté l'entretien des jeunes gens; en entendant cette supplication déchirante, il laissa échapper un ricanement moqueur:

— Je parie deviner pourquoi ce généreux champion des dames hésite à vous obéir, belle Christine! Il a peine à croire que vous ne ressembliez pas à toutes ces charmantes donzelles qui profitent du sommeil de leurs mères pour se laisser tomber du haut de leurs balcons dans les bras de leurs amoureux. Heureuses celles qui trouvent une petite porte ouverte, comme Bianca Capello, et qui se cognent le front contre une porte fermée lorsqu'elles veulent rentrer. A quoi servent d'ailleurs les vieux parents si ce n'est à contrarier les penchants de leurs enfants. Quand ils vous ont aimé, veillé, bercé sur leurs genoux, quand vous n'avez plus rien à en attendre qu'une affection gênante et stérile, ne devez-vous pas les regarder comme des créatures inutiles? Ne cite-t-on pas certains pays où on a coutume de les pendre en cérémonie pour leur bien! Allons, Christine, cessez cette belle résistance, faites semblant de croire pour l'acquit de votre conscience que l'intrépide François reviendra chercher votre mère, et laissez-vous complaisamment sauver par lui!

La stupeur de Perrier en écoutant ces insolentes railleries avait été si profonde, qu'il n'avait pas eu la force d'interrompre le faux gentilhomme; mais quand il vit l'indignation et l'angoisse allumer une sorte de fièvre dans les yeux de la jeune fille, quand il eut bien compris la portée cynique de cette provocation, il marcha droit à Lorenzo et lui dit: — Taisez-vous, seigneur comte, je défends à votre langue de vipère de siffler plus longtemps cette chanson ou d'un seul coup de mon bâton ferré, je vous rends muet pour toujours.

Le comte lui lança un regard fourbe et méchant; puis il répondit à voix basse: — Je croyais vous rendre service en expliquant votre pensée, habile joueur de bâton, mais vous voulez vous débarrasser d'un rival qui ne peut se défendre. C'est de bonne guerre. Quant à essayer de lutter contre vous je n'en ferais rien, quand je n'aurais pas la jambe brisée sous le ventre de mon cheval, car si je vous cassais les os, le salut de ma bien-aimée Christine elle-même serait fort compromis. — Assez de blasphèmes, comte! interrompit le jeune peintre, contraint de refouler sa colère, car il n'était pas homme à frapper un ennemi blessé. Je souhaite de vous retrouver plus tard, bien campé sur vos deux jambes et l'épée haute devant moi. Alors nous reprendrons cet entretien. Et Dieu veuille vous tirer aujourd'hui de péril!

Il revint à pas lents vers Christine et, lui tendant la main: — Eh bien, êtes-vous prête à me suivre, mademoiselle, demanda-t-il, ou me permettez-vous de vous emporter sur mes épaules, comme le pieux Enée fit de son père Anchise!

La pauvre enfant le regarda avec une expression de surprise navrante : — Mon Dieu! mon Dieu! soupira-t-elle: ne m'avez-vous pas entendue? ne m'avez-vous pas comprise? c'est ma mère qu'il faut emmener, monsieur, c'est ma mère qu'il faut entraîner, fût-ce de force, loin d'ici! Voyez, elle est immobile, glacée, sans voix, sans regard. Si vous tardez, ce dernier souffle qui s'exhale de ses lèvres froides se figera sous mes baisers, son cœur se refroidira sous ma main qui ne sera plus assez tiède. Pourquoi donc hésitez-vous?

François Perrier n'osait répondre, mais ses dents s'entrechoquaient et une sueur froide glaçait sa poitrine.

— Innocente! dit alors l'excellent Lorenzo Vitelli en grimaçant un sourire, ne comprenez-vous pas vraiment le motif de son embarras. Certes il ne vous le dira pas, lui; mais je prendrai la liberté de lui servir d'interprète. — Taisez-vous, misérable, taisez-vous! s'écria le bourguignon, ou malheur au bourreau qui n'a pas pitié de cette enfant. — Parlez, comte Lorenzo, reprit gravement Christine, François est un garçon loyal dont vous n'avez rien à craindre si vous dites la vérité. — Certes je ne dirai que l'exacte vérité, ma belle; vous ne comprenez pas dans votre âme candide pourquoi ce hardi jeune homme tient à vous sauver la première, et à laisser votre bonne mère attendre paisiblement son tour! — Il m'a juré qu'il reviendrait la chercher et je le crois; mais cela ne suffit pas, répondit-elle. — J'ose vous assurer, moi, qu'il n'espère pas la retrouver vivante, qu'il n'espère pas même pouvoir revenir au fond du ravin une seconde fois, car le ravin sera comblé par la neige. Il ne croit pas à son propre serment, Christine, tandis que vous y avez foi, vous, pauvre fille. S'il en est autrement qu'il le jure donc sur l'âme de sa mère.

Christine regarda vivement François comme si elle attendait de lui un prompt démenti à cette accusation, mais il resta immobile et les yeux baissés comme un homme pris en faute.

— Vous voyez! reprit Lorenzo d'un air de triomphe; notre valet d'aveugle est bien certain qu'il ne pourra sauver plus d'une victime. Or il a fait son choix et ce n'est pas votre mère qu'il a choisie, ce n'est pas pour elle qu'il a risqué sa vie. Comprenez-vous maintenant pourquoi il résiste avec cette opiniâtreté cruelle à vos ordres, à vos prières, à vos supplications? — Hélas, non, comte Lorenzo! dit douloureusement la pauvre fille en laissant tomber ses bras inertes le long de son corps. — Tais-toi! tais-toi, maudit! s'écria encore Perrier en serrant son bâton dans ses mains à le briser. — Pourquoi donc? pourquoi abandonne-t-il ma mère? répéta Christine d'une voix désespérée.— Parce qu'il t'aime, ce vagabond, qui est moins qu'un mendiant, qui est le valet d'un mendiant.

Christine et François restèrent étourdis de cette terrible parole comme d'un coup de massue. Tous deux rougirent de honte et de confusion en se voyant arracher le secret inavoué de leur cœur, profané par une bouche audacieuse et hostile, sali comme un lambeau de pourpre tombé par mégarde dans la fange et la boue.

La neige tourbillonnait de plus en plus épaisse et froide. Lorsque le jeune bourguignon osa lever les yeux sur Christine qu'il redoutait de trouver hautaine et irritée contre lui, il la vit grelotter comme si elle eût été saisie de fièvre. Il regretta un instant de n'avoir pas brisé le crâne de l'implacable Lorenzo, mais ce dernier qui savourait ses tortures lui dit avec la gravité d'un juge :

— Nieras-tu mon accusation, chevalier du bâton! oseras-tu jurer que tu n'aimes pas ma fiancée? — Gentilhomme pervers et hypocrite, répliqua le peintre exaspéré, comment as-tu la bassesse de souiller de pareils reproches l'âme de cette chaste et pure demoiselle, qui est en danger de mort et qui implore le salut de sa mère. Et quand même je l'aimerais, ne pourrais-je avouer cet amour à la face du ciel? Quel serait mon crime, si je respecte celle que j'aime à l'égal d'une sainte, si cet amour silencieux ne l'offense jamais par un regard, par une parole, par un soupir, si je l'exile au fond de mon cœur et ne m'en souviens que pour lui donner mon sang au besoin. Ah! vous voulez rire de cette passion d'enfant et de gueux, n'est-ce pas, monsieur; vous avez voulu m'en tirer l'aveu de force pour me rendre ridicule et méprisable peut-être aux yeux de votre belle fiancée. Sachez donc que je ne suis pas si facile à berner et que je relève le gant. Oui, j'aime cette charmante demoiselle, non pas seulement à cause de sa beauté de madone, qui peut bien tourner la tête à un peintre, non pas à cause de sa fortune qui ne m'importe guère, à moi qui ne saurais devenir son mari, mais

parce qu'elle a un de ces cœurs rares et élevés dont la Providence n'est pas prodigue en ce monde, seigneur comte. Elle est courageuse et bonne, car elle aime sa mère au point de la préférer à elle-même. Elle est modeste et pieuse, car elle ne méprise pas le pauvre. Elle pardonne les injures, car sans elle je ne vous aurais pas fait grâce. Voilà pourquoi je l'aime et pourquoi je la sauverai.

La neige en ce moment redoubla de violence et le bourguignon craignant déjà d'avoir trop tardé, s'avança vers Christine et essaya de la séparer de sa mère, à laquelle la pauvre enfant s'attachait obstinément.

— Laissez-moi mourir avec elle, François, puisque vous ne voulez pas m'accorder sa vie, puisque vous l'avez condamnée! — Moi! s'écria douloureusement Perrier. — Oui, vous! c'est vous seul, vous seul qui la tuez, François, mais vous nous tuerez ensemble. Oh! je suis forte, allez, et je ne vous suivrai pas.

Le jeune peintre, fou de désespoir, voulut la détacher violemment de ce lien sacré et meurtrit le bras de Christine dans ses efforts, en s'écriant:

— Oh! je vous sauverai malgré vous. Votre résistance sera vaine. Je ne verrai pas vos larmes. Je n'entendrai pas vos cris. Je suis sourd, muet, inexorable, Christine. Que je vous arrache de cet abîme et vous me haïrez après; mais laissez-moi vous sauver. Je voudrais vainement vous obéir, voyez-vous. Je ne puis lâcher votre main. Si j'emportais votre mère, en vous laissant sous cette trombe de neige, mes genoux fléchiraient, mes pieds trébucheraient, ma vue se troublerait; je me sentirais entraîné invinciblement à retourner vous chercher, car votre vue seule peut doubler ma force et exalter mon courage.

Cette lutte horrible faisait sourire Lorenzo.

— Malheureux! dit la jeune fille brisée par tant d'émotions, je vous avais pourtant rêvé si généreux et si bon. Vous voulez me rendre votre souvenir odieux. Ah! vous avez encore du sang de votre oncle dans les veines, car vous abusez comme lui de votre force contre moi... Aurais-je jamais cru qu'un jour viendrait où je pourrais vous haïr! — Me haïr! dit Perrier en cessant de l'entraîner. Être abhorré de vous, mon Dieu! Oh! mais c'est impossible! Le voyageur surpris par le froid maudit aussi le compagnon fidèle qui l'arrache violemment au sommeil, mais plus tard quand son sang réchauffé circule dans tout son corps, quand il atteint l'asile où il trouve le sel et le feu, sa colère se change en sourire et ses menaces en bénédictions. Venez, mademoiselle, venez.

Mais Christine avait senti sa puissance. Elle savait que sa voix vibrait dans le cœur du pauvre bourguignon comme celle des sirènes aux oreilles des nautoniers de Grèce et de Sicile. François ne s'appartenait plus. Sa volonté la plus tenace devait se briser devant la volonté de cette enfant.

— Oui, je vous haïrai, reprit-elle, car je vous croyais soumis à mes désirs, je croyais qu'avant tout vous teniez à m'épargner l'ombre d'une inquiétude ou d'un chagrin; pouvais-je deviner que vous voudriez me causer une douleur sans nom et m'avilir à mes propres yeux, en sacrifiant ma mère!

François recula de quelques pas, les yeux hagards, et ses mains pressèrent son front dont les veines enflammées se gonflaient.

— Il faut donc que je vous laisse mourir! Il faut donc que je vous abandonne, mademoiselle, s'écria-t-il d'une voix brisée.

Christine lui adressa un triste et doux sourire : — Oh! si vous sauviez ma mère, reprit-elle avec exaltation, vous ne seriez plus pour moi un jeune homme bon et vaillant, mais un Dieu digne de mes prières suprêmes. Vivante, je ne vous oublierais jamais un jour, jamais une heure. Votre pensée habiterait sans cesse mon âme. Toujours je vous verrais obéissant comme un esclave à mon vœu sacré, et gravissant les pentes affreuses de ce ravin avec ce cher fardeau. Et quand je devrais mourir ici, votre nom du moins errerait confondu avec celui de ma mère sur mes lèvres agitées par le dernier souffle.

Le peintre la regardait avec une morne extase, il se croyait transporté dans les sphères idéales; la félicité souveraine d'un amour sans borne inondait tout son être; il ne sentait plus le froid ni la neige ni le vent; l'incandescence morale allumait en lui d'étranges vertiges, et il avait peur seulement de cette flamme qui chassait les révoltes expirantes de son égoïsme d'amoureux.

Il s'avança en chancelant vers la vieille dame.

— Bien, mon ami, dit Christine heureuse de son triomphe : — Ah! si nous nous retrouvons que sur le seuil du paradis, là du moins la première parole que je vous adresserai, c'est celle qu'il m'est défendu de prononcer ici. Mais regardez-moi bien, François, regardez-moi avec vos yeux de peintre inspiré. Si je meurs, vous ferez mon portrait, n'est-ce pas; vous me peindrez telle que je suis à cette heure, toute pâle et toute froide sur cette neige, sous cette lune blafarde, et vous penserez à moi, en vous disant que je suis morte heureuse et mieux obéie qu'une reine.

De grosses larmes ruisselaient sur les joues du jeune Bourguignon pendant qu'il repaissait ses yeux de ce spectacle déchirant :

— Plus un mot! Plus un mot, mademoiselle, s'écria-t-il enfin, ou je ne répondrai plus de mon courage. Ne demandons pas à notre cœur plus qu'il ne peut supporter.

Puis, saisissant dans ses bras, par un mouvement brusque et désespéré, le corps défaillant, inerte et froid de la bonne dame, il ajouta comme si elle eût pu l'entendre : — Ah! vous me reprocherez, madame, d'avoir brisé dans sa fleur la vie de votre fille pour vous conserver quelques jours sans prix pour vous! Pardon, pardon, pauvre mère, mais je ne suis qu'un garçon sans volonté ; je n'ai pas eu le courage d'être haï et maudit de votre fille ; je ne puis lui résister davantage !

Et sans oser retourner la tête, sans jeter une parole d'adieu à Christine, il commença résolument sa périlleuse ascension, sondant le terrain de son bâton avec la sagacité prudente d'un guide des montagnes. Vingt fois ses pieds glissèrent au bord d'une crevasse perfidement recouverte par la neige ; vingt fois il dut reculer devant des blocs qui lui fermaient le passage ou s'éboulaient sous ses pieds, sous le fer de son bâton ; mais rien ne lassait son ardeur sa constance, en vain le vertige éblouissait ses yeux rougis par le miroitement de la neige, en vain ses mains se raidissaient-elles au point de lui faire craindre que son fardeau ne lui échappât, en vain même son bâton finit-il par se briser dans une entaille du rocher. Il ne désespéra pas encore. Heureusement qu'arrivé à cette hauteur il put atteindre les cordages et les longues perches que lui tendaient ses deux amis échelonnés sur le versant du ravin.

Grâce à ce secours, Perrier put se hisser jusqu'au bord du sentier que les bohémiens venaient de déblayer, et déposer enfin la mourante dans la grotte près du feu qu'entretenaient quelques pèlerins.

Il était lui-même épuisé et défaillant. Jacques fit signe à Zorah qui s'empressa de porter aux lèvres du Bourguignon un petit flacon rempli d'un cordial aromatique ; mais à peine en eut-il avalé quelques gouttes qu'un sourire de bonheur dilata tous ses traits et il murmura : — Ah! je puis donc maintenant aller rejoindre Christine.

— François! s'écria Claude Gelée ; tu veux redescendre dans le ravin ; c'est impossible. Tes jambes vacillent comme celles d'un fiévreux ; tes joues brûlent ; ton visage est pâle comme un masque de craie. Reste ici ! — Non non reprit Perrier avec son sourire extatique, j'ai sauvé la mère, il faut que j'aille sauver la fille.

Il essaya de faire quelques pas en avant, mais il retomba aussitôt plus faible qu'un enfant : — Oh! lâche que je suis! lâche, cria-t-il, mais lève-toi donc! marche donc! O mon Dieu, donnez-moi un peu de force, faites que je la sauve et ensuite prenez ma vie !

Claude, touché de ce violent désespoir, lui prit la main ; — Console-toi, mon frère ! J'ai conservé, moi, toute ma vigueur et là où tu ne peux aller, j'irai, moi !

François ne lui répondit pas ; la voix s'éteignait dans son gosier ; mais une grosse larme tomba de ses yeux sur la main du peintre lorrain.

Au même instant l'*Armasch* des bohémiens venait de se pencher curieusement sur la figure de la vieille dame : — Je ne m'étais pas trompé, dit-il à voix basse; je l'ai bien reconnue ; c'est l'étrangère au coffret, et la trompe qui a sonné ce signal de détresse, c'est la trompe de mon digne maître Gorju. Allons! Il faut le tirer de malencontre, si c'est possible, sans y risquer un doigt de ma main.

Il s'approcha de Jacques Callot : — Eh! mon petit compagnon, lui dit-il, laisseras-tu ton nouvel ami faire seul cette grosse besogne. Il y a plus d'un voyageur abandonné sur la neige au fond du ravin. Nous l'avons prêté joyeuse assistance et franche hospitalité dans ton dénûment. Rends service à ces braves gens et nous serons quittes !

Jacques sourit et malgré la moue de Zorah suivit sans autre exhortation son ami Claude, qui glissait déjà dans le ravin en se cramponnant aux perches et aux cordages. Le vent roulait alors au fond de la gorge avec des rauquements

lamentables et balayait des masses de neige qui s'arrondissaient autour d'eux dans des proportions monstrueuses. Certes quand ils arrivèrent à l'ornière profonde où Christine évanouie était couchée sur une roue du carrosse brisé, et où Lorenzo hurlait, la jambe toujours engagée sous le flanc de son cheval mort, ils purent se féliciter de se retrouver vivants. Ils profitèrent d'un court répit que leur laissa la tempête pour se charger, Claude de Christine, et Jacques du comte Lorenzo, puis ils se hâtèrent de remonter vers le sentier où les attendaient tous leurs compagnons, mais leur retour fut plus pénible encore que la descente ; les neiges que le vent avait chassées des hauteurs ruisselaient comme des cascades le long des pentes en se creusant des sillons bizarres ; sous ces courants de neige glacée, les mains avaient peine à s'accrocher aux saillies des roches ou aux rares touffes d'herbes alpestres qui s'étiolaient çà et là ; les pieds battaient souvent le vide, pesant comme des boulets au lieu de servir de point d'appui ; plus d'une fois Lorenzo redouta d'être rejeté par son sauveur comme un fruit empoisonné, et si les deux hardis Lorrains vinrent à bout de leur rude entreprise ce ne fût que par des prodiges de force, de courage et d'adresse, — et sans doute par une protection visible de la Providence qui s'intéressait à leurs héroïques efforts.

Deux heures après, tous nos personnages réchauffaient dans la grotte, leurs membres engourdis.

Sur l'ordre de l'*Armasch*, la mignonne Zorah avait pansé la jambe du comte Lorenzo, qui n'était pas brisée, mais simment meurtrie et contusionnée par la chute de son cheval. Quand elle se fut éloignée, le bohémien s'accroupit à côté du gentilhomme, et lui dit d'une voix presqu'inintelligible :

— Tu l'as échappé belle, Gorju ! — Dois-je te remercier de tes bons offices, Gervais? répondit l'autre en fixant sur lui un regard perçant. Tu me savais enfoui dans la neige, et tu restais sourd à mon appel. Sans ce jeune loup lorrain, qui n'est pas d'Égypte, tu m'aurais laissé crever comme mon cheval, n'est-il pas vrai ? — Peut-être ! répliqua humblement l'*Armasch*. Par les tripes du diable, que veux-tu ? Les quatre fils Aymon et moi n'avons jamais monté la même haquenée. Chacun son lot. Moi, j'ai les doigts crochus comme ceux d'un juif. Toi, tu as la patte large et épaisse d'un boucher. Tu es né pour tuer comme moi pour voler, Gorju Ainsi, ne soyons pas jaloux l'un de l'autre et partageons-nous la besogne en bons amis. — Soit! dit le faux Lorenzo d'un ton bref. Tu m'accompagneras avec tes bohémiens à l'Abbaye-des-Pauvres. C'est là que je veux conduire mes compagnes de voyage. Quand le poisson est pris dans le filet, on peut s'amuser à le voir se débattre. — A l'*Abbaye-des-Pauvres !* murmura Gervais avec surprise. Ne crains-tu pas de dévoiler ainsi tous nos secrets à ces oreilles curieuses et à ces langues bavardes? — Bah! crois-tu donc facile de s'échapper de l'*Abbaye des-Pauvres* ? Elles n'en sortiront que mes complices à moins qu'elles ne nagent dans le lac comme des anguilles ou qu'elles ne s'envolent dans l'air comme des hirondelles. D'ailleurs je veux que votre vieux nid leur paraisse aussi brillant qu'un château de duc ou de baron. N'avons-nous pas une chapelle et un aumônier? Tes bohémiennes ont-elles oublié le métier de page? Mes écuries ne seront-elles pas garnies de chevaux, mes étables de bœufs, de vaches et de moutons ? Et les tentures de cuir de Cordoue, les tapis d'Orient, les glaces de Venise, les bahuts sculptés ne cachent-ils pas la nudité des murailles? L'*Abbaye des-Pauvres* n'est-elle pas l'asile de tous les contrebandiers et maraudeurs de la frontière, des bohémiens et des alchimistes, des moines défroqués et des échansons de ciguë, des joueurs qui corrigent la fortune et des étudiants tire-laines, des chanteurs de carrefours et des montreurs d'ours, des ballerines aux jambes nues et des sorcières à mèches grises qui dansent sur des manches à balais, des débiteurs insolvables et des espions dont la corde n'a pas voulu, enfin de la meilleure, de la plus débonnaire, de la plus gaillarde, de la plus folâtre compagnie qui soit au monde! Ce sont là mes serviteurs, mes sujets, mes esclaves, mon peuple, — et je te prouverai qu'à de pareils gueux aucun prodige n'est impossible. Ils auront les mains propres et deviseront plus décemment que des cardinaux, mes joyeux moines de l'*Abbaye-des-Pauvres*.

— Je ne demande pas mieux, reprit piteusement Gervais, étourdi de l'éloquence narquoise de maître Gorju. Je sais que les plus enragés tremblent devant toi. Mais si ces fétus de peintres veulent nous suivre, il ne sera pas si facile de les tromper que ces femmes à cervelle légère. Il est vrai que nous pouvons les oublier en route, dans quelque crevasse de la montagne. — A quoi bon ! dit nonchalamment le faux Lorenzo, ce sont des souris avec lesquelles il me plaît de jouer un peu dans mon abbaye. Cela me distraira. Et puis le petit vagabond lorrain m'a évité des frais d'enterrement, et je veux lui accorder en revanche l'hospitalité que peut offrir un pauvre gueux qui reste dans sa niche.

Maintenant laisse-moi dormir, Gervais. Nous partirons au point du jour. — Ta volonté sera faite, Gorju. Bonne nuit !

Puis l'*Armasch* après avoir accompli sa ronde et mis l'ordre à grands coups de fouet parmi quelques enfants braillards qui réclamaient à souper, se coucha aux pieds du comte Lorenzo sur une peau de chèvre et s'endormit de ce sommeil calme, profond, souriant, que doit procurer une bonne conscience accompagnée de beaucoup de fatigue.

III — OU LA FIANCÉE DU COMTE LORENZO VITELLI REFUSE DE PORTER LA CAGOULE ET LA BESACE DES PAUVRES.

Dix-huit heures après, nos nomades personnages avaient atteint le pied des montagnes et les pèlerins quittaient avec un plaisir évident leurs équivoques compagnons de route, en leur laissant toutefois un otage de bonne volonté.

Claude Gelée avait résolu de continuer le voyage avec ses nouveaux amis, Jacques et François, transfuges de la terre natale invinciblement attirés comme lui vers Rome, par cette passion abstraite de l'art, qui est aussi féconde en sacrifices que la dévotion et l'amour.

Les trois peintres avaient accepté l'hospitalité que leur offrait le comte Lorenzo dans un de ses domaines de Lombardie. Christine et sa mère étaient traînées par le meilleur chariot des bohémiens, et y restaient plongées dans un sorte de sommeil léthargique.

La pluie tombait en larges nappes denses sur les plaines italiennes, égayées par les vignes qui se tordaient en festons le long d'arbres décimés, et qui enguirlandaient leurs branches de pampres joyeux comme des danseurs de farandoles.

Les dernières clartés du crépuscule sombraient dans des nuages si bas qu'ils rampaient presque sur le sol et se mêlaient aux vapeurs de la terre échauffée.

La caravane dut traverser sur un bac un torrent gonflé par la fonte des neiges et qui allait se dégorger dans un lac aux eaux vertes, huileuses et dormantes, tout encadré de bois sombres.

— Quel site étrange ! observa Claude Gelée attristé par ce mélancolique paysage.

— Regardez, mon pèlerin traînard, lui dit Zorah en sautant comme une chèvre capricieuse — et réjouissez-vous ! Nous approchons de l'Abbaye-des-Pauvres. C'est notre palais, à nous, et vous pourrez y dormir tout à votre aise !

— L'Abbaye-des-Pauvres ! reprit Jacques Callot ; voilà un singulier nom ; mais les nuages se confondent si bien avec les brumes de ce lac stagnant qu'ils me cachent tout à fait cet édifice hospitalier.

— Je n'aperçois qu'une masse noire au milieu de l'eau, ajouta Perrier. Est-ce là notre gîte, bonne Zorah. Il est digne d'un dieu aquatique ; mais à moins de nous transformer en cygnes ou en sarcelles, changement de costume qui offre quelques difficultés, je ne vois pas trop comment nous pourrons l'atteindre.

— Ah ! l'eau recouvre en ce moment la chaussée étroite qui conduit à l'abbaye, mais notre *Armasch* est un bon guide que nous pouvons suivre sans crainte.

Les trois jeunes gens se consultèrent du regard, car la taciturnité de leurs compagnons leur inspirait une vague inquiétude.

L'aveugle avait tressailli en entendant parler de l'Abbaye-des-Pauvres, il avait saisi le bras de François Perrier, puis l'avait engagé tout bas à quitter furtivement les bohémiens, et à se détourner le plus promptement possible de la route qu'ils suivaient ; mais le Bourguignon lui répondit simplement : — Si nous courons quelque danger, ces dames en courent un plus grand ; là où elles iront, j'irai !

Et le vieux Tristan, après avoir étouffé un soupir, avait poursuivi sa marche.

Un dernier rayon de soleil troua soudainement les nuages grisâtres, et cette balafre lumineuse du ciel fit resplendir à tous les yeux le monument qui avait paru si hypothétique aux jeunes peintres.

Cette abbaye était campée au milieu du lac, sur une île de granit et de basalte, comme un Burg des bords du Rhin, avec ses bottes de tours romanes, ses murailles crénelées de briques rouges, son donjon et ses guérites en poivrière. L'aspect en était imposant à distance. Mais plus nos voyageurs s'avançaient vers cette enceinte titanique, plus leurs cœurs se serraient, comme à l'approche de toutes ruines.

La formidable abbaye s'effondrait entre le ciel et l'eau ; les rats et les cloportes grouillaient dans les fentes de ses assises. L'humidité gangrenait de plaques vertes et rongeait de moisissure ses remparts lézardés. Les briques s'effritaient sous le vent humide et tombaient, écaille par écaille, dans l'onde opaque. Les fenêtres s'ouvraient béantes et noires comme des meurtrières, laissant trembler à l'air non des lances ornées de pennons et de bannières, mais des bâtons vermoulus auxquels pendaient de sordides guenilles.

La flèche de l'église gothique était brisée ; des colonnettes fuselées gisaient renversées sur les rochers ; des marteaux barbares avaient broyé les délicates nervures et les trèfles découpés, ornement précieux de l'architecture du moyen-âge, et déjà les herbes parasites pullulaient comme si elles eussent voulu dévorer le vieux bâtiment.

Quand toute la caravane, après avoir traversé l'étroite chaussée du lac, fut entrée sous la voûte basse de l'abbaye et eut pénétré dans les cours, les peintres remarquèrent en passant sous les arcades humides et verdies du cloître que cette végétation malsaine s'accrochait à tous les piliers et grimpait à toutes les fenêtres.

Pourtant une population bizarre fourmillait dans cette retraite désolée ; des femmes à peine vêtues d'une chemise et d'une jupe sous leur cagoule rapiécée glissaient comme des larves en frôlant les murs ; quant aux hommes, grotesquement accoutrés de lambeaux disparates, armés pour la plupart de coutelas et de rapières, coiffés de feutres écornés, les uns vidaient des brocs d'étain bosselés sur des tables boiteuses, les autres jouaient aux dés ou à la mourre. Quelques braves ferraillaient dans l'encoignure des préaux. Ceux-ci entassaient des ballots tachés de sang, ceux-là ronflaient allongés dans leurs manteaux mouchetés de trous. Enfin des joueurs de cornemuse faisaient gravement danser sous le porche de l'église des ours muselés qu'une ronde de singes malicieux ne pouvait distraire de leurs exercices.

Jacques Callot observait ce tableau tumultueux avec la curiosité pénétrante d'un artiste amoureux des contrastes. Il ne ressentait aucune répulsion pour ces parasites de la vie sociale qui posaient complaisamment devant lui comme des modèles.

Claude, plus religieux, le suivait d'un air chagrin en faisant à la dérobée quelques signes de croix, car il craignait par moment d'être tombé au milieu d'une troupe de sorciers pratiquant leurs maléfices.

Quant à François Perrier, préoccupé surtout du sort de Christine, il demanda à l'aveugle s'il avait déjà pénétré à l'Abbaye-des-Pauvres.

— Ne m'interroge pas davantage à ce sujet, reprit Tristan. Les oreilles sont ouvertes autour de nous. Hélas ! pourquoi ne m'as-tu pas écouté. Nous aurions fui cette dangereuse compagnie. Mieux vaudrait cent fois coucher en plein champ que sous ces voûtes lézardées.

— Croyez-vous donc que nous soyons en danger ? — Il est plus facile d'entrer à l'Abbaye-des-Pauvres que d'en sortir, mon fils, dit sentencieusement l'aveugle. Et si le comte Lorenzo en est le seigneur, nous pouvons prier pour l'âme de sa fiancée ! — Expliquez-vous, mon père ! s'écria le jeune Bourguignon sérieusement alarmé — Je ne puis te donner d'autre explication, mon fils, répondit Tristan. Veille et mêle-toi ! on m'observe, et si j'avais l'imprudence de satisfaire à tes questions, ce n'est pas la vie du vieil aveugle qui répondrait seule de son indiscrétion. — Mais ne pouvez-vous du moins, insista François, me raconter la légende de cette abbaye mystérieuse ? — J'ignore l'époque de sa fondation, répondit l'aveugle à voix basse ; pendant les guerres sanglantes du Milanais, sous Louis XII, à la suite d'un long siège, elle fut saccagée et pillée. Les moines se dispersèrent. Il ne resta au milieu de ces ruines que deux ou trois vieillards, qui convertirent l'abbaye en hospice pour les pauvres. Des dotations pieuses leur vinrent en aide. On accorda à l'enceinte profanée le droit d'asile. Quand les derniers moines furent morts, l'hospice devint l'hôtellerie banale, le caravansérail nu et froid des vagabonds et des bohémiens. Les Barighels et leurs Sbires n'osaient rôder même dans les environs du lac. La fausse monnaie qui inondait l'Italie sortait des souterrains de l'Abbaye-des-Pauvres. Les légions du vice et du crime s'y recrutaient et s'y réfugiaient. Par une dérision sacrilège, tous les ans, ces hordes de pauvres choisissaient, à l'élection, un abbé et douze prieurs. L'abbé avait droit de vie et de mort sur ses turbulents sujets. Il était obéi au moindre signe, comme le Vieux de la Montagne, et les princes même briguaient les services discrets de ses bravos. — Et l'Abbaye-des-Pauvres a-t-elle conservé cet infâme privilége d'impunité pour le meurtre et le vol? demanda brusquement Perrier, frappé d'horreur. — Puisqu'elle est maintenant le domaine du comte Lorenzo Vitelli, gentilhomme florentin, répondit l'aveugle avec un sourire équivoque, cette légende n'est sans doute plus qu'une tradition du temps passé. Du reste, écoute et regarde, François!

En ce moment nos voyageurs se trouvaient sur le seuil d'une salle où le maître du lieu venait de faire transporter la vieille dame, que suivaient Christine et Zorah.

La petite bohémienne cherchait à rendre à la noble demoiselle tous les humbles services que lui inspirait son cœur ingénu et tendre. L'innocence souriait dans ses yeux noirs, qui étincelaient sur son charmant visage couleur d'ambre. Légère et bondissante, elle se multipliait autour de la pauvre fiancée, qui se laissait entraîner comme une victime dévouée au couteau, mais qui conservait une vague espérance en reposant ses regards sur cette physionomie mutine et gracieuse. Zorah semblait devenir son égide vivante.

A la vue de la mignonne bohémienne, les figures louches et hostiles des habitants de l'abbaye se déridaient involontairement, et cette créature frêle, alerte et nerveuse répandait la joie autour d'elle: sa voix devait être écoutée comme le babil sonore d'un oiseau, et le poing le plus brutal ne pouvait écraser une mouche si brillante.

Tout à coup l'Armasch toucha brusquement Zorah du manche de son grand fouet à clous d'argent: — Allons, chevrette, lui dit-il d'une voix rude, quitte cette péronnelle et viens dormir sous la tente de tes frères.

La petite hésita un instant, puis elle répliqua avec un air de résolution superbe:

— Je ne veux pas! Je ne veux pas! Je ne veux pas, entendez-vous. Qui donc soignerait ces pauvres femmes, si je les quittais?

Gervais resta impassible, mais leva lentement son fouet:

— Tu es bien décidée, ma mignonne, à me désobéir, n'est-ce pas? Vraiment je ne te reconnais plus. La compagnie de ce jeune drôle, que nous avons recueilli en route, t'a mise en goût de révolte et d'indépendance. Tu oublies que je suis ton *Armasch*, que je puis te chasser de la tribu et t'abandonner à ta folie! Mais je serai indulgent aujourd'hui, et je me contenterai de te rappeler paternellement ton devoir.

Les larmes vinrent aux yeux de Zorah, mais elle brava son maître et répéta opiniâtrement: — Je ne veux pas abandonner ces bonnes dames!

Le fouet de l'Armasch s'abaissa rapidement sur les épaules de l'enfant, mais plus rapidement encore Jacques Callot s'était jeté sur Gervais, et lui avait arraché son arme. Le bohémien grinça des dents de rage, mais plia le dos comme un lâche tout en hurlant:

— Oseras-tu me frapper, barbouilleur d'images! — J'oserai! s'écria Jacques pâle de colère, si tu touches à un cheveu de Zorah!

Gervais courut vers Lorenzo: — Maître, dit-il, tu ne laisseras pas insulter un des prieurs de l'abbaye. Tu as droit de haute et basse justice sur nous tous. Juge donc sans délai cet ingrat vagabond, ce serpent que j'ai réchauffé dans mon manteau, ce traître insolent et rebelle! Juge-le! condamne-le! frappe-le!

Lorenzo sourit avec la dignité magistrale d'un doge:

— Mon bon Gervais, répondit-il, lorsque j'étais couché sur un lit de neige au fond du ravin, qui donc a joué sa vie comme un dé pour venir me charger sur son dos? Est-ce le vieil ami de mes nuits hasardeuses, mon vénérable prieur, à qui je n'ai jamais fait tort d'un denier sur sa part d'aubaine dans mes prises? Ou bien serait-ce par hasard cet enfant qui ne me connaissait pas, et pour qui ma vie n'était pas plus précieuse que celle d'un chien galeux?

L'Armasch interdit n'osa répliquer un seul mot.

— Ce brave Jacques a raison, continua Lorenzo; tout ce que je puis t'accorder, c'est de te battre contre lui à armes égales; le combat singulier nous égaiera: tu es deux fois plus robuste que lui; il a deux fois plus de cœur que toi. Vous êtes manche à manche. Zorah obéira aux ordres du vainqueur. J'ai dit!

Callot saisit joyeusement un bâton ferré et s'apprêta à ré-

jouir les yeux de la foule, qui se pressait autour d'eux, du régal de ce tournoi improvisé; mais Gervais, loin d'imiter ce noble exemple, lui tourna les talons et chercha à se faire jour à travers les spectateurs désappointés.

Lorenzo haussa les épaules et dit au jeune lorrain:

— Eh bien, mon garçon, venge Zorah à ton aise sur le dos de ce poltron, afin qu'il connaisse par expérience ce que pèse son fouet d'Armasch! — Bah! répondit Jacques, j'ai bu dans sa gourde et dormi dans son charriot: puisqu'il refuse de se défendre, je ne le frapperai point. — Je ne serai pas si généreux, s'écria Gorju d'une voix tonnante, car le drôle nous déshonore par sa couardise.

En même temps il fit signe à deux grands gaillards aux bras nus qui ressemblaient à des garçons bouchers sans ouvrage.

L'Armasch fut aussitôt appréhendé au corps, étendu à plat ventre sur la dalle et flagellé impitoyablement avec son propre fouet, tandis que Christine et Zorah se hâtaient de rejoindre la vieille dame au fond de la salle.

L'exécution terminée, Gervais fut jeté sur un grabat de paille dans un coin, et se mit à maugréer sourdement, tandis qu'une vieille bohémienne tannée, ridée et noire comme une taupe, chuchotait à ses oreilles; ce furent des paroles magiques, car un éclair de joie brilla dans les yeux ternes de l'Armasch, et il murmura: — Bien, Miji! bien; chacun aura son tour, et le diable sera content.

La salle où le faux Lorenzo venait d'introduire sa belle fiancée offrait un aspect non moins singulier que l'extérieur de l'abbaye; elle était richement ornée, mais avec un désordre, une confusion et une extravagance inouïs. Les objets les plus hétérogènes encombraient les crédences, les dressoirs et les tables, où les orfévres de tous les pays semblaient avoir voulu déposer le tribut de leur art merveilleux.

Des vaisselles d'argent, des gobelets d'or aux pieds fleuronnés s'entassaient pêle-mêle avec des Christs, des châsses vides, des bénitiers en métaux précieux sur les rayons de grands buffets aux écussons divers. Des bagues, des bracelets, des colliers de perles s'accrochaient aux croix ciselées des épées et aux manches sculptés des couteaux de chasse.

On eût cru voir le butin amoncelé par des routiers après le sac d'un château, plutôt que l'opulent mobilier d'un seigneur terrien.

Christine, dont les regards erraient sur ces richesses avec l'expression vague et morne de la lassitude, avait hâte de se retirer, ainsi que sa mère, dans une chambre solitaire, loin du tumulte et de la foule.

— Mes vassaux sont avides de vous voir, ma douce fiancée, lui dit en souriant Lorenzo; mais vous êtes harassée de fatigue, et je vais les engager à prendre patience jusqu'à demain.

Il se tourna aussitôt vers la cohue bruyante de vassaux et de pauvres qui se foulait à l'entrée de la salle basse: — Mes enfants, leur dit-il, je n'arrive pas les mains vides au mileu de vous; mais à demain les partages et les cadeaux: ce soir, je tombe de sommeil. Cassez les bouteilles et défoncez les tonneaux; chantez et buvez à mes noces prochaines! J'entends que tout le monde soit aussi heureux que moi. Allez.

Et d'un geste souverain il les congédia.

Mais la vieille Miji s'avança hardiment vers Christine et se prosterna devant elle avec des signes extravagants d'humilité, en disant: — Je m'en vais pas avant d'avoir baisé la robe et les mains de cette belle demoiselle; miséricorde! que son visage est pâle! mais je connais les herbes qui peuvent rendre la chaleur à ce sang glacé et faire refleurir les roses sur cette blancheur de neige.

La jeune fille tressaillit à ces mots, croyant voir apparaître une de ces sorcières qui bravaient le bûcher pour obtenir de l'ennemi des hommes des philtres magiques, car elle était imbue des superstitions dont les esprits les plus éclairés ne pouvaient s'exempter à cette époque.

La bohémienne, qui s'aperçut de son effroi, se releva et se mit à tourbillonner grotesquement autour d'elle comme un derviche tourneur; puis, au moment où Gorju irrité allait la frapper brutalement, elle imprima ses lèvres froides et visqueuses sur la main pendante de Christine qui crut sentir la morsure d'une vipère. Christine recula de quelques pas avec un geste de dégoût.

La vieille bohémienne, au nez grimaçant et au menton pointu, saisit alors hardiment sa robe, et lui cria d'une voix fêlée:

— Eh! la belle, il ne faut pas lever si haut les épaules quand on est tombée dans la gueule du loup. Eh! eh! moi aussi j'ai été jeune et friande aux yeux, attifée comme une reine, et recherchée des galants qui me pinçaient les doigts au bénitier, et pourtant regardez ce que je suis devenue; le diable sait abattre notre vanité. Voyons, soyez bonne fille, mademoiselle; ne faites pas la précieuse et la renchérie, si vous êtes vraiment la fiancée de notre redoutable sire l'abbé des Pauvres. — Allons, laisse-nous, Miji! dit Lorenzo qui la repoussa brusquement en s'apercevant de l'émotion de Christine.

Mais la sorcière continua à grommeler : — Ce n'est pas juste! ce n'est pas juste! Et je veux enseigner à notre abbesse son devoir envers les pauvres gens. D'abord elle doit quitter sa robe et ses affiquets de dame. Pendant tout un jour elle doit porter la cagoule et la besace comme une vraie mendiante. Ce sont les coutumes de la confrérie. Elle doit boire dans une tasse non rincée, et embrasser ses frères et ses sœurs en signe d'alliance et d'affection.

— Tais-toi, Miji, interrompit Lorenzo en colère. Trêve à tes litanies. Je dispense ma fiancée de ces ridicules cérémonies. Ne faites pas attention à ces vieux usages du pays, ajouta-t-il en se penchant vers la jeune fille, après avoir promené autour de lui un regard menaçant : — ce sont des bouffonneries naïves et patriarcales dont je désire vous épargner l'ennui.

La vieille Miji s'était tue, mais ses yeux étincelants restaient fixés avec une jalouse rage sur la pauvre Christine, et des murmures couraient dans tous les groupes, présage certain d'une tempête. Tout à coup l'*armasch* tout sanglant se souleva du grabat de paille sur lequel il gisait, et s'écria d'une voix entrecoupée, mais railleuse :

— Tu n'as pas le droit, comte Lorenzo Vitelli, d'exempter ta fiancée de la coutume de l'abbaye. Nous t'avons juré obéissance absolue, mais tu as juré, toi, de ne pas violer les statuts de la confrérie. Nous ne voulons pas, pour satisfaire à ton caprice, introduire au milieu de nous une étrangère qui nous méprisera comme la poussière de ses pieds, et qui disposera, en nous haïssant, de notre vie, de notre butin et de nos secrets! Ainsi donc, pas de privilège! — Il a raison! il a raison, s'écrièrent plusieurs voix. Pas de privilèges!

Le terrible Gorju sentit la nécessité de céder à une volonté si formellement exprimée, car sa résistance eût pu avoir des suites dangereuses pour son pouvoir. Il haussa les épaules, et dit avec un sourire forcé à Christine:

— Il faut être indulgent envers les entêtés! Vous êtes bonne chrétienne, mademoiselle, et cet exemple d'humilité évangélique ne coûtera pas beaucoup à votre orgueil. Tenez! voici votre caméréra qui vient vous présenter la cagoule et la besace! C'est une véritable investiture du fief des pauvres!

Mais la jeune fille avait superbement relevé sa tête pâle empreinte d'une dignité suprême, et elle répondit à Lorenzo:

— Jamais ce sale haillon ne me touchera, monsieur le comte. Je crois être agréable à Dieu en secourant les malheureux de ma bourse et même de mon dernier morceau de pain, s'il le faut. Mais revêtir par dérision les guenilles de la misère honteuse et hypocrite, je regarderais cela comme une lâcheté.

Au même instant, la vieille Miji voulut jeter sur la belle enfant sa cagoule crasseuse; Christine, surprise et indignée, repoussa vivement le sordide costume qui se déchira entre ses mains, puis elle le laissa tomber à terre.

Un silence mortel succéda à ce mouvement involontaire qui devait paraître une horrible profanation aux habitants de l'*Abbaye-des-Pauvres*; Gorju, tout endurci qu'il fût, trembla pour Christine en ce moment, car il douta s'il serait assez fort pour dominer les colères qui allaient se déchaîner contre la malheureuse fille. Tous les êtres pervers, cruels et vicieux, qui grouillaient dans l'enceinte de l'abbaye, venaient d'être affrontés dans le seul orgueil qui couvât encore au fond de leurs âmes impures, l'orgueil fanfaron du crime et de la bassesse, l'honneur de la confrérie. Un mot, un geste avaient condamné Christine, et peut-être son sang ne suffirait-il pas, peut-être la fureur des pauvres rejaillirait-elle jusqu'à lui. Il se demanda s'il ne devait pas tout d'abord, pour conjurer la tempête, abandonner sa fiancée et l'accuser lui-même. Mais il la regarda. Elle était si belle, fière, calme, ne se doutant pas même de son danger, que le courage lui manqua, et qu'il attendit le premier choc de ses adversaires avec une froide assurance.

Miji éclata la première : — Vous l'avez vue! vous l'avez entendue, mes enfants, s'écria la mégère de sa voix de crécelle enrouée; la donzelle se moque de nous. Pauvres vers de terre, nous sommes bons pour ramper dans la boue du fossé, le long de son chemin; nous sommes bons pour marmotter des prières à son profit avec la pluie ou le soleil au visage sous le porche de l'église, tandis que, couverte d'un voile, elle s'agenouille dans une chapelle devant un prie-Dieu de velours. Elle nous permet de tendre la main pourvu que la sienne ne touche pas notre peau noire. Son aumône tombe sur nous comme le grêlon ou le rayon du soleil, au hasard. Pour elle, nous valons à peu près autant qu'un chien malade. Dieu ne nous a pas faits de la même chair ni du même sang. Comment donc se fait-il qu'elle soit tombée dans nos mains? Elle est blanche, elle est belle, elle est mignonne à voir comme un diamant. Nos filles, à nous, ressemblent, à côté d'elle, à ces grains de verroterie qui leur pendent au cou. Oh! que je voudrais voir cette belle affublée de notre cagoule, accroupie dans la poussière, l'épaule grelottant sous l'eau des gouttières, et guignant de l'œil un morceau de pain noir ou de jambon rance.

Puis, elle s'avança en brandissant d'un air de menace la hideuse cagoule.

— Mais cette femme est folle, n'est-ce pas? dit la vieille dame à Lorenzo avec une expression d'inquiétude; vous qui êtes le maître ici, pourquoi ne faites-vous pas chasser une si méchante bavarde par vos serviteurs! — Je suis le maître, certainement, répliqua Gorju d'un air contraint; mais je subis en diverses choses la volonté de mes vassaux. Vous savez quelle est la tyrannie de certains usages, Christine a tort de ne pas s'y soumettre. Sa fierté, un peu exagérée, irrite ces braves gens, et j'aurai peut-être peine à venir à bout de leur révolte.

Cependant le tumulte allait croissant. Des regards allumés par l'envie, la haine, la convoitise, la cupidité, ou par une férocité bestiale, s'attachaient comme des tisons ardents au visage de Christine, plus blanc que celui d'une morte. Chacun jetait son mot dans ce volcan de menaces, de sarcasmes ou d'injures, qu'elle bravait par son indifférence calme et hautaine. Les femmes, vieilles ou jeunes, étaient jalouses de sa beauté et attisaient la colère des hommes. Ceux-ci avaient envie de la disputer comme une proie à Gorju, et ne voulaient pas reconnaître pour leur dame et maîtresse cette jeune fille qui les accablait de son froid mépris. Ils ne ressentaient à sa vue que le sauvage et brutal instinct de l'avilir, de la souiller, de l'abaisser jusqu'à leur propre dégradation, afin de n'être plus involontairement troublés par ce regard calme, innocent et limpide qui pouvait les dompter. Ils craignaient d'être charmés comme ces serpents que les Psylles d'Égypte savaient rendre familiers, et ils avaient hâte de goûter au premier sang qui grise le cœur. Il ne fallait plus qu'un mot pour provoquer l'explosion, un de ces mots brefs et sinistres qui mettent le feu à la traînée de poudre. L'*armasch* seul osa le prononcer.

En effet, Gorju s'était décidé à défendre Christine, au risque de sa popularité, tant il l'avait trouvée belle. Ce misérable était poursuivi par un souvenir, et ce souvenir revivait en elle à ses yeux avec un prestige étrange. Pour la première fois, d'ailleurs, lui, qui avait traîné sa vie dans la sentine des amours abjectes qui n'avait connu que les baisers vulgaires et faciles, ou qui n'avait dû qu'à la violence effrénée la conquête de pauvres femmes pâmées de frayeur — il espérait unir, par un lien volontaire, sa vie criminelle à la vie sans tache d'une enfant à qui les fées avaient donné la beauté, la fortune et une longue généalogie. Tous les biens terrestres se résumaient sous cette forme séduisante, pour sourire à l'abbé des Pauvres; il caressait déjà un vague désir d'abdiquer son dangereux pouvoir pour devenir un honnête homme, riche, heureux, influent dans quelque pays lointain, et il n'était pas débonnaire au point de se laisser enlever cette merveilleuse chimère par les menaces de la bohémienne Miji. Il arracha donc à cette dernière la cagoule et en drapa lestement les épaules de Christine, qui, plongée dans sa rêverie ne s'en aperçut pas.

Le tapage s'apaisa aussitôt.

— Vous êtes fous! enfants, dit alors Gorju triomphant. Est-ce que Miji serait jalouse de me voir préférer cette jeune dame qui est noble, belle et riche, à l'une de ses trois filles dont la première est bossue, l'autre borgne, et la troisième boiteuse, mais qui sont toutes également partagées sous le rapport de la misère. Vraiment l'ambition lui a tourné la tête.

Miji grinça des dents, mais elle n'osa répondre, car la troupe entière riait aux éclats de la facétie de son illustre chef.

— Oui, reprit Gorju, je vous présente à tous ma fiancée, qui, le jour de notre mariage, jurera, comme moi, de ne pas trahir les secrets de l'Abbaye-des-Pauvres !

Mais alors François Perrier qui avait silencieusement observé toute cette scène sans pouvoir se rendre compte de tant d'incidents étranges, tressaillit, frappé d'une idée subite et vague encore, en regardant les physionomies difformes qui entouraient le comte Lorenzo.

Jamais nuit de la Walpurgis n'avait vomi sur les bruyères un si hideux ramassis de figures patibulaires, de laideurs monstrueuses, de corps flétris par l'empreinte des passions ignobles. Les sept péchés capitaux avaient posé leurs griffes sur les visages de ces honnêtes vassaux du diable, éraillé leurs yeux, fendu leurs bouches pendantes, ravagé leurs cheveux, blêmi leurs joues, épaté leurs nez et enroué leurs voix.

Les démons de la tentation de saint Antoine semblaient s'être incarnés sous des formes humaines qui surpassaient comme épouvantable exagération de l'horrible, toutes les chauves-souris, tous les serpents ailés, tous les chat-huants, tous les singes et les lézards à tête de femme, colportés par la chronique populaire.

François Perrier se crut en proie à une vision diabolique, et il chercha machinalement un rouleau de papier et un crayon pour reproduire les détails fantastiques de ce mauvais rêve. Mais c'était bien une réalité.

Cette foule s'agitait comme une fourmilière autour de Christine, avec des rires, des chants et des battements de mains. Chacun de ces démons fêtait à sa façon les fiançailles de l'abbé des Pauvres.

Les jeunes bohémiennes formaient des rondes folles en s'enivrant au son fiévreux des castagnettes sur les tables qui craquaient.

Des hommes pâles, maigres et presque nus, venaient vider, dans un baril ouvert devant la jeune fille, de larges sébiles où s'entrechoquaient des ducats brillants comme si aucune main ne les eût encore touchés.

D'autres, robustes et trapus, apportaient sur leurs épaules des ballots qu'ils éventraient à coups de couteaux aux pieds de la fiancée, et d'où s'échappaient des étoffes précieuses, des épices d'Orient, et toutes sortes de denrées ou de marchandises.

Deux bateleurs vinrent à leur tour et firent gambader un singe et un ours savant, l'un portant l'autre ; mais s'ils excitèrent de grandes risées parmi les spectateurs, ils ne parvinrent pas à dérider le front sombre de la jeune fille.

Un vieillard à longue barbe blanche proposa à Christine de tirer son horoscope, mais elle ne daigna ni lui tendre la main pour qu'il en étudiât les lignes, ni lui répondre un seul mot.

Toute cette liesse populaire expirait devant la statue de marbre que l'abbé des Pauvres venait de nommer sa fiancée ; mais une voix douce et triste devait la réveiller de sa torpeur. C'était celle de Perrier.

Soudainement effrayé de l'aspect de cette cohue de vassaux sans discipline et sans ordre, qui lui parut ressembler à une troupe de gueux et de bandits, il se glissa derrière Christine, et lui dit :

— Prenez garde, mademoiselle, prenez garde ! Ne trouvez-vous pas la cagoule des pauvres pesante sur vos épaules, et consentirez-vous réellement à jurer de ne pas trahir les secrets de cette abbaye infâme ?

Elle se retourna vivement et le regarda, puisant dans les yeux du hardi jeune homme une confiance extraordinaire ; puis elle lui répondit en souriant : — Jamais ! jamais ! Ma vie est à Dieu !

— Tu parles pour ta fiancée, mon maître, s'écria tout à coup l'*Armasch*, mais elle reste muette comme une tombe, et c'est son serment que nous exigeons. — Christine ! dit Gorju, répétez à haute voix la promesse que je viens de donner en votre nom.

La jeune fille pressa son front pesant de ses mains et fixa ses yeux sur l'étrange assemblée ; elle comprit aussitôt et partagea les doutes du Bourguignon.

Un mystère menaçant enveloppait l'Abbaye-des-Pauvres. Comment ces vassaux, si dévoués et si fidèles, osaient-ils imposer des conditions à leur maître ? Comment le chef d'une troupe de bohémiens osait-il résister en face au puissant gentilhomme qui venait de le faire si cruellement flageller ? Le comte Lorenzo était-il un de ces nobles *Condottieri* qui vendaient aux princes le sang et la fidélité temporaire de leurs bandes de pillards ! un de ces héros batailleurs dont le courage mercenaire était tarifé comme un ballot de soieries ! un de ces grands spadassins qui assassinaient les républiques et décapitaient les ducs souverains ? mais à part quelques têtes énergiques de contrebandiers, elle ne distinguait dans cette foule braillarde que des physionomies fourbes, serviles et basses. De tels gredins pouvaient empoisonner leurs ennemis ou les poignarder dans le dos, mais à coup sûr, ils ne devaient pas les regarder en face.

Christine frissonna de tout son corps. Elle devina vaguement le piège où elle se trouvait prise. Elle s'inclina comme la fleur odorante et fraîche que va souiller la lave luisante du limaçon nocturne. La main de Lorenzo toucha son bras, et cette main lui parut tachée de sang. Elle se leva toute droite ; la cagoule se détacha de ses épaules, et elle s'écria d'une voix haletante :

— Qui donc trompe-t-on ici ! ces secrets dont vous parlez, comment puis-je jurer de les garder ! je ne les connais pas et ne veux point point les connaître. Le comte Lorenzo Vitelli m'a dit que vous étiez ses vassaux, ses serviteurs, ses soldats. S'il m'a menti, si vous êtes des proscrits, des criminels mis hors la loi, des hommes de proie et des vagabonds, je n'ai plus rien de commun avec lui. Faites de moi ce que vous voudrez ! J'aime mieux être pendue à votre gibet qu'assise à votre table ! Vous pouvez me voler et me tuer, mais vous ne pouvez me faire votre complice !

— Qui sait ! murmura Gorju avec son sourire sardonique.

Les trois peintres se groupèrent autour de la jeune fille.

Cependant la rage des bons apôtres s'était exaltée jusqu'à la frénésie. Les bohémiennes déchiraient déjà, de leurs ongles noirs, la robe de Christine, malgré les coups de fouet que leur distribuait libéralement Gorju.

Gervais, de son côté, se traîna jusqu'à ce dernier, et s'écria :

— Maintenant tu n'essaieras plus de garder la donzelle pour toi seul, damp abbé ! Part à tous, n'est-ce pas, frères ! Part à tous ! Ah ! la mijaurée refuse de porter la cagoule et la besace. Eh bien ! les porteurs de besace seront bons diables ; ils embrasseront tous l'orgueilleuse sur les deux joues.

Malheureusement Gorju faisait siffler et tourbillonner le grand fouet à clous d'argent avec une dextérité si merveilleuse, que l'*Armasch* se contentait d'aboyer, et n'osait mettre la main sur la jeune fille.

Pourtant la vieille Miji irritée des sarcasmes de Gorju, n'entendait pas lâcher prise si facilement. Elle monta sur un tonneau, tout échevelée, et se livra à une gesticulation désespérée pour obtenir un peu de silence. La curiosité calma un instant la fureur générale et les cris : — Écoutez ! écoutez ! retentirent de toutes parts. La bohémienne essaya de prendre une attitude solennelle. — Mes agneaux, dit-elle, au milieu d'un silence terrible, l'étrangère a confessé la vérité. J'ai bien fait de me méfier et de vous avertir. Elle n'est pas des nôtres. C'est un ange égaré dans l'enfer. Pauvre petite ! Elle n'est pas née sur la bruyère ; elle n'a jamais eu besoin de tromper sa faim avec les mûres du buisson ; elle n'a pas vu sa mère fouettée par les sergents. Pourquoi donc a-t-elle consenti à entrer à l'Abbaye-des-Pauvres ! Pourquoi a-t-elle consenti à épouser notre excellent Seigneur ? parce qu'elle le croyait riche et puissant ! Mais il est plus riche qu'un cardinal et plus puissant que le doge de Venise, et cependant elle renonce tout à coup à cette brillante union. Ah ! c'est que les vassaux de l'abbé paraissent trop laids et trop familiers à cette mignonne. Nous sommes une engeance bonne à pendre, nous qui ne traînons pas la charrue comme des bœufs, qui ne gardons pas les moutons comme un chien de berger, qui ne frappons pas jour et nuit sur l'enclume comme le forgeron. Nous préférons gagner notre vie à la façon des rois, par ruse ou par force, c'est vrai, battre un peu monnaie à leur exemple, chasser sur toutes terres et prélever notre dîme sur le bateau qui flotte et sur le charriot qui cahotte. N'est-ce pas là une vie noble, une vie de gentilhomme, une vie plus honorable que celle des serfs soumis à la taille et à la corvée. Nous sommes libres comme l'air que nous respirons. Voilà tous nos secrets, petite ! Maintenant tu voudrais bien nous quitter, n'est-ce pas ? Cette liberté t'effarouche. Va donc, chère enfant. Laissez-la passer, compagnons ! Laissez-lui faire son honnête métier, à cette sainte fille qui n'est pas une immonde bohémienne. Savez-vous où elle courra au sortir de l'abbaye ! Faut-il vous le dire, mes agneaux ?

— Elle ira nous vendre, interrompit la voix rauque de l'*Armasch*, car c'est une espionne.

À cette accusation inattendue, le silence redoubla et tous

les regards se portèrent sur Gorju, dont la réponse devait décider souverainement de la vie de Christine et de sa mère, car les hommes brouillés avec la justice et la société peuvent pardonner tous les crimes, excepté la trahison.

L'espionnage ne leur est pas odieux à cause de la bassesse de cœur qu'il implique, mais parce qu'il enlève le seul gage moral de sécurité auquel ils puissent se fier. La fidélité au serment est un de ces liens sacrés que l'homme de proie lui-même est tenu de respecter comme une garantie matérielle de toutes les jouissances auxquelles il aspire. Convaincue ou même soupçonnée d'espionnage, la jeune fille devait être enterrée vivante dans l'enceinte de l'abbaye.

IV — QUE LES BOHÉMIENNES SE SUIVENT ET NE SE RESSEMBLENT PAS.

Christine avait affronté d'un regard calme et dédaigneux cette tempête plus hideuse que celle des flots soulevés en montagnes et creusés en abimes. François la voyait souffrir son agonie; sa douleur s'exaltait jusqu'à l'héroïsme avec cette volupté secrète qui transforme les souffrances partagées par l'être aimé. Ainsi que le condamné à mort, elle revoyait dans un tableau rapide les jours lumineux ou sombres de sa vie.

Elle sentait confusément qu'elle vivait, seulement depuis l'apparition du jeune peintre, de cette vie chaude et magique du cœur qui illumine le monde extérieur comme le brillant décor de l'amour. Peut-être était-elle heureuse des tragiques émotions qui brisaient son corps depuis quelques jours, et remerciait-elle Dieu de vouloir la retirer rapidement de la vie, puisque, vivante, elle devait rougir de honte et de confusion en s'avouant à elle-même cet amour impossible qui l'envahissait.

Elle eût voulu éteindre dans son sang cette flamme attisée par des hasards étranges. Etait-ce donc le démon qui s'emparait d'elle et qui lui soufflait ses inspirations impures? Fille noble, soumise et pieuse, pouvait-elle aimer un mendiant? Et cependant ne regrettait-elle pas, en ce moment même, de ne pouvoir se coucher aux pieds de ce mendiant, comme une des filles d'Egypte qui l'entouraient, et ne rêvait-elle pas le vrai bonheur dans la vie libre, insouciante et folle de ces danseuses de grand chemin. Où était donc le bien et le mal? Le bien consistait-il à étouffer son cœur sous le cilice, à meurtrir ses genoux sur la dalle, à psalmodier des prières devant une châsse de saint, et le mal à plonger ses yeux dans les yeux du fantôme vivant de ses rêves, à danser enlacée au bras de son amant, et à chanter, comme l'oiseau des forêts, la ronde entraînante et joyeuse? En vain Lorenzo lui répéta : — Vous vous perdez, Christine. N'agacez pas ces bêtes féroces qu'on peut amuser et tromper avec une parole!

Elle le regardait en souriant comme une créature indifférente à des craintes si chimériques. Alors l'abbé des Pauvres risqua hardiment sa popularité pour se conserver sa belle fiancée :

— Allons, tu es folle, Miji! répondit-il; je suis ton maître, et je réponds de cette jeune fille.

— Que vaut ta parole, puisque tu l'aimes, répliqua la vieille bohémienne. Qu'elle se défende elle-même!

Christine resta muette; elle eût cru souiller sa pensée et ses lèvres en essayant de marchander sa vie à ces êtres flétris, qui lui paraissaient plus immondes que les scorpions et les reptiles des fossés.

Quant à Perrier, ses deux amis le retenaient avec force pour l'empêcher de s'élancer désespérément sur le bandit qui avait trompé les deux femmes en se faisant passer pour un comte florentin. Plus pâle qu'un linceul, il jetait des regards vagues autour de lui comme s'il s'attendait à voir le feu du ciel tomber sur l'abbaye et la consumer; il écoutait les bruits du dehors comme s'il eût espéré qu'une troupe d'archers allait accourir et enfoncer les portes du repaire. Tous les espoirs insensés qui font palpiter le cœur d'un condamné à mort, traîné au supplice, miroitaient dans son cerveau. Il ne pouvait admettre que Dieu permit la flétrissure de cette belle jeune fille, si digne de la plus chaste adoration.

Jacques et Claude sentaient leur profonde impuissance contre une foule perverse, cupide et défiante. Ils ne pouvaient racheter à prix d'argent la vie ni l'honneur de Christine; ils ne pouvaient désarmer par des menaces ou des prières cette haine instinctive dont les êtres vicieux et criminels poursuivent le faible et l'innocence; ils ne pouvaient rassurer l'ombrageuse inquiétude des habitants de l'abbaye que par un gage apparent de dévouement, et, après s'être consultés à

voix basse, ils résolurent d'assurer leur sécurité aux dépens de François Perrier.

En effet, ce dernier, voyant la Miji s'avancer vers Christine et toucher sa mante avec un geste de mépris familier, ne put se contenir davantage. Il saisit dans sa main les doigts raidis et parcheminés de la bohémienne, qui craquèrent comme de vieux sarments, et lui cria :

— Tante de Belzébuth! agenouille-toi devant cette sainte que tu as osé profaner de ton souffle infect! Rampe à ses pieds et demande-lui pardon.

La vieille poussa de grognements lamentables, et plusieurs bohémiens s'élancèrent à son secours; mais Perrier fit tournoyer son bâton ferré avec une si prodigieuse dextérité, qu'il maintint ses adversaires à une respectueuse distance.

Les pauvres se mirent à hurler comme des mâtins qui ont bien envie de mordre, mais qui n'osent, par crainte des coups suspendus sur leur échine. Miji se débattait comme un démon aspergé d'eau bénite, et ne voulait pas se prosterner.

François, avisant alors une grande chaudière qui se balançait sur un tas de broussailles que deux enfants venaient d'allumer, toute remplie d'une eau plus ou moins limpide, sur laquelle surnageaient des canards et des poules, saisit Miji par la nuque et menaça de la tremper dans ce bain succulent.

La vieille bohémienne se livra, pour échapper au baptême, à des contorsions extraordinaires qui firent pâmer de rire jusqu'au terrible Gorju lui-même; mais ce dernier, ne se souciant pas d'être bravé plus longtemps par un valet d'aveugle dans l'enceinte de son pouvoir, fronça le sourcil à la façon de Jupiter Olympien, et ordonna sèchement à Perrier de déposer à terre Miji et son bâton ferré.

— Viens les prendre! répliqua intrépidement François sans se douter qu'il plagiait le héros de Sparte.

A cette insolente réponse, la face de l'abbé des Pauvres devint verte comme l'écume d'une mare stagnante. Il comprit qu'il fallait sauver à tout prix son prestige de coquin adroit et audacieux aux yeux de sa horde, qui ne respectait que la force. Il ne pouvait, sans honte, appeler à son aide contre un seul homme, — presque un enfant, — la foule de ses bandits, aussi feignit-il de dédaigner un si mince adversaire.

Il s'avança nonchalamment vers lui sans tirer son épée du fourreau, puis, tout à coup, il lança un vigoureux coup de pied contre la chaudière, qui culbuta, roula dans les jambes de François Perrier et le fit trébucher comme un ivrogne.

Déjà le Bourguignon cherchait à se raffermir sur ses jarrets robustes, et ses yeux enflammés promettaient une rude représaille au maître de l'abbaye, lorsque Jacques et Claude, au lieu de se ranger à ses côtés, pour le défendre, le saisirent par derrière et lui arrachèrent son bâton. Stupéfait, consterné, abasourdi de cette défection, il ne se sentit plus la force de résister et se laissa traîner aux genoux de Gorju, qui lui dit en souriant :

— Eh bien, fanfaron, ça ne te réussit pas toujours de te déclarer le champion des belles!

— Oh! sans la trahison de ces faux frères, tu n'aurais pas eu si bon marché de moi, s'écria Perrier. Tu n'oserais m'affronter à lutte égale. Tu n'es qu'un lâche voleur, un comédien de visage, de cœur et d'habit. Il n'y a pas de sang sur ta joue; il n'y a pas de sang dans ton cœur. Mais ne crois pas que cette noble demoiselle s'avilisse jamais jusqu'à mettre sa main pure et blanche dans ta main de proie, maintenant que tu as laissé ton masque. Je suis un honnête garçon, moi, je ne sais ni mentir ni tromper, et je ne crains pas de te dire, devant ta troupe de larrons, que tu es bien digne de les commander, car, de tous, tu es le plus lâche!

Gorju haussa les épaules, et, s'adressant aux deux autres peintres : — Merci, mes chérubins, dit-il; bâillonnez-moi ce bavard. Nous déciderons plus tard de son sort.

Jacques et Claude obéirent.

— Tu vois, maître, ce que tu as gagné à vouloir défendre cette espionne! reprit Miji qui, plus exaspérée que jamais, n'abandonnait pas son accusation.

Gorju fixa sur Christine des regards presque suppliants, mais elle resta opiniâtrement silencieuse, sans quitter François Perrier des yeux.

Une rumeur sinistre parcourut tous les groupes des Pauvres.

— Je crois, ajouta Miji en trainant une longue corde grasse et souillée de boue, que je pourrais maintenant lui prédire sa bonne aventure à cette princesse.

La vieille dame comprit le sens sinistre de ces paroles, et jeta un cri d'épouvante, qui fit tressaillir Jacques et Claude.

Le premier se pencha doucement vers Zorah et chuchota quelques mots à son oreille. La jeune bohémienne pâlit ; puis, se rapprochant de Christine, elle se coucha pour ainsi dire à ses pieds avec la grâce d'une jeune chatte qui sollicite une caresse :

— Miji, dit elle en dénouant sa chevelure par un geste de coquetterie enfantine, veux-tu que je dise à nos frères pourquoi tu accuses cette pauvre demoiselle d'être une espionne. C'est parce qu'elle est jeune et que tu es vieille, parce qu'elle est courageuse et que tu es poltronne, parce qu'elle est riche et que tu es pauvre, parce que le collier brillant qui enlace son cou blanc comme le marbre te fait envie et que tu voudrais le voir pendre à ton cou noir et ridé. N'est-ce pas la vérité ?

— Sotte péronnelle ! interrompit Miji furieuse, tête écervelée, va chanter comme un oiseau et danser comme une chèvre, mais ne te mêle pas des intérêts de la tribu. Il ne faut pas d'étrangère parmi nous. Une étrangère est toujours une ennemie qui guette nos secrets pour nous vendre. Voilà pourquoi je hais cette jeune fille. Serais-tu donc joyeuse, Zorah, de voir pendre aux arbres de la forêt les corps de tous tes frères ?

— Mais tu ne crois pas cela, Miji, s'écria vivement Zorah. Toi qui es savante en magie, toi qui sais lire sur les figures le signe le plus secret et le plus fugitif de leur destinée, regarde donc le doux visage de cette blanche fiancée. Elle est belle comme un ange de lumière. Son esprit même est absent d'ici. Elle rêve peut-être à son enfance peut-être à l'avenir caressé dans des songes, mais elle ne pense pas au présent, mais elle ne nous entend pas. Pendant que nous croassons à ses pieds, son âme monte plus haut et prie Dieu !

— Eh bien ! que ne l'envoie-t-on le prier de plus près, riposta la vieille bohémienne. D'ailleurs elle n'a pas même voulu prêter le serment de ne point nous trahir.

— Crois-tu donc qu'une véritable espionne ne nous aurait pas juré tous les serments du monde ! dit Zorah. Puis, saisissant une des mains pendantes de Christine, elle l'examina avec une attention profonde : — Par la science même que je tiens de toi, Miji, plus j'examine les lignes de cette main, et plus j'affirme que nous ne courons aucun danger de la part de cette enfant. Elle est incapable de souhaiter même la mort de son plus cruel ennemi !

Miji, hideuse de colère et de haine, tordit presque dans ses doigts crochus l'autre main de Christine, et s'écria :

— Je jure, moi, par cette science dans laquelle je suis la maîtresse et toi l'élève, que si l'abbé des Pauvres épouse cette étrangère, l'asile de l'abbaye sera violé, et que tous ceux qui ont coutume d'y chercher un refuge feront ployer sous le poids de leurs cadavres les branches de la forêt.

Le silence, mêlé de curiosité, qui avait régné pendant ce débat auquel la fiancée était seule restée insensible, fit place à de violentes invectives et à de sanglants reproches adressés à Gorju.

Les deux peintres frissonnèrent et relâchèrent insensiblement les liens de François, dans la main duquel Jacques trouva moyen de glisser un couteau.

L'influence de Miji semblait l'emporter décidément sur celle de Zorah, et la vieille bohémienne, fière de son triomphe, ajouta pour accabler d'un dernier coup sa rivale :

— Écoute un conseil, ma mignonne. Veux-tu que je te dise, moi, pourquoi tu as défendu si vaillamment cette fière demoiselle que tu ne connais pas? C'est que toi aussi tu aimes un étranger. Tu as tort, ma pauvre Zorah, et je te prédis la ruine de ton amour. Nous devons aimer les oiseaux de notre plumage, ceux qui ont été couvés dans notre nid, et qui n'ont pas honte de voler d'une aile aussi courte et aussi faible que la nôtre. L'aiglon ne doit pas nicher avec les fauvettes.

Quelques rires éclatèrent parmi les bohémiens, et Zorah, interdite, n'osa répondre. Miji victorieuse s'avança effrontément devant la triste fiancée du Gorju, et lui dit :

— N'est-ce pas que tu es une espionne, toi?

La jeune fille abaissa son regard candide et étonné sur la hideuse vieille ; puis, elle lui repondit avec une douceur extraordinaire :

— Oui, je suis une espionne ; oui, je dénoncerai vos crimes si vous ne me faites pas mourir. Je ne suis pas de votre race. J'ai horreur de vous comme de l'enfer soulevé hors de ses abîmes et débordant sur la terre ; ces murailles me semblent tachées de sang innocent qui crie vengeance. L'esprit du mal vous inspire. Vous volez la guenille du misérable comme la bourse du riche, le berceau de l'enfant comme le rosaire du prêtre, le voile de la veuve comme le filet du pêcheur, le bœuf du laboureur comme le cheval du soldat.

Je vois sur ce bahut des vases sacrés! Je vois des coupes renversées sur un autel à moitié brûlé. Vous volez dans la nuit et vous vous sauvez. Vous incendiez les granges et les étables, et vous vous sauvez. Vous êtes des bandits honteux qui aimez à vivre du travail et de l'épargne d'autrui, comme le frelon, mais qui n'osez même conquérir votre proie comme l'aigle, au prix de votre sang. Ah! vous pouvez me tuer, étouffer ma voix, éteindre mes yeux, mais vous ne pouvez me rendre votre complice. Être haïe de vous! être insultée par vous! être tuée par vous, voilà ce qui sera pour moi un honneur insigne! Ah! quand je pense que sous cette friperie de gentilhomme , le glorieux abbé des Pauvres avait trompé ma mère, et que j'ai failli devenir la femme de ce larron hypocrite, merci, vieille Miji, merci à toi qui m'as révélé la fourberie, à toi qui m'as sauvée! Oh! la mort me paraîtra heureuse puisqu'elle m'épargne une honte contre laquelle mon cœur se soulevait instinctivement de dégoût!

Gorju resta impassible, malgré ces preuves humiliantes de mépris.

Il regardait avec une sorte d'admiration cynique le visage enflammé de Christine, et murmurait : — Qu'elle est belle et que je l'aime ainsi, ardente et passionnée dans sa colère! Qu'il sera plaisant de souffler sur ce tonnerre et de le faire ramper sous mes pieds comme une flamme obéissante et légère.

— Tu me hais donc bien , rebelle fille? demanda-t-il soudainement.

— Vous haïr ! reprit-elle. Non, j'ai pitié de vous comme d'un insensé plus aveugle à la loi de Dieu que les bêtes féroces et inintelligentes qui cherchent leur pâture au hasard dans les bois ou les déserts!

— Vous vous trompez, Christine, dit Gorju avec une feinte douceur. J'ai toujours suivi la loi de Dieu !

— Blasphémateur ! s'écria-t-elle. Verse le sang des hommes, mais n'outrage pas le ciel.

— Le ciel ! répéta l'abbé des Pauvres avec un sourire sardonique ; mes paroles n'ont pas d'écho si haut : mais regardez autour de vous, Christine, et vous comprendrez que j'ai dit la vérité. Dieu n'a-t-il pas voulu qu'à côté de la plante salutaire on vît éclore des fleurs vénéneuses? Dieu n'est-il pas l'esprit du mal et le génie de la destruction, puisqu'il a fait de ce monde le théâtre d'une lutte effroyable et perpétuelle entre tous les éléments et toutes les forces aveugles de la nature ? N'est-ce pas lui qui allume les terribles éruptions des volcans qui engloutissent des villes entières, et sépare-t-il, dans ses arrêts, les cités innocentes et pieuses des Sodomes et des Gomorrhes maudites? N'a-t-il pas peuplé les airs d'oiseaux de proie, les abîmes de l'Océan de poissons de proie, les glaciers et les déserts de sable d'animaux de proie, les ruines même d'insectes de proie ? Comment les hommes de proie seraient-ils plus criminels que l'ours, le tigre ou le lion, en obéissant à leur destinée? Dieu a engendré les êtres animés pour se servir réciproquement de pâture les uns aux autres ! Il a proportionné leur force, leurs armes, leurs défenses à leur appétit ! Il les a créés pour la lutte ; il leur a dit : — Tu ne vivras que par la guerre. La force sera la justice. Malheur aux vaincus ! Jamais il n'a frappé de sa foudre le conquérant qui, pour graver son nom dans la mémoire des hommes, exterminait des peuples, incendiait des capitales, et changeait de fertiles empires en steppes arides. Toujours la mouche s'est prise dans la toile de l'araignée.

Christine écoutait avec terreur ces anathèmes contre la divinité qu'elle adorait comme l'émanation du beau et du bien. Jamais sa pensée n'avait été si violemment détournée de sa voie pieuse et tendre. Ces moqueries effrontées lui faisaient horreur, et pourtant elles ébranlaient sa raison.

— Blasphémateur ! s'écria-t-elle, tais-toi !

— Je veux éclairer votre esprit obscurci par les divagations des moines, reprit Gorju, avec l'accent impérieux de l'homme habitué au commandement. Si Dieu n'était pas un esprit malfaisant, il ne permettrait pas au mal de triompher sur la terre et d'être l'essence même de la création. Pourquoi le faible serait-il impitoyablement opprimé par le fort, et le pauvre par le riche, ce qui est la source de la servilité et de la ruse, de l'hypocrisie et du mensonge ? Pourquoi, non content de torturer l'homme en allumant dans son sein tous les tisons des passions, depuis la pâle envie jusqu'à l'orgueil implacable et féroce, en défigurant son corps par la laideur originelle, par le vice ou par les infirmités, en rendant son cœur dupe de sa confiance, de son amour, de sa vertu, pourquoi a-t-il encore amassé sur lui les misères de la famine, de l'inondation, de la tempête? Pourquoi, dans la crainte que l'homme échappât à tant de maux, a-t-il inventé les supplices, ces agonies savamment graduées ? Et comme il a pensé que les bras des bourreaux pourraient se lasser de ces tâches sanglantes, il a inventé les maladies qui frappent indifféremment l'enfant dans son berceau et le juge à son tribunal, le père à la charrue qui nourrit une famille, l'oisif voluptueux dans son bain, et le prêtre à l'autel où il priait ce Dieu clément. Et la maladie ne lui a pas suffi ; elle frappait pas à pas, lentement, comme un assassin vulgaire mal payé et méprisé, qui étrangle sa victime à l'écart. Alors, comme ces glorieux conquérants, adorés des hommes parce qu'ils les écrasent sous le pas de leur cheval, et que derrière eux les fleuves charrient des bataillons de cadavres, — alors, ce Dieu de colère, qui n'a jamais connu la justice et la miséricorde, a soufflé sur les nations l'épidémie et la peste ! L'herbe a pu croître dans les rues de ces Babylones industrieuses et remuantes comme des ruches d'abeilles, dont il ne restait que des murs, des statues et des temples.

— C'est la voix du démon que j'entends ! interrompit la jeune fille en regardant avec stupeur l'étrange faiseur de sermons qui osait s'attaquer à Dieu ; cette éloquence emportée et brutale dont les éclairs jetaient des doutes dans sa conscience troublée, la remuait involontairement, et elle cherchait en vain un appui autour d'elle pour résister à cet entraînement.

— Embrasse la croix de ton rosaire, Christine, lui dit tout bas sa mère.

La jeune fille n'eût pas plutôt serré son chapelet dans ses mains et pressé la sainte image sur ses lèvres, qu'elle éprouva un soulagement merveilleux.

— Christine, prouvez moi donc que je me trompe ? poursuivit Gorju. Est-il juste que ce Dieu permette aux hommes de s'exterminer sous prétexte de lui témoigner leur foi d'une façon qui lui soit plus agréable ? Est-il juste qu'il y ait sur terre des tribus proscrites comme les bohémiens, des nations dévouées à l'oppression et au mépris comme les juifs, des serfs attachés à la glèbe, des esclaves vendus comme une marchandise ou un bétail au plus offrant ? Et si Dieu veille sur les créatures qui lui sont fidèles en vivant dans la pratique de la charité et de l'amour du prochain, pourquoi donc êtes-vous tombée au pouvoir de l'abbé des Pauvres, qui n'a pitié, lui, ni des pleurs ni des supplications de l'innocent ? Reniez ce Dieu lâche, débile et inerte, croyez-moi, Christine, — et prenez part avec moi aux récompenses dont nous comble le Dieu vengeur que nous servons de notre mieux.

— Arrière, tentateur de grand chemin ! s'écria Christine avec l'accent de la plus vive indignation. Crois-tu donc m'éblouir par tes mensonges ? Oui, le mal existe sur la terre ; oui, souvent il semble triompher même sous la couronne des rois et sous la toque des juges ; oui, la guerre, ce souffle infernal, soulève sans cesse le monde et en fait un champ de bataille où le sang des faibles engraisse les forts, — mais ne sais-tu pas que ce monde n'est qu'un exil ou un passage, et cette vie une épreuve.

— Maxime commode pour les riches et les puissants, observa Gorju. Pauvres, grelottez sous vos guenilles effrangées par le vent d'hiver ; pauvres, aiguisez vos dents sur les os dédaignés par les chiens, mais ne murmurez pas et ne volez pas ! Priez Dieu pour les riches qui boivent les vins vieux dans des coupes d'or, qui chassent le gibier dans leurs forêts et dans les blés du paysan, qui dorment sous des baldaquins de damas et qui font l'aumône à vos plus jolies filles.

Les pauvres applaudirent leur abbé en riant ; mais la jeune fille, serrant toujours dans sa main la petite croix qui semblait lui communiquer une force extraordinaire, l'interrompit :

— Tes blasphèmes ne pourront souiller l'éternelle vérité, seigneur de contrebande. Tes railleries n'obscurciront pas la lumière qui brille aux yeux de tous les vrais chrétiens ! Le mal est de source divine, puisque Dieu lui a permis de s'insinuer en nous comme le ver au cœur du fruit ! Mais il nous a donné en même temps une âme libre pour résister au mal sur cette terre, une âme immortelle pour recevoir le châtiment de son péché dans l'abîme, ou la palme de sa victoire dans le ciel.

— Ce sont là des contes à dormir debout, ma jolie prêcheuse, reprit Gorju ; Dieu est-il descendu à ton chevet pour te prédire cette vie future et t'a-t-il donné des arrhes ?

— Oui, misérable, s'écria Christine emportée par une sainte indignation, il a donné à tous les hommes un gage précieux de son amour et une merveilleuse caution de ses promesses.

— Et quel est ce gage ? demanda en ricanant l'abbé des Pauvres.

— Son fils, répondit la jeune fille avec une touchante exaltation.

Gorju resta silencieux, car beaucoup de ces bandits qui ne se faisaient aucun scrupule de blasphémer Dieu, n'en étaient pas moins dévots au Christ et à la Madone.

La jeune fille continua d'une voix douce et calme.

— Jésus ne s'est-il pas soumis aux misères et aux angoisses de l'homme ? n'a-t-il pas dépouillé sa divinité pour souffrir dans son corps, dans son esprit, et dans son âme ? n'a-t-il pas accepté toutes les humiliations, toutes les ignominies, tous les faux jugements ! l'ignorance, l'injustice et l'envie l'ont-elles épargné ? n'a-t-il pas connu la faim et les coups de verges ? a-t-il repoussé l'éponge imprégnée de vinaigre et de fiel ? Et cependant nul ne l'a entendu maudire César et les pharisiens. Le martyre terrestre et la résignation sont des mérites dont la récompense n'est pas de ce monde ; tu vois bien, ajouta-t-elle en s'adressant à Gorju, que tu n'obtiendras aucun empire sur moi et que l'obstination d'une pauvre fille saura lasser tes ruses hypocrites comme ta cruauté.

— Peut-être ! répliqua l'abbé des Pauvres en souriant, je t'aime ainsi, belle Christine, déclamant ton sermon avec l'éloquence d'un docteur. Vraiment ce serait nuire aux âmes vaillantes dans leur foi que de te garder avec nous et de les priver d'une si féconde moisson de bonnes paroles. D'ailleurs tu n'aurais qu'à convertir nos chers et aimés vassaux, et à leur persuader que leur misère est une grâce de Dieu. Tout bien considéré, ma noble fiancée, vous êtes libre.

À cette conclusion inattendue, Christine tressaillit ; une rumeur de surprise et de colère agita les groupes des pauvres.

Gorju promena un regard impérieux sur la foule et cria : Silence ! avec l'autorité d'un huissier au tribunal.

— Vous êtes libre, reprit-il froidement, de sortir de l'abbaye et de poursuivre votre voyage ou même d'aller nous dénoncer, si tel est votre bon plaisir. Après tout, les Barighels ont de trop gros ventres et les archers de dame justice sont trop poussifs pour que nous ne soyons pas dénichés quand ils jetteront le filet sur notre refuge.

— Libre ! répéta Christine toute tremblante d'émotion quoiqu'elle gardât au fond du cœur une vague incrédulité. Libre !

Elle ressentait cette sorte d'étonnement qui trouble l'oiseau dont la cage s'est ouverte et qui n'ose essayer ses ailes ; elle était prête pour la lutte et pour le supplice, mais non pas pour la liberté.

Elle regardait avec anxiété le visage sardonique de Gorju.

— Quoi ! dit-elle encore, vous me délivrez vous-même ! vous lâchez votre proie, vous avez honte de vos violences ! vous n'êtes donc pas si méchant que je le croyais ! mon mépris ne vous a pas irrité ! Vous faites grâce à l'humble fille qui vous a bravé lorsque d'un mot, d'un signe, d'un regard vous pouvez vous venger de sa hardiesse et de ses dédains ! Ah ! s'il est bien vrai que vous me rendiez la liberté, si cette clémence ne cache pas un piège, je vous ai mal jugé, monsieur.

L'abbé des Pauvres sourit bénignement.

— Ma pauvre enfant, je n'aime pas à contraindre les cœurs, répondit-il avec une douceur sournoise ; le beau mérite de baiser une main qui tremble sous vos lèvres, ou qui vous repousse, d'emporter dans ses bras une belle qui se débat, dont les yeux vous insultent, dont la bouche vous menace ! Ce sont des victoires dignes d'un soldat ivre au sac d'une ville ! Autant vaut se glorifier d'avoir tué un ennemi désarmé ou un moribond ! Vous êtes libre, Christine. Faites place, mes enfants !

La jeune fille stupéfaite fit quelques pas en avant. Miji recula devant elle et les groupes s'ouvrirent.

— Combien il est plus doux, reprit Gorju toujours souriant, de voir celle qu'on aime consentir à vous tendre loyalement la main, à se rapprocher de vous, à implorer de votre générosité quelque grâce des yeux ou des lèvres, à ne pas craindre de s'humilier devant l'homme qui peut décider de la vie ou de la mort de tous les êtres auxquels l'attachent les liens du sang et du cœur !

Christine surprise par ces paroles obscures et équivoques s'arrêta soudainement comme saisie d'une défaillance.

Elle tourna la tête et ne vit pas sa mère.

La vieille dame avait voulu la suivre, mais sur un signe de Gorju, Miji s'était empressée de la repousser.

— Viens donc, ma mère! s'écria la jeune fille troublée.

— Oui, voilà le triomphe que j'envie, ajouta l'abbé des Pauvres.

Je serais heureux d'entendre des prières et des supplications sortir d'une bouche charmante qui n'a su trouver pour moi que des menaces ou des injures. Je serais heureux de voir l'audacieuse enfant qui m'a traité comme un laquais, et qui eût voulu faire crouler le ciel sur moi se traîner en suppliante à mes genoux et me demander comme un bienfait ce qu'elle a repoussé comme un outrage; mais pourquoi donc ne partez vous pas, Christine? Faut-il vous vous répéter que vous êtes libre, que personne ne fera obstacle à votre fuite et n'avez-vous plus hâte de sortir de ce repaire immonde? place, mes enfants, place!

— J'attends ma mère! répliqua Christine épouvantée de voir la bohémienne retenir la vieille dame qui tentait vainement d'avancer.

— Votre mère! dit Gorju en feignant la plus profonde surprise; mais il n'a pas été question de votre mère, la belle! Je la garde comme ôtage de votre discrétion! n'abusez pas de ma faiblesse.

— Avez-vous donc cru que j'abandonnerais ainsi celle pour qui je donnerais cent fois ma vie! répliqua la jeune fille d'une voix altérée, tandis que des larmes ruisselaient sur ses joues; mais je n'ai jamais quitté ma mère, mais j'aime mieux une prison avec elle que la liberté si cette liberté doit me coûter cette séparation impossible.

— Il ne m'est pas permis d'être prodigue de grâces à ce point, dit froidement l'abbé des Pauvres. Les portes de l'abbaye vous sont ouvertes, Christine. Le miracle est assez rare pour que vous en profitiez sans plus d'hésitation.

— Je ne quitterai pas ma mère! reprit-elle en écartant Miji d'un geste rapide et en saisissant la main de la vieille dame.

— Vous faites bon marché de votre liberté et de votre honneur, madame, dit ironiquement Gorju. Il faut avouer que les femmes sont plus mobiles et plus capricieuses que les vagues de la mer. Tout à l'heure j'étais un monstre parce que je vous retenais prisonnière; maintenant je me montre bonhomme au possible; j'abaisse la grille de la cage et le gentil oiseau ne veut plus s'envoler. Faites donc à votre guise, mais vous ne pouvez rester à l'abbaye, sachez-le bien, qu'aux conditions rejetées par vous avec tant de dédain.

La pauvre Christine se sentit vaincue; la torture morale, ingénieusement appliquée par l'abbé des Pauvres, était au dessus des forces d'une jeune fille aimante, et sans expérience de la vie.

— Sauve-toi, sauve-toi! dit sa mère d'une voix sourde et brisée.

— Partez, mademoiselle, partez! disait le regard du Bourguignon qui essayait vainement de rompre ses liens.

— Quant à vos amis, poursuivit tranquillement l'abbé des Pauvres, ils vont s'enrôler dans notre bande de bonne grâce ou ils seront immédiatement pendus, à commencer par ce gaillard auquel je portais quelque intérêt par reconnaissance des services qu'il a eu la chance de vous rendre.

— Pendu! s'écria Christine atterrée, en fixant un regard troublé sur François Perrier.

— Oh! il ne souffrira pas beaucoup, madame, reprit Gorju, nous avons des corbeaux de potence qui n'ont pas leurs pareils pour tresser un nœud coulant et lancer le patient en un tour de main dans l'éternité. Votre compagnon n'aura pas le temps d'éternuer qu'il aura déjà comparu devant Dieu le père.

Christine tomba agenouillée: — Oh! j'ai péché par orgueil. Seigneur, mon Dieu, vous m'avez punie; j'ai cru être assez forte pour défier les bourreaux et vous m'avez rendue plus faible et plus peureuse qu'un enfant! Je n'ai pensé qu'à mes souffrances et vous me punissez en me faisant souffrir dans l'agonie de ceux qui m'ont aimée et servie! Seigneur, mon Dieu, pardonnez-moi.

Puis regardant l'abbé des Pauvres avec des yeux pleins de larmes: — Est-ce bien vrai ce que vous me dites là? n'est-ce pas une vaine menace pour m'éprouver? oserez-vous bien, si je pars, garder dans cette sacrilége abbaye ma mère qui ne pourra vivre privée de son enfant! Ne savez-vous pas que ce serait la tuer par le plus cruel des supplices! Oserez-vous bien condamner à une mort infâme ce jeune homme dont tout le crime est d'avoir été bon, généreux, charitable envers ceux que vous voliez et que vous trompiez! oh! ma tête s'égare! ayez pitié de moi! ne prolongez pas cette torture.

— Miji, apprête ta corde! dit froidement Gorju; prépare ton âme, intrépide François.

— Oh! vous ne commettrez pas ce crime inutile et lâche, s'écria Christine en se traînant aux pieds de Gorju. Voyez! je vous supplie de faire grâce! je m'humilie devant vous! n'est-ce pas là ce que vous désiriez, ce que vous demandiez, ce que vous exigiez de moi?

— Vous savez que je ne puis accorder cette grâce qu'à ma fiancée, lorsqu'elle aura prêté le serment de ne pas trahir les secrets de l'abbaye? dit Gorju avec une sorte de dignité.

— Je le sais! répondit Christine dont le corps frissonnait et qui n'osait lever les yeux sur le Bourguignon bâillonné et garrotté. Je jure de ne jamais vous dénoncer! je jure de n'appartenir jamais à un autre homme.

Le visage de François Perrier se couvrit d'une si effrayante pâleur que ses deux amis se penchèrent sur lui, croyant que son cœur s'était brisé dans une contraction violente et qu'il allait mourir.

— C'est bien! dit l'abbé des Pauvres, qui ne put dissimuler son orgueilleuse satisfaction. Vous pouvez vous retirer, Christine. Zorah, accompagnez ces dames dans la cellule du Prieur, et veillez à ce que rien ne leur manque. Eh bien! bonne Miji, es-tu contente? demanda-t-il à la hideuse bohémienne.

— Contente de voir notre abbé épouser une mijaurée qui ne saurait pas tuer un poulet sans tomber en pâmoison, non certes, répliqua Miji. La femme du chef doit savoir courir aussi vite qu'un cheval pour donner l'alarme, déguiser sa voix, son visage et son regard, de façon à dépister le plus défiant geôlier, traverser une rivière à la nage, vider trois bouteilles sans s'enivrer, parler notre langue de Bohême, cracher sur la croix au besoin, et voir les archers dans les ténèbres.

— Diable, voilà un catalogue de vertus qu'il n'est pas facile de trouver réunies, dit Gorju en hochant la tête et je ne sais trop si tes filles à elles trois possèdent toutes ces qualités, Miji. Je doute que la bossue sache suffisamment se déguiser, et que la boiteuse puisse devancer même un cheval normand à la course. Quant à la borgne, il serait dangereux de se fier à sa vigilance, si les archers tentaient de nous surprendre de deux côtés à la fois.

Une hilarité générale accueillit la réponse de l'abbé des Pauvres aux hargneuses observations de la bohémienne. Alors celle-ci écumant de rage, s'écria en montrant Christine:

— Croyez-vous donc que cette nonne manquée saurait supporter la torture si on serrait ses pieds mignons dans des brodequins de fer?

La jeune fille la regarda avec une expression de mépris et de dégoût indicible; puis, lui tendant ses mains blanches.

— Serrez donc mes poignets avec cette corde que vous destiniez au cou du valet de l'aveugle, dit-elle fièrement, et vous verrez si la douleur m'arrache une parole ou un cri.

Miji prise au mot, et emportée par sa haine envieuse s'avança précipitamment et étrangla la corde luisante autour des poignets délicats de la jeune fille, mais ce trait de courage naïf et spontané avait désarmé les pauvres les plus hostiles, leur colère était tombée et leurs visages exprimaient une sorte d'admiration dont Gorju profita habilement pour mettre fin à cette scène odieuse.

— Bien, Miji, dit-il à la vieille. Tu te connais en épreuves, serre la corde de toute ta force; mais je te préviens que si le sang jaillit, tu recevras pour ta maladresse cent coups de fouet de l'armasch.

La Bohémienne s'arrêta et fit une grimace médiocrement joyeuse; cependant elle se remit à la besogne.

— De plus, continua l'abbé des Pauvres, si ma fiancée tient parole, c'est-à-dire si tu ne peux lui arracher une plainte, tu seras pendue avec cette même corde à la plus haute branche de la forêt.

Cette fois la peur l'emporta sur la haine.

Miji lâcha la corde et se sauva de toute la vitesse de ses jambes grêles, en s'ouvrant un passage dans la foule à l'aide de ses coudes pointus.

Zorah se hâta aussitôt d'obéir à l'ordre de Gorju et disparut avec les pauvres femmes, tandis que Jacques et Claude transportaient dans une salle, qui servait d'infirmerie, leur compagnon tout grelottant d'une fièvre ardente.

Quant aux habitants de l'abbaye, ils eurent bientôt noyé au fond des bouteilles le souvenir de ces tableaux tragiques.

Un joyeux vacarme succéda aux colères qui venaient d'agiter cette population nomade et toute la nuit les rasades, les défis, les danses, les quolibets, les dés ou les ferraillades amusèrent ces enfants du crime, de l'oisiveté et de la débauche.

V — IL NE FAUT PAS TROUBLER UN ROI QUI APPREND A DRESSER DES PIES-GRIÈCHES

Pour bien vous faire démêler les fils mystérieux de ce récit, je suis obligé, mes chers amis, de revenir quelques semaines en arrière et de vous transporter, comme par un coup de baguette magique, de cette odieuse Abbaye des Pauvres, où nous laisserons la belle Christine et ses braves compagnons, en plein Louvre, à la cour de la reine régente Marie de Médicis.

N'oubliez pas que l'humble et familier épisode d'une obscure biographie d'artiste, à laquelle vous prêtez une attention si soutenue, se passait à une époque des moins glorieuses de notre histoire, mais aussi des plus singulières et des plus intéressantes.

La France, que les guerres de la Ligue et de la Réforme avaient mise à deux doigts d'un démembrement, au milieu des convulsions d'une anarchie sociale et religieuse, soigneusement attisée par le soufflet d'or de l'Espagne, la France avait recousu ses tronçons palpitants et épars avec l'épée huguenote de Henri IV, baptisée et bénie par le Pape.

Longtemps l'Espagne n'avait vu dans le Béarnais qu'un joyeux vert-galant, risquant sa peau pour embrasser une jolie meunière sous les arquebusades, vidant son épargne sur les jupes d'une belle duchesse — un insouciant batailleur amoureux du tapage de la guerre — un calviniste opiniâtre et convaincu qui voulait escalader le trône, la Bible à la main. Aussi ne craignait-elle pas ce schismatique, qui était obligé d'assiéger sa capitale et de prendre son royaume de force. Mais quand ce faux bonhomme se fut démasqué, et que sous le jovial soudard la maison d'Autriche découvrit le grand roi, le politique gascon, patient, rusé, hardi, populaire, souriant au prêche et à la Messe, gardant l'épée levée pour les uns et la bourse ouverte pour les autres, elle eut peur et se sentit perdue.

Elle ne pouvait mépriser le profond gouailleur qui avait fait tomber devant lui les murailles de Paris avec cette phrase plus victorieuse que les trompettes de Jéricho : « — Un royaume vaut bien une messe ! » comme ces Valois énervés, voluptueux et bigots qui ressentaient par accès le courage du champ de bataille et de l'assassinat, mais qui se rapetissaient dans l'ombre du palais devant les grands gentilshommes de la maison de Lorraine.

Les Guise n'avaient pas eu l'audace rapide de Pépin ; aux Etats de Blois, par un excès d'orgueilleuse confiance, leur chef trébucha dans un linceul sanglant qui remplaça pour lui le manteau royal ; ce sceptre, qu'ils avaient violé dans leur pensée, que leur épée avait soutenu vacillant aux mains de Henri III, et qu'ils n'osèrent pas ramasser dans son sang, en bénéficiant du crime de Jacques Clément, le Béarnais le revendiqua comme son héritage. Il n'hésita pas à payer d'une apostasie la couronne catholique, et à acheter, à beaux deniers comptant, la soumission des gouverneurs de provinces ou de places-fortes.

Henri IV reprit l'œuvre de Louis XI, que devait continuer après lui Richelieu. Voulant concentrer dans l'autorité royale les forces vives et l'unité du pays, il ne pouvait rester le chef de la Réforme, adoptée avec tant d'empressement par la noblesse féodale, qui y avait trouvé un merveilleux point d'appui, et un prétexte spécieux de résistance au pouvoir monarchique. Ce Gascon, patient comme un Flamand, avait senti la pointe des piques égratigner son pourpoint, et le vent des balles courber les plumes de son chapeau dans la grande tuerie nocturne commandée par Charles IX. Il avait compris la cause logique du succès de la Saint-Barthélemy. Le peuple était catholique. Comme Henri voulait être le roi de ce peuple, et non le chef d'une oligarchie remuante et factieuse, il abjura. Il cessa d'être le premier des gentilshommes pour devenir un roi populaire. Le procès et la condamnation de Biron, tel fut le terrible gage que Henri donna aux communes contre la noblesse. De ce jour le roi de France n'eut plus de pairs.

La seule faute que commit ce grand homme, si fin et si délié, ce fut son mariage avec Marie de Médicis — et encore en fut-il averti par son instinct politique, car voici l'observation qu'il fit à son ami M. de Rosny, duc de Sully : « Etant de la même race que la reine-mère Catherine, qui a tant » fait de maux à la France, et encore plus à moi en particulier, j'appréhende cette alliance de peur d'y rencontrer » aussi mal pour moi, les miens et l'Etat. » L'Espagne respira ; elle trouvait le défaut de la cuirasse. Autrefois l'Anglais avait brûlé Jeanne d'Arc comme sorcière ; sorcière en effet ! car elle avait fait ce miracle de sauver la France mutilée, trahie et perdant sa foi en elle-même. L'Espagne paya des docteurs qui prêchèrent le régicide ; elle aiguisa et fit bénir le couteau de Ravaillac.

La reine, impatiente du joug conjugal, jalouse et inquiète des infidélités d'un mari trop nomade en amours, entretenue dans ses ombrages et ses querelles domestiques par des favoris italiens de basse extraction, qui la flattaient dans la langue de son pays, la reine semblait avoir hâte de régner, ou plutôt de faire asseoir ses valets sur les marches du trône. Un odieux soupçon flétrit ses honteuses amitiés, et la veuve du grand Henri fut accusée de s'être réjouie de ce coup de couteau qui saignait la France aux quatre veines.

Sully, ce conseiller hargneux et rigide du roi mort, tomba du pouvoir au fond d'une triste obscurité, entraînant dans sa chute tous ses vieux compagnons de guerre. Leonora Galigaï, femme de chambre favorite de la reine, sèche et jaune, échappée de Bohême, put infliger au royaume un nouveau maire du palais, dans la personne de son mari, le beau Concino Concini, un ancien valet de Florence. Ce parvenu gouverna les finances avec l'insolente avidité d'un affranchi de la Rome impériale. Sorti de la poussière, il craignait d'y retomber. Il n'avait ni alliances ni famille qui pussent lui servir de rempart contre la mauvaise fortune. Il n'était empêché par aucun lien d'honneur ou de conscience. La misère d'un pays étranger ne pouvait l'émouvoir. En un mot, la reine de France avait confié les clés de sa maison à un maraudeur qui gaspillait l'impôt et l'épargne — et qui vendait sous main à l'Espagnol l'armée, les flottes, les forteresses, enfin jusqu'au sol même qu'il était chargé de défendre. Faut-il s'étonner si la Réforme menacée s'inquiétait, et essayait de prendre ses sûretés ; si la féodalité, encore vivace, se remuait de tous côtés, soulevait contre les Florentins une marée montante de mépris et de colères, conjurait et s'armait au nom du jeune héritier de Henri, délaissé à dessein dans un abandon végétatif.

Louis XIII n'était encore qu'un adolescent solitaire, timide, maladif et défiant, dont on prolongeait complaisamment l'enfance livrée à d'indignes et puérils amusements. On ne pouvait compter sur lui pour encourager la haine sourde des Parisiens et la faire éclater en séditions, ni pour couvrir de son nom les brigues et les factions des princes. D'ailleurs, il aimait sa mère autant que son cœur incertain et glacé pouvait aimer ; sa soumission pour elle faisait de ce jeune roi l'esclave couronné d'un valet de Florence. Les favoris se plaisaient à dégrader, par la pratique minutieuse des exercices de religion et par l'habitude de plaisirs ridicules, ce frêle rejeton dont le pâle fantôme protégeait leur usurpation.

Cependant, plus la puissance de Concino Concini semblait s'affermir, plus la conjuration de la noblesse contre cet avide et insolent étranger recrutait de partisans. Le prince de Condé était l'âme de ce complot formidable auquel s'étaient déjà associés MM. de Vendôme, du Maine et de Bouillon. Seul, le duc d'Epernon, gouverneur de Guyenne, celui qui s'était rendu aussi puissant et aussi indépendant qu'un prince souverain, celui dont l'épaule touchait l'épaule de Henri IV lorsque le couteau de Ravaillac ouvrit la poitrine du roi, celui que la rumeur publique accusa d'avoir été le complaisant du crime, dont il resta le témoin impassible, le duc d'Epernon hésitait entre la fortune ascendante de Concini et la rebellion altière de Condé, qui voulait renouveler Guise.

C'était un bon temps pour les aventuriers de cape et d'épée, comme vous voyez. La France était pauvre, mais Concini était riche de trois millions d'or. Malgré les édits impuissants, la vie était gaîment occupée par les orgies aux cabarets, les duels au Pré-aux-Clercs, les sermons burlesques aux chaires des églises, les rendez-vous galants chez les baigneurs-étuvistes, les jeux effrontés au tripot et les voleries en pleine rue. Paris était un immense coupe-gorge très-habité, où, jour et nuit, la meute affamée des seigneurs, c'est-à-dire les pages et les laquais, confraternisant avec les tire-laines et les coupe-bourses, tenaient le haut du pavé, enlevaient les femmes, rossaient ou volaient les maris, et faisaient la chasse à la justice représentée par le guet au pas lourd. Le Louvre même était infesté de gentilshommes de contrebande qui vivaient de rapine, mais qui ne manquaient pas de venir faire la haie, chaque jour, sur le passage de la reine régente et de son favori.

Par un de ces tristes matins où la brume de la Seine enveloppe comme d'un blanc linceul ce palais aux souvenirs tragiques, le jeune roi venait de se réveiller harassé et fiévreux des songes de sa nuit. Neuf heures sonnaient à l'horloge du Louvre. Il détira ses bras en bâillant, et promena autour de lui des regards ternes et indécis. Ses grands yeux, toujours voilés, et ses paupières rougies par l'insomnie jetaient une ombre mélancolique et sérieuse sur son pâle visage, un peu long, mais fièrement rehaussé par un nez aquilin et un front élevé qui donnaient à son profil un caractère de beauté antique.

Il parut surpris de ne pas apercevoir, penché à son chevet, le jeune Albert de Luynes, son ordinaire, qui avait l'habitude d'attendre son réveil, et il ne put s'empêcher d'en témoigner aussitôt son mécontentement à Pluvinel, son maître d'équitation, et le plus habile écuyer de France, qui se tenait debout et découvert, dans une attitude respectueuse, à l'autre bout de la chambre.

— Ah ! j'ai trop dormi, dit-il d'une voix dolente. J'en suis las. Allons ! le brouillard se fond en pluie ce matin. Je ne pourrai pas monter à cheval, mon bon Pluvinel, et nous n'irons pas chasser. Mais sais-tu où s'est fourré cet étourdi d'Albert? Ah ! le mandit paresseux ! Je gage qu'il dort encore. Cependant il est fort, lui, ajouta-t-il avec un soupir de regret, il n'a pas d'insomnies, il est heureux. Croirais-tu, Pluvinel, qu'il m'est arrivé de le regarder dormir pendant des heures entières, en récitant mes prières ! Oh ! il n'est pas roi, le pauvre ami ! — Sire, je ne crois pas que M. Albert de Luynes repose en ce moment, répondit gravement l'écuyer, car son lit est vide, — Son lit est vide ! répéta Louis XIII avec stupeur. Ah ! voilà donc comme je suis servi par les gentilshommes ordinaires de ma chambre. On me néglige, on m'abandonne, bientôt on m'oubliera tout à fait. Et sa colère montant comme celle de tous les gens faibles tant qu'ils ne trouvent pas de résistance, il frappa de son poing fermé la colonne torse de son lit à baldaquins. — Il est constant, reprit avec un flegme imperturbable l'écuyer qui crut devoir s'associer à la mauvaise humeur de son maître, que M. Albert de Luynes manque à son devoir. — Dis donc à tous ses devoirs, mon bon Pluvinel, s'écria le jeune roi enchanté de cet encouragement. Il mériterait certes que je me plaignisse immédiatement à ma mère de ses dérèglements. Sur un mot de moi, Concini le chasserait, car il ne l'aime pas. Peut-être est-ce là le motif de mon amitié pour lui. Garde donc le silence sur tout ceci, Pluvinel, car on m'ôterait Albert, et c'est le seul de mes Ordinaires qui m'amuse. Les autres me flattent, mais ils s'ennuient avec moi. Je ne suis pas dupe de leurs simagrées. Mont-Pouillant, le fils du duc de la Force, ne rêve que politique ; un autre ne pense qu'aux dames, Albert s'amuse à m'amuser.

Pluvinel essaya de détendre ses traits sérieux dans un sourire complaisant.

— Sire, tous ceux qui vous aiment, répliqua-t-il avec dignité, aiment M. de Luynes. Et tenez, quand on parle du loup.....

Au même instant la porte s'ouvrit, et un beau grand jeune homme s'élança dans la chambre du roi en s'écriant :

— Je gage, sire, que vous disiez du mal de moi à ce pauvre Pluvinel, et que vous l'embarrassiez fort. J'arrive à temps pour le délivrer.

Un sourire fugitif dérida la physionomie triste de Louis XIII lorsqu'il vit bondir jusqu'à son lit son joyeux Ordinaire.

Albert de Luynes était un charmant gentilhomme aux cheveux très-blonds, à la taille élancée, au port de tête fier et hardi ; pour se dissimuler à lui-même l'absence d'une barbe retardataire, il avait pris l'habitude de caresser son menton stérile avec une petite baguette d'ivoire. Son costume était riche, élégant et sévère, car il portait sous son manteau de velours noir un pourpoint de satin de la même couleur, et son cou était emprisonné dans une fraise ou rotonde à double rang de dentelles. Des plumes blanches flottaient gracieusement sur son feutre noir, et des éperons sonores brillaient à ses longues bottes jaunes.

Cependant le roi avait bientôt repris sa physionomie moitié boudeuse, moitié sévère : — D'où venez-vous donc, monsieur? lui demanda-t-il ; pourquoi n'étiez-vous pas à votre poste ce matin? Comptez-vous prendre à notre service les habitudes de ces méchants écoliers, de ces pages effrontés, de ces laquais qui vont escalader la nuit les balcons de nos

bourgeois et mettre leurs maisons à sac ? Voyons, répondez, vagabond ?

L'Ordinaire ne parut pas s'effrayer beaucoup de la mercuriale qui saluait son retour, et un rire goguenard crispa les coins de ses lèvres. Le roi s'impatientant de ce silence irrespectueux :

— Ah ! ça, daignerez-vous me répondre, monsieur le bohémien? En vérité, si vous étiez encore page, vous mériteriez les verges ! — Vous êtes un ingrat, sire, dit enfin Albert, et si je ne me défends pas, c'est que vous vous repentirez tout à l'heure des paroles trop dures dont vous venez de me combler.

Le roi remarqua seulement alors que son gentilhomme tenait à la main une sorte de cage grossière soigneusement enveloppée d'un rideau de serge verte.

— Que m'apportes-tu-là, Albert ? demanda-t-il aussitôt avec une expression de curiosité. — Ma justification, répondit en riant l'Ordinaire.

Louis XIII souleva précipitamment le rideau et s'écria en battant des mains : — Des pies-grièches ! Et c'est pour cela que tu t'es levé de grand matin. Merci, Albert ! Quand je pense que je t'accusais de négligence et d'oubli ! Pauvre ami ! quelle bonne inspiration t'est venue ! Des pies-grièches ! Il pleut aujourd'hui et nous pouvons passer notre journée à les dresser dans la fauconnerie ! — Je suis à vos ordres, sire, et dès que vous aurez pris votre leçon d'équitation... — Oh ! tu m'en tiens quitte, n'est-ce pas, mon bon Pluvinel, interrompit le roi entraîné par son caprice du moment ; et sautant au bas du lit avec une vivacité qui ne lui était pas habituelle : Albert, tu vas donner l'ordre que personne ne vienne nous déranger dans nos études. Dès que je serai habillé, nous descendrons à la garenne. Je donnerai à manger à mes faucons, et puis tu m'apprendras à dresser les pies-grièches, car je veux devenir aussi habile que toi dans le noble art de la vénerie.

Pluvinel s'inclina avec une raideur automatique et disparut.

Une demi-heure après, Louis XIII et Albert de Luynes s'étaient enfermés dans leur mystérieux asile, où le silence n'était troublé que par les cris rauques des oiseaux ou le battement de leurs ailes.

Les deux fauconniers de service avaient été chargés de défendre la porte contre les importuns qui voudraient violer la consigne, et les jeunes amis se croyaient à l'abri des fâcheuses visites lorsqu'un grand bruit éclata au dehors. Le roi rougit d'impatience et tendit l'oreille. Une voix sonore, à laquelle un accent italien très-prononcé enlevait sa rudesse, criait :

— Allons, méchants valets, dites-moi où est Sa Majesté, corps du Christ ! — Il n'est pas ici, monseigneur, répondait un fauconnier. — Tu mens par la gorge, sang de Diane ! reprenait la voix effrontée. Voudrais-tu par hasard me cacher le roi, misérable ? — L'insolent ! murmura Albert de Luynes en regardant d'un œil oblique le jeune roi comme s'il s'attendait à le voir s'irriter de l'outrage; mais il le vit trembler silencieusement comme un écolier pris en faute. Alors il haussa imperceptiblement les épaules et ajouta : — Au fait, cet étranger a raison, puisqu'il a la force, et l'insolent c'est celui qui lui résiste. — Ouvrez cette porte! poursuivit impérieusement la voix à l'accent italien, ouvrez, *corpo di Baccho!* — Impossible, répliquèrent fermement les deux fauconniers en s'adossant à la porte. Le roi nous l'a défendu, monseigneur Conchine.

L'italien éclata de rire : — Mais il ne me l'a pas défendu à moi, reprit-il. Allons, mes lâches à mille francs, dit-il en se tournant dédaigneusement vers ses gentilshommes ordinaires qu'il flétrissait familièrement de cette épithète dans ses accès de jovialité, — arrachez à ces drôles leurs baguettes et bâtonnez-les de main de maître.

Le roi entendit sonner sur les dalles les éperons des gentilshommes qui s'avançaient.

— Oserez-vous bien me résister davantage? s'écriait la voix étrangère. Faut-il que j'enfonce cette porte à coups de pied ?

Les deux fauconniers restaient inébranlables à leur poste; le roi entendit le sifflement des baguettes.

— Mais c'est là un crime de lèse-majesté! s'écria Albert de Luynes, dont le visage s'était empourpré de colère. Sire, oserez-vous regarder Concini en face lorsque vous aurez laissé bâtonner vos serviteurs par ses laquais? Sire, ajouta-t-il en fléchissant le genou, s'il en est ainsi permettez-moi de prendre congé de votre service, car je ne suis pas d'hu-

meur à recevoir les verges par l'ordre de ce valet de Florence.

— Tais toi, Albert, répondit Louis XIII, dont le front s'était mouillé d'une sueur froide. Relevez vous, monsieur, et sachez qu'un roi de France n'a de leçons à prendre de personne.

En même temps il s'élança vers la porte, poussa les verroux, l'ouvrit lui-même et resta sur le seuil, pâle et chancelant; son œil terne s'était ranimé en un instant, mais déjà le débile jeune prince semblait surpris et repentant de son audace. Cependant il eut encore la force dire d'une voix un peu embarrassée :

— Vous voyez que j'obéis de bon gré, monsieur; je vous demande grâce pour ces imbéciles qui n'ont d'autre tort que d'avoir obéi à mes ordres.

Ce sarcasme mordant par sa naïveté même fut suivi d'un profond silence. L'apparition inattendue du jeune roi avait produit une impression extraordinaire sur la suite du Florentin. On eût dit des rebelles éblouis par la majesté royale. Le prestige du pouvoir suprême et légitime avilissait en une seconde le beau Concini, le dépouillait de son auréole empruntée et le faisait retomber nu, pauvre, abandonné dans la fange. Il parut comprendre lui-même un instant la fragilité de son destin et les chances de sa chute. Il sentit la tête lui tourner de surprise ou d'effroi à l'aspect foudroyant de cet adolescent bègue, maigre et chétif, qui était le roi de France. Il crut voir un fantôme vengeur lui demandant compte du sang versé par Ravaillac. Il sentit que sur un mot, sur un signe, sur un regard de ce prince débile, ses lâches à mille francs le garrotteraient de leurs propres mains ou le perceraient des épées qu'il leur avait données. Mais ce mot, ce signe, ce regard furent vainement attendus. L'éclair s'évanouit, la vision s'éteignit, et le favori de la reine-mère se rassura au point de rire lui-même de sa terreur insensée.

Le jeune roi faisait en effet piteuse figure en face du superbe italien.

Concino Concini avait tout à fait la tournure d'un de ces spadassins altiers qui, sous le nom de *bravos*, trafiquaient de la vie et de la mort avec impunité. Ce type de Capitan-Matamore, de Fier-à-bras, de Tranche-Montagne, de Fracasse, commençait alors à être parodié sur les tréteaux des parades en plein vent, tant il avait été poussé à l'exagération la plus hyperbolique. Mais le beau Florentin n'était pas ridicule; son teint basané aux tons de cuivre, ses grands yeux brillants à l'expression un peu hagarde, ses dents blanches comme du lait, sa moustache férocement retroussée, et sa grande taille un peu raide attiraient involontairement l'attention sur lui; quant à son costume, il écrasait par sa splendide galanterie les vêtements étroits et mesquins du prince. Sur son pourpoint de soie orange et blanc s'étalait une profusion de rubans, de glands et d'aiguillettes à bouts dorés; un formidable panache de plumes bariolées ombrageait son feutre gris perle; des broderies et des galons d'or couraient sur les coutures du pourpoint et du haut-de-chausses jaune, étoilé de diamants; un collier de pierres précieuses s'enroulait sous sa fraise de dentelle, et de longues manchettes de dentelles couvraient ses poignets. Un court manteau de soie se balançait légèrement sur ses épaules, et la garde de son épée valait quatre-vingt mille livres, somme énorme à cette époque.

Cependant le magnifique parvenu restait encore un peu interdit, malgré son impudence ordinaire, et il balbutia avec une sorte d'embarras : — Si j'avais su..... pardon, sire, mais mon inquiétude seule pour Votre Majesté.....

— Oui, vous vous inquiétez beaucoup de moi, dit amèrement Louis XIII. Entrez donc dans ma fauconnerie, monsieur, mais vous seul, car je ne tiens pas ce matin à recevoir trop nombreuse compagnie.

Et il regarda fixement la troupe considérable de gentilshommes qui accompagnait Concini, et qui s'éloigna sur un signe du maître.

Le Florentin entra sans hésiter, suivi d'un seul page, et la porte fut refermée par les deux fauconniers que l'intervention du roi avait heureusement préservés de la bastonnade.

Le roi reprit le premier la parole comme s'il sentait la nécessité d'expliquer au favori de sa mère la cause de sa retraite capricieuse :

— J'avais défendu qu'on nous interrompît, monsieur, parce qu'Albert devait me montrer la bonne façon de dresser les pies-grièches. C'est un art qui demande de la méditation et de la pratique. Personne ne se connaît aux oiseaux comme ce garçon. Je ne voulais pas être distrait et je comptais que ma garenne du Louvre me serait un asile inviolable. — Sire, répliqua Concini d'un ton mielleux en s'inclinant profondément, je tenais à devoir de venir vous faire ma révérence, et madame la reine-mère m'avait chargé de prendre des nouvelles de votre nuit. — Oh! vous êtes bien cérémonieux ce matin, dit Louis XIII d'un air de mauvaise humeur et en agaçant du doigt un faucon qui perchait sur le poing de son Ordinaire, immobile comme un terme. Je crois plutôt que vous me traitez en petit garçon qui regimbe sous la férule du maître d'école. Vous ne m'avez pas trouvé au lit, et vous me pourchassez jusqu'au milieu de mes oiseaux pour vous assurer que je ne fais pas l'école buissonnière. — Votre Majesté est mal disposée aujourd'hui envers son plus fidèle serviteur, dit avec une fausse humilité le Florentin, qui fixa sur le jeune Ordinaire un regard pénétrant.

Celui-ci, sans paraître s'en inquiéter, lissait doucement le plumage du faucon et sifflottait un de ces airs monotones destinés à cajoler l'oiseleur encapuchonné pour lui faire prendre patience.

— Vous voulez porter de mes nouvelles à ma mère, monsieur, reprit froidement le roi. J'ai mal dormi. Il pleut et je ne puis chasser. Sourdis m'a envoyé hier des cormorans d'Espagne, et nous n'avons pas au Louvre un bassin d'eau pour pêcher. Il faudra penser à cela. Je voulais essayer aussi de dresser des alètes à la chasse aux perdrix. C'est partie remise. Enfin Albert m'a apporté des pies-grièches. Vous êtes venu. Voilà toutes les nouvelles. — Je demande de rechef grâce pour mon indiscrétion à Votre Majesté, dit Concini. J'espère que je n'ai pas autrement démérité de sa faveur. Elle sait que pour obéir à ses ordres, je me suis accommodé avec M. le prince de Condé, qui m'avait insulté en brisant mon carrosse, parce qu'il barrait le sien. — Je vous en ai su bon gré, monsieur, mais il ne s'agit pas de cela! — De quoi donc s'agit-il? demanda le Florentin, qui devenait inquiet. Aurais-je eu le malheur de vous déplaire, sire, en acquérant de mes deniers le marquisat d'Ancre, une pauvre petite ville de Picardie. Voilà tout. Mes ennemis en auront fait grand bruit sans doute. — Ah! vous êtes marquis d'Ancre, monsieur? reprit le roi avec une expression d'étonnement. Je vous en félicite, mais, en vérité, je l'ignorais.

Concini se mordit les lèvres. Il se repentait de sa gaucherie, et pour se la faire pardonner, il appela son page et lui dit :

— Olivier, donne-moi ces sonnettes de faucon que j'ai achetées hier à un marchand génois pour les offrir à Sa Majesté.

Le page obéit.

— Attachez-les vous-même aux pattes du faucon qu'Albert porte sur son poing; dit le roi avec un sourire équivoque.

Le nouveau marquis d'Ancre essaya de satisfaire le désir du prince, mais le faucon se débattit et le mordit cruellement. Concini était violemment tenté de lui tordre le cou, lorsque Louis XIII lui cria : — Laissez Nemrod tranquille, marquis; il ne connaît que ses maîtres; que voulez-vous? Quoique habitant du Louvre, il n'est pas comme tant d'autres qui ne savent flatter que l'étranger!

Concini, de plus en plus convaincu que les plaisanteries du roi cachaient un mécontentement sérieux, résolut d'en avoir le cœur net et poursuivit : — Peut-être, sire, n'approuvez-vous pas le choix de la reine-mère, qui m'a nommé gouverneur de Roye, Péronne et Montdidier?

— Ma foi, monsieur, c'est vous qui me l'apprenez! dit sèchement Louis XIII.

Le Florentin furieux de sa maladresse, la couvrit aussitôt en habile courtisan : — Ah! sire, c'est là que vous trouverez de merveilleuses chasses, si jamais vous me faisiez l'honneur de rendre visite à mon gouvernement. A la dernière Saint-Hubert, j'ai gagné le prix, un cor de chasse en argent. Olivier, remettez-le à Sa Majesté, qui daignera peut-être l'accepter.

Le jeune prince sonna aussitôt du cor avec un plaisir enfantin, sans apercevoir le sourire sardonique qui passa rapidement sur le visage insouciant d'Albert de Luynes. Puis il dit avec une émotion qui colora ses joues pâles :

— Si je vais à Péronne, monsieur le marquis, ce sera pour voir les Espagnols de plus près ! — Oui, mon gouvernement confine aux possessions espagnoles et à celles d'un ennemi tout aussi redoutable, répliqua le favori. — De qui voulez-vous parlez, monsieur ? — De M. le duc de Bouillon, sire ! — Mais vous oubliez, monsieur, que le duc de Bouillon est le premier gentilhomme de ma chambre. — Il ne l'est plus, sire. — Impossible! — Il s'est démis de sa charge et s'est retiré dans sa grande et bonne ville de Sédan. — Démis ! et je ne le savais pas ! s'écria le roi, rouge de confusion. — Oh ! la charge n'est point restée vacante, reprit vivement Concini, qui ne voulait pas laisser au jeune prince le temps de réfléchir. — Il est déjà remplacé ! — Oui, sire, et le remplaçant, qui a acheté au poids de l'or cette charge si enviée, vient vous demander votre agrément.

Le roi de plus en plus étourdi, paraissait ne pas comprendre la signification de ces paroles hautaines. Il demanda naïvement :

— Quel est donc ce nouveau premier gentilhomme de ma chambre ? — C'est moi, sire ! répondit arrogamment Concini en fléchissant à moitié le genou.

Louis XIII et son Ordinaire ne purent s'empêcher de tressaillir.

— Vous ! dit enfin le royal adolescent. En vérité tous nos serviteurs se retirent peu à peu, mais vous êtes là pour les remplacer. Bientôt le trône de France ne sera plus entouré que d'un Italien —Un Italien fidèle vaut mieux pour vous que cent Français félons, sire, répliqua le favori sans se troubler. Votre mère est Italienne. Mais où voulez-vous en venir ? Votre Majesté compte t-elle me refuser son agrément ?

Au même instant, par un hasard peut-être prévu, le page Olivier laissa rouler à terre un tambour qu'il cachait sous son manteau : — Ah ! sire, pardonnez-moi un oubli involontaire, ajouta Concini. Madame Marie, qui connaît votre humeur guerrière, vous envoyait ce tambour pour remplacer celui que M. de Luynes a crevé avant-hier.

L'Ordinaire rougit de dépit, mais le roi sentit s'éteindre sa colère fugitive et reprit d'un ton plus doux : — C'est bien, monsieur le marquis, c'est bien. Je ne vous refuse pas mon agrément, puisque tel est le désir de ma mère ; mais à parler franc, j'ai à me plaindre de vous et vous avez des torts graves à vous faire pardonner.

A cette attaque directe, sérieuse et digne, le favori ressentit cet éblouissement qui étourdit l'homme penché sur les abîmes. Son expérience lui faisait aisément comprendre que dans le cœur froid et mobile du prince, une haine secrète s'amassait et s'aigrissait contre lui ; que la volonté seule de Marie de Médicis paralysait cette haine et dominait cette volonté douteuse dont lui, Concini, ne serait jamais le maître, mais qu'il fallait à tout prix faire éclater la mine au grand jour, pour prévenir une explosion préparée par des mains ennemies.

— Je vous écoute, sire, dit le florentin avec un geste de soumission et de respect qui pouvait passer pour de l'humilité chez un si superbe personnage ; mais évidemment il ne pouvait deviner quelle bombe allait crever sur sa tête. Tantôt il pensait à ses sourdes menées avec l'Espagne, tantôt à ses scandaleuses exactions ; ou bien il craignait que ses ennemis n'eussent révolté l'esprit candide et ombrageux du roi par le récit de ses familiarités avec la reine régente, et presque aussitôt il frémissait en croyant voir la pensée de son maître s'arrêter sur un souvenir sinistre qu'on allait peut-être évoquer contre lui comme la plus ignominieuse des accusations. La borne de Ravaillac se dressait entre le jeune roi et lui, toute tachetée de sang, et il voyait étinceler le couteau. Les deux minutes pendant lesquelles Louis XIII garda un pénible silence durèrent comme les heures d'un supplice pour Concini.

Enfin le roi se laissa tomber sur un pliant et dit avec une brusquerie qui cachait mal son trouble :

— J'ai à vous parler, monsieur, de mademoiselle Christine de Thorsntein.

Le beau florentin respira.

VI — OÙ CONCINO CONCINI, MARQUIS D'ANCRE, PROMET DE RETROUVER UNE BELLE FUGITIVE

Le roi parut surpris de voir le nouveau marquis d'Ancre, devenir beaucoup moins inquiet, lorsqu'il eût précisé le sujet de ses reproches. Il prit donc un air encore plus grave et continua d'une voix assez ferme :

— Monsieur, je vous laisse diriger le royaume à votre gré. Tous réglez les désirs, les affections et les haines de ma mère. Moi, je suis trop jeune et trop maladif pour conduire les grosses affaires que nous avons sur les bras. Je ne me mêle de rien. Mais, de mon côté, je tiens à ne pas être dérangé dans mes affections. — Sire, qui donc oserait.... — Vous le saurez tout à l'heure. Ne m'interrompez pas. J'ai peu d'amis autour de moi. Ce sont ceux qui m'ont été donnés par vous. Quand j'aurai nommé Albert, qui est aussi enfant que son maître, ce pauvre Pluvinel qui m'apprend à monter à cheval, et de Préaux, qui m'enseigne les belles-lettres, la liste sera close. Ah ! j'oubliais ce brave Vitry, mon capitaine des gardes..... — Un brutal, sire !..... — Peut-être, mais un fidèle compagnon de mon père. Et puis, il fait des armes avec moi. Il est très-adroit... — Au pistolet, surtout, sire, car on m'a rapporté qu'il s'exerçait souvent sur des poupées de plâtre à ma ressemblance. — Bah ! vous lui en voulez, monsieur Conchine, comme disent nos bourgeois de Paris, parce qu'il avait conseillé à mon père de vous renvoyer en Italie. Eh bien, ma mère n'a pas voulu se séparer de vous, marquis, et moi, je ne voudrais pas me séparer de Vitry. Mais laissons Vitry tranquille et revenons à mes griefs. — J'en suis encore à deviner ce que Votre Majesté peut avoir à me reprocher au sujet de mademoiselle de Thornstein, dit Concini en secouant sa chevelure parfumée avec une parfaite sérénité. — Ainsi vous ne voulez pas vous confesser, reprit le roi un peu dépité, regardant tour à tour avec des yeux vagues le page Olivier et son Ordinaire, comme s'il cherchait une préface à ses plaintes. Vous ne m'aiderez pas. Il faut que je vous arrache les aveux du gosier comme un questionnaire. — Mais, sire, que voulez-vous me faire avouer ? s'écria le florentin avec un geste d'impatience, car son orgueil était froissé de subir une sorte d'interrogatoire devant des témoins qui, malgré leur masque impassible, jouissaient peut-être en secret de son humiliation. Jusqu'alors il avait été habitué à voir le jeune roi trembler pour ainsi dire devant lui. — Vous avez une voix très-sonore, monsieur, observa Louis XIII sans s'émouvoir.

Concini ne répondit rien. Après une pause, le roi poursuivit :

— Madame de Thornstein était une des lectrices de la reine ma mère, monsieur. Ses vertus et sa piété commandaient le respect. Cette pauvre dame est d'une santé chétive, et quand elle ne pouvait faire son service, sa fille la remplaçait. C'est une douce et innocente enfant que mademoiselle Christine de Thornstein, monsieur. Elle est belle comme les anges et, comme eux, elle ignore sa beauté. Elle est simple et pieuse. Elle ne ressemble pas à ces femmes effrontées qui font scandale à la cour par leur toilette galante et leurs mœurs équivoques. Quand ses yeux se sont baissés sur son livre d'*Heures*, ils ne se relèvent pas pour chercher les œillades de nos jeunes seigneurs en quête d'intrigues nouvelles. Aussi moi, qui ai horreur de toutes ces belles dames si hardies, j'étais heureux de causer avec mademoiselle de Thornstein ; elle ne m'embarrassait pas, elle ne m'intimidait pas ; je restais près d'elle, sans trouble, à l'entendre lire les prières des saints livres ou quelques vers de Ronsard, qui semblaient devenir plus harmonieux et plus doux en passant par ses lèvres ; je croyais alors ne les avoir jamais lus. J'oubliais mes ennuis, mes souffrances, mes insomnies pendant ces heures de félicité. Eh bien, monsieur, un loisir si pur m'a été envié et ravi par vous ?

— Par moi, sire ! s'écria Concini, feignant la plus profonde surprise ; mais on vous aura trompé. Quelque infâme délateur aura abusé de votre crédulité.

Le roi l'interrompit, le feu de l'indignation dans les yeux.

— N'est-ce pas vous, monsieur le marquis d'Ancre, qui un jour, pendant qu'elle attendait dans le cabinet de la reine, son livre d'*Heures* à la main, l'avez surprise et épouvantée par votre brusque apparition ? Ne lui avez-vous pas alors fait étalage de l'amour soudain qui vous enflammait, et comme elle restait muette à vos aveux brûlants, comme elle continuait à pencher son candide visage sur le livre d'*Heures*, pour cacher sa rougeur et sa confusion, n'avez-vous pas arraché sans pitié de ses mains ce livre qui était sa seule arme, sa seule défense, ce livre devant lequel un huguenot même se serait arrêté avec respect ? Et qui sait jusqu'à quelle violence vous auriez poussé l'outrage, si l'arrivée de madame Marie n'avait paralysé votre audace ?

Le roi s'était animé dans son récit, et une rougeur fébrile colorait ses pommettes maigres.

Cependant Concini, transporté de colère, frappait le sol du pied : — Quel est mon accusateur, sire ? quel est l'espion à langue venimeuse qui m'a si indignement calomnié ?

Et ses regards fiers, méprisants, furieux, menaçaient Albert de Luynes, dont la contenance assurée semblait le braver.

— N'est-ce pas vous, monsieur le gouverneur de Péronne, Roye et Montdidier, qui vous êtes tenu un matin debout contre le bénitier de notre chapelle, jusqu'à ce que mademoiselle Christine de Thornstein eût paru accompagnant sa mère ? Et nierez-vous qu'au moment où elle trempa ses doigts dans l'eau bénite, vous ayez osé les serrer et les retenir dans les vôtres, sans respect pour la sainteté du lieu.

Puis, tandis que ses yeux suppliants vous imploraient, n'eûtes-vous pas le courage de lui glisser un billet doux par lequel vous sollicitiez une entrevue secrète?

Le Florentin, de plus en plus irrité, tordait de ses mains tremblantes les rebords de son feutre :

— Celui qui m'accuse de ce sacrilége en a menti par sa gorge, sire. Qu'il prenne garde à lui! Je me vengerai, et le poids de ma colère l'écrasera. Son nom? Majesté, son nom?

— Vous le saurez tout à l'heure, monsieur, et il profitera sans doute de votre conseil! dit Louis XIII avec une dignité qui fit impression sur le favori, dont les yeux ne quittaient plus Albert de Luynes. — Je ne suis pas un gibier si facile à prendre pour les dresseurs de pies-grièches, murmura-t-il sourdement. — Vous enviez sans doute, monsieur, la terrible renommée de votre ami et dévoué serviteur le marquis de Langallerie, que mon père avait surnommé le Chasseur d'hommes, et auquel vous avez confié le gouvernement d'une forteresse? — Sire, le calomniateur qui vous a si bien instruit, s'écria Concini exaspéré, a-t-il encore inventé quelque autre criminelle folie sur mon compte? Achevez la litanie, pendant que je suis d'humeur à l'écouter. — Vous persistez donc, monsieur, à déclarer que ces rapports sont entachés de fausseté? demanda le roi. — Je le jure! dit le Florentin livide. — Il est donc faux aussi que mademoiselle Christine de Thornstein se soit rendue à l'entrevue que vous exigiez si impérieusement, et qu'en la voyant escortée de sa mère, vous ayez perdu la tête au point de vouloir l'enlever, monsieur le premier gentilhomme de la chambre. En effet ce rapt serait tout au plus digne du marquis de Langallerie. N'a-t-on pas ajouté cependant qu'il vous avait menacé de se jeter aux pieds de madame Léonora Galligaï, votre femme, et qu'alors vous avez tenté d'étouffer ses cris en la bâillonnant avec votre écharpe orange. Mais au même instant un homme qui déguisait sa voix et dont le visage était couvert d'un loup de velours noir, accourut à l'aide des dames de Thornstein et vous chargea vigoureusement. Vous essayâtes d'effrayer ce chevalier errant en lui jetant votre nom comme une menace, mais ce fut en vain. Il vous força de dégaîner et à rompre jusqu'au pied de la grosse Tour de Nesle. Là, votre pied aurait trébuché contre une pierre et vous seriez tombé. Quand vous vous êtes relevé tout meurtri, votre adversaire avait disparu ; mais, pour comble de disgrâce, la belle s'était envolée par le même chemin. Vous voyez que je suis instruit des moindres détails.

Concini essaya de rire : — En vérité, sire, cette héroï-comédie est des plus amusantes, et le petit Malherbe pourrait décerner une ode à cet invraisemblable champion des dames qui sont affligées d'un persécuteur aussi maladroit que votre premier gentilhomme?

— Péché avoué est à moitié pardonné, monsieur. Vous avez tort de persister à nier le vôtre.

Le Florentin sourit dédaigneusement : — Que le témoin de mes crimes m'accuse en face et je le confondrai, sire !

Le jeune roi, troublé de cet excès d'impudence, baissa les yeux devant le regard audacieux de Concini. Celui-ci crut alors avoir remporté la victoire et ne plus devoir garder de ménagements avec l'esclave révolté qui venait de lui causer une si cruelle inquiétude.

— Votre majesté s'aperçoit enfin qu'elle a été indignement trompée, reprit-il. Des envieux qui voudraient me renverser pour monter où je suis étaient donc parvenus à éclabousser d'un peu de boue ma bonne réputation de loyauté. Je veille à votre place, sire, et le fardeau des affaires est assez lourd pour ne pas me laisser le temps de m'évaporer en galanteries. Désormais vous ne prêterez plus une oreille si facile à mes ennemis; ils seront moins empressés à inventer de gros mensonges à mon détriment quand ils n'y seront plus encouragés. Un roi doit donner l'exemple du respect envers ses ministres et serviteurs. S'il leur jette lui-même la pierre et les tient en mépris, comment veut-il faire honorer en eux ses représentants? Au fond de tous ces vains bruits qu'avez-vous trouvé? Rien. J'ai touché la calomnie du doigt et elle s'est évanouie. Aujourd'hui on vous dit que j'ai poursuivi de mon amour une fille de la reine. Demain on se plaindra que j'aie interdit l'entrée du Louvre à M. le prince de Condé, ou l'on vous dira que j'ai signé quelque traité onéreux avec l'Espagne. Je ne puis, sire, me reconnaître justiciable de ces accusations puériles. Dressez des pies-grièches avec M. de Luynes! Sonnez du cor avec M. de Luynes! battez du tambour avec M. de Luynes! Mais,

sang de Diane! ne venez plus me jeter au visage tous les propos saugrenus que les hâbleurs désœuvrés de la cour s'amusent à colporter dans les antichambres du Louvre!

Après avoir terminé cette superbe allocution, il étendit la main vers Louis XIII avec un geste gracieux comme pour le rassurer sur les suites du mécontement qu'il avait éprouvé. Il avait rendu mercuriale pour mercuriale et il daignait pardonner.

Mais le roi adolescent n'était pas un lâche ; sa faiblesse de caractère provenait d'une sombre défiance de sa capacité et non de cette poltronnerie instinctive qui fait baisser votre voix au son d'une voix plus rude et qui fait ployer vos genoux sous une main qui menace. Il poussait le sentiment de la justice jusqu'à la rigidité et à la minutie, et si la fermeté d'un grand caractère le domptait facilement, l'insolence subalterne le révoltait jusqu'à la colère.

Il avait écouté dans une attitude silencieuse et humble l'étrange harangue du favori de sa mère; puis il avait peu à peu relevé la tête et attaché un regard fixe, glacé, morne sur ce visage basané; enfin , il prit la parole d'une voix douce, lente et grave :

— Monsieur le marquis , l'espion qui vous a vu arracher le livre d'*Heures* des mains de mademoiselle de Thornstein, c'est moi. — Vous, sire, balbutia Concini frappé de stupeur.

Louis XIII continua : — Le calomniateur qui a ramassé le billet doux tombé de la main de mademoiselle de Thornstein, c'est moi !

Concini recula de quelques pas devant le roi immobile.

— Enfin, l'envieux qui ose flétrir votre réputation, monsieur, le ridicule chevalier errant qui a eu la témérité de croiser son épée avec la vôtre, c'est encore moi !

Concini, effaré, anéanti, éperdu, jeta un regard derrière lui; croyant déjà sentir la main du capitaine de Vitry s'alourdir sur son épaule, il mit la main sur la garde magnifique de son épée, qui allait peut-être lui être redemandée par le jeune roi qu'il avait outragé.

Mais il ne rencontra que les yeux indifférents d'Albert de Luynes, sur le poing de qui piétinait toujours le faucon Nemrod.

Cet Italien avait un si grand fond d'audace, une foi si superstitieuse en son étoile, une si prestigieuse souplesse de courtisan, qu'il se rassura aussitôt en voyant que son arrestation ne suivait pas immédiatement les terribles paroles du roi. Son heure n'était pas venue. En lui-même il se répéta la confiante bravade du grand duc de Guise : — *Ils n'oseront pas.*

Il ne pouvait donner un démenti à son maître; il ne pouvait pas demander grâce non plus, car c'eût été abdiquer sa puissance. Il résolut d'accuser à son tour le jeune prince et de l'embarrasser de façon à faire dévier le débat.

Il s'inclina respectueusement, puis, redressant sa haute taille, il reprit d'une voix mordante : — Pourquoi Votre Majesté a-t-elle cru devoir rester si secrète avec moi au sujet de mademoiselle de Thornstein ; si j'avais su que cette jeune beauté était honorée des attentions du roi, je me serais abstenu de chasser sur des terres réservées au maître. J'ai péché par ignorance, sire. Je vous croyais si indifférent et même si hostile à toute sorte de distraction galante, que je n'aurais jamais osé supposer.... — Et que supposez-vous donc maintenant, monsieur, interrompit Louis XIII, pourpre de colère et bégayant sa défense. Vous permettriez-vous de ternir la réputation de cette pauvre fille, parce que j'ai pris quelque intérêt aux malheurs de sa famille, parce que j'ai admiré sa modestie et sa vertu, parce que j'estime ses sentiments de piété et ses excellents principes de religion. Quel rapport établissez-vous entre l'état que je fais de ces précieuses et solides qualités — et cette perversité de l'esprit qui pousse trop de gens à perdre leur âme, sous prétexte de galanterie et d'amour? Je respecte mademoiselle Christine de Thornstein , et je regrette hautement qu'elle ait cessé de paraître au Louvre, où elle était l'honneur et le modèle des dames de la cour. Je ne suis nullement épris de sa beauté. Je désirerais même qu'elle fût laide pour que personne ne pût former les honteux soupçons que vous venez d'exprimer devant moi avec tant de liberté. Est-il donc interdit à un homme de témoigner quelques sentiments d'estime et d'amitié à une femme, sous peine d'être accusé de donner un exemple de scandale? — Que voulez-vous ; Majesté! l'homme est si enclin à médire, surtout à la cour, dit en souriant Concini. Ainsi je ne doute pas que madame la reine-mère, lorsque je lui aurai rendu compte de vos reproches, ne s'étonne elle-même du vif intérêt..., — Il est inutile de parler de ces frivoles détails à ma mère, interrompit vivement le jeune roi avec une sorte de confusion.

Le Florentin pensa aussitôt : Il veut que notre querelle reste secrète. Je le tiens. Puis il ajouta à voix haute : — Mais enfin, quels ordres plaît-il à Votre Majesté de me donner au sujet de ces dames de Thornstein ?

Louis XIII, après un instant d'hésitation, baissa de nouveau les yeux et répondit faiblement : — Ces dames ont quitté la cour depuis votre tentative nocturne. Ont-elles voulu se soustraire à vos poursuites ou êtes-vous l'auteur de cette singulière disparition ? je ne veux pas le savoir. Mais j'exige qu'elles viennent reprendre leurs fonctions auprès de ma mère. A ce prix, j'oublierai tout ce qui s'est passé, et vous obtiendrez mon agrément pour vos nouvelles charges.

— Votre volonté sera faite, sire, dit Concini triomphant. Je vais faire expédier les ordres nécessaires à tous les gouverneurs de places et de provinces frontières. Je suis heureux de rentrer, à de si faciles conditions, dans les bonnes grâces de Votre Majesté.

Puis, voulant récompenser le jeune Ordinaire de son impartiale discrétion dans ce débat, il s'avança vers lui : — Et vous, monsieur de Luynes, n'avez-vous rien à me demander pour vous ou pour vos frères Brantes, le pourfendeur, et Cadenet, le politique? Je sais qu'à vous trois vous n'avez qu'un habit que vous portez tour à tour pour venir au Louvre, et que vous n'avez aussi qu'un bidet, comme les quatre fils Aymon.

Il n'était pas fâché d'humilier un peu, en passant, l'humble gentilhomme devant qui il avait été lui-même humilié par le roi.

Albert de Luynes essaya de sourire :

— Ma foi, monsieur le marquis, que Dieu m'accorde la joie d'endosser un jour ou l'autre vos vieux habits, et je n'en demande pas davantage.

Malgré toute sa finesse italienne, Concini, au milieu de l'ivresse de son succès, ne saisit pas l'allusion transparente sous cette modeste réponse, et il lui dit courtoisement :

— Je ne veux pas vous faire languir, mon ami. La première charge qui sera à votre convenance, vous l'aurez. Et cependant, ajouta le jeune roi en se frottant les mains, ces pauvres garçons, qui sont aussi désargentés que beaux et braves, passent parmi le petit peuple pour des favoris. — A si belles enseignes, s'écria Concini, qui voulait donner le dernier coup de dent, qu'en entrant au Louvre tout à l'heure j'entendais un mendiant hurler la complainte suivante :

> D'enfer le chien à trois têtes
> Garde l'huis avec effroi,
> En France trois grosses bêtes
> Gardent d'approcher du roi.

Et le Florentin éclata de rire. Louis XIII l'imita et le complaisant Albert s'associa à leur hilarité.

— Décidément vous êtes un brave compagnon, lui dit le marquis d'Ancre, et pour vous prouver que je ne suis pas jaloux de cette faveur qui court les rues, je vous offre, si Sa Majesté y consent, la place de ce rude et brutal Vitry.

Le roi fronça le sourcil.

— Moi, capitaine des Gardes! s'écria l'Ordinaire. Ah! la bonne plaisanterie; mais tous les gentilshommes de la cour sécheraient d'envie et de désespoir si j'acceptais un si grand honneur. Je ne suis pas ambitieux, monsieur le marquis, et tant que mes soins complairont à Sa Majesté, je me contenterai de sonner du cor, de battre du tambour et de dresser des pies-grièches avec elle. Si, plus tard, les ailes me poussent, je mettrai vos bontés à profit.

Concini attacha sur Albert de Luynes un regard perçant, mais il ne lut qu'une insouciance naïve sur son frais visage, et il se contenta de répondre à demi-voix. — Vous êtes trop modeste, monsieur l'Ordinaire. Prenez garde! cela pourrait vous porter malheur. Qui m'aime me suit. Qui me nuit périt!

Le favori s'inclina ensuite devant le jeune roi avec une grâce accomplie, mais un peu hautaine, et, après avoir pris congé, se retira, suivi de son page Olivier.

A peine eut-il disparu qu'Albert se rapprocha précipitamment du roi : — Si je suis trop modeste on n'en pourra pas dire autant de lui, n'est-ce pas, sire?

— L'insolent! murmura le roi en jetant un regard inquiet vers la porte de la fauconnerie. — Il s'en va avec les honneurs de la guerre, sire. Avez-vous remarqué avec quelle hardiesse il a mis la main sur la garde de son épée quand vous l'avez accusé en face...... Oh! que ne l'a-t-il tirée son épée? Je la lui aurais arrachée et plongée dans le ventre ! — C'est le favori de ma mère, observa Louis XIII.

— Oui, je l'oubliais, il a droit à votre soumission, puisqu'il est le favori de la veuve de Henri-le-Grand, de madame la reine, qui n'a pas eu le temps de pleurer la mort de son mari, mais qui a eu le temps de se faire octroyer la régence par ce roi débonnaire et par un parlement complaisant. — Pas un mot de plus sur ma mère; je l'aime. — Vous faites bien, sire; mais vous aime-t-elle, cette mère qui, d'accord avec la bohémienne Leonora Galigaï et son spadassin Concino Concini, a fait cacher de la poudre sous votre chambre du Louvre? Ne préférerait-elle pas voir monter sur le trône votre frère Gaston, ce prince léger, mobile et crédule qu'elle manierait comme une cire molle? Et croyez-vous que ces Italiens n'ont pas appris savamment dans les traditions des Médicis, l'art d'intervertir l'ordre de succession au trône? — Taisez-vous, Albert. Ce sont là des suggestions impies et qui mériteraient la corde ou la hache! — Dénoncez-moi, sire, parce que je vous aime mieux que ceux dont le devoir est de vous aimer ! — Tes père et mère honoreras afin de vivre longuement! répliqua le jeune roi d'un ton sentencieux. —Vivre longuement! Ah! ce ne serait pas le compte du favori de votre mère, sire. Et dois-je vous l'avouer ! Eh bien, quand, la nuit, je me réveille en sursaut et que j'entends une toux convulsive déchirer votre poitrine, puis-je empêcher que d'odieux soupçons ne harcèlent mon esprit inquiet! Mon Dieu! je n'accuse pas votre mère, sire. Elle a beau aimer le pouvoir souverain, elle doit vous aimer aussi, vous, son fils; elle vous aime. Mais enfin prend-elle souci de vos nuits fiévreuses, de votre pâleur, de vos frissons! Non. Ses favoris l'entourent et l'obsèdent. J'ignore de quel charme magique ils l'ont ensorcelée, mais à coup sûr, en les frappant, vous la délivrerez elle-même de cette influence funeste. Pardonnez-moi donc, sire, car ce n'est pas madame Marie de Médicis que j'accuse, ce sont ses deux mauvais anges, ses conseillers damnés, Léonora Galigaï et Concino Concini, car ils vous ont volé l'amour de votre mère. — Tu as raison, Albert. Ce sont là les vrais coupables, ceux qui font maudire mon nom par mon peuple, ceux qui forcent à la rébellion ma fidèle noblesse. Mais que puis-je contre eux! Je ne veux pas être mauvais fils et faire pleurer ma mère en lui redemandant ce pouvoir dont ses favoris abusent. Elle aime à régner, elle, et moi j'en ai peur, mon ami, acheva tristement le jeune roi avec une profonde expression de découragement.

Un éclair de dédain et d'indignation passa rapidement sur le visage de l'Ordinaire.

— Sire, reprit-il comme s'il rompait soudainement avec le sujet de leur conversation, vous croyez donc que monseigneur le marquis d'Ancre va vous rendre mademoiselle Christine de Thornstein? — Il l'a promis, dit Louis XIII surpris de la question. — Et vous avez foi dans la parole de Concino Concini, comme dans celle d'un homme d'honneur; libre à vous, sire, mais je vous prédis, moi, que s'il aime cette chaste et pieuse jeune fille, vous ne la reverrez jamais. Les prétextes ne lui manqueront pas pour forfaire à sa promesse. Elle se sera enfuie hors du royaume; elle se sera enfermée dans quelque couvent étranger; elle sera morte au besoin. Mais la morte vivra pour lui dans un asile mystérieux et discret; la morte vous appellera en vain à son aide quand il voudra lui imposer son amour libertin, et je vous jure qu'il ne s'exposera plus à croiser son épée avec celle de Votre Majesté.

Albert de Luynes avait frappé juste. Les joues pâles du roi devinrent rouges comme des charbons et ses yeux hagards.

— Va chercher Vitry! dit-il si bas que l'Ordinaire devina plutôt ces paroles au mouvement de ses lèvres qu'il ne les entendit.

De Luynes obéit et revint quelques instants après, accompagné du capitaine des Gardes. Ils trouvèrent le roi adossé contre le mur, grelottant dans son manteau de velours et tremblant sur ses jambes. Vitry s'approcha de lui et dit :

— J'attends les ordres de Sa Majesté! — Tu es un loyal soldat, Vitry, murmura Louis XIII sans le regarder en face. Tu connais ton devoir. Tu sais que tu dois obéir, sans réflexion, à toute volonté de ton roi. Sur un signe de moi, tu arrêterais sans hésiter le plus cher de tes amis ou le plus proche de tes parents, n'est-ce pas? — Mon sang et mon honneur sont à vous, sire, répliqua le baron de Vitry. Hésiter à vous obéir, ce serait être rebelle. — Bien, dit le jeune roi. Décidément j'aurais eu tort de consentir à te perdre!

— Me perdre! répéta le capitaine des Gardes stupéfait. — Oui, on m'a proposé tout à l'heure de t ôter ta place et de la donner à ce grand garçon, poursuivit Louis XIII en montrant l'Ordinaire.

Vitry regarda de Luynes de travers.

— Mais Albert s'est empressé de refuser. Tu peux te vanter d'avoir en lui un véritable ami !

Vitry envoya à l'Ordinaire un sourire qui valait mieux que la plus cordiale accolade : — C'est entre nous à la vie et à la mort, monsieur de Luynes. Puis il ajouta : — Et qui donc a eu cette heureuse idée de remplacer votre capitaine des Gardes?

— Le roi de France n'a pas l'habitude de faire métier de délation, dit froidement Louis XIII. — Pardonnez-moi cette sotte question, sire. J'ai vu sortir de la fauconnerie M. le marquis d'Ancre, et il a oublié de me rendre mon salut. Si M. de Luynes avait accepté ma place, j'aurais obtenu un sourire.

Les yeux de Vitry avaient brillé d'un feu sombre lorsqu'il avait prononcé le nom du favori.

— C'est bien. Tu peux te retirer, lui dit doucement le roi.

Quand il fut parti, l'Ordinaire reprit :

— Vous pouvez compter sur lui, sire. C'est un pistolet vivant. Oh! Concini a le flair d'un bon chien, et il sent ses ennemis de loin. C'est difficile à tromper, ces Italiens!

Le roi jeta son regard vague et distrait sur Albert, qui lui dit avec un air d'ennui et de fatigue : — Oh ! ce pauvre Concini n'a rien à craindre de Vitry; je les aime également et je serai content de les voir vivre désormais en bonne intelligence. Il faudra nous occuper de les réconcilier, Albert, mais j'ai fait assez longtemps le roi de France ce matin. Revenons à nos pies-grièches.

L'Ordinaire, stupéfait de ce brusque revirement, et ne pouvant s'expliquer cette somnolente méfiance qui poussait son royal compagnon à écarter toutes les décisions énergiques, poussa deux ou trois soupirs — et reprit tristement ses fonctions de fauconnier.

VII — COMMENT LE BAIN DE MARIE DE MÉDICIS FUT INTERROMPU

Ce même jour, le prince de Condé, après avoir fait sa paix avec la reine-mère, à des conditions léonines, reparaissait à la cour pour y recommencer ses brigues et ses cabales. Il devait rendre visite à Marie de Médicis, au Louvre, et les fidèles serviteurs de cette princesse attendaient avec une mortelle inquiétude le résultat de cette entrevue, qui pouvait cacher un guet-apens.

Tous les capitaines du parti royaliste étaient accourus au Louvre pour mettre leurs bras et leurs épées au service de la mère du jeune roi, et déjà Bestein de Bassompierre, colonel général des Suisses, Lacurée, qui commandait les gendarmes, et Créqui, les chevau légers, Themines, capitaine des Gardes françaises, MM. de Brissac, d'Ornano, de Chevreuse et de Montmorency, réunis dans une salle d'attente, devisaient avec une attitude triste et morne, après avoir demandé les ordres de leur souveraine.

Marie de Médicis était au bain.

Tout à coup une grande rumeur éclata dans les escaliers; une troupe de gentilshommes aux couleurs rouge et noir se précipita au milieu de la salle d'attente A leur tête marchait le marquis d'Ancre, le front haut, le regard fier, mais ne négligeant pas de distribuer, aux groupes de courtisans consternés, quelques sourires et quelques saluts avec toute l'obséquiosité italienne.

En vain un hallebardier voulut lui opposer la défense qui avait arrêté, sur le seuil de la porte de la chambre royale, Bassompierre lui-même. Il sourit d'un air fat, écarta le soldat et ouvrit la porte. Les seigneurs, blessés de cette insolence inouïe, se regardèrent avec une expression d'étonnement chagrin et colère.

Cependant le Florentin avait pénétré si inopinément dans la chambre, que mesdames du Fargis, de Guercheville et de Fervaques, obligées par leur charge, de veiller à la toilette de la reine, surprises et stupéfaites, poussèrent des cris d'effroi comme si le populaire ameuté violait la retraite royale, et n'eurent que le temps de tirer les grands rideaux de brocard qui, tombant sur une frêle balustrade dorée, cachaient la grande alcôve où la baignoire de la reine s'élevait sur une sorte de tréteau.

Marie de Médicis, malgré son rare courage, avait partagé un instant la frayeur de ses dames d'honneur. Elle avait cru le Louvre envahi par la populace qui servait d'avant-garde à l'escorte de M. le prince de Condé.

— Retirez-vous, monsieur! dit presque aussitôt madame du Fargis en reconnaissant le favori de la reine.

Et sa voix tremblait encore de la vive agitation qu'elle venait d'éprouver.

— Pas avant que Sa Majesté ne me l'ordonne! répondit le marquis d'Ancre avec son merveilleux sangfroid. — Mon Dieu! comment vous a-t-on laissé entrer ici? demandait madame de Guercheville en se tordant les mains de désespoir.

— On ne m'a pas laissé entrer, réplique Concini, toujours admirable de flegme, c'est moi qui ai forcé la porte et brusqué la sentinelle. — Mais, monsieur l'Italien, avez-vous perdu la tête! s'écria madame la maréchale de Fervaques en essayant de le repousser vers l'entrée. Ne savez-vous pas que Sa Majesté est au bain, et qu'elle vous pardonnera difficilement une telle incartade? — La reine vous a-t-elle donné mission de m'exprimer toute son indignation, ou parlez-vous seulement en votre nom? lui demanda Concini avec la plus exquise politesse, mais sans reculer d'un pas. — Ah ! le maudit homme! il n'y a pas moyen d'en venir à bout, dit madame du Fargis. — Vous verrez qu'il faudra appeler les hallebardiers pour le tirer d'ici, continua madame de Guercheville. — A moins qu'il ne nous mette nous-mêmes à la porte, l'odieux marquis! ajouta madame de Fervaques. — C'est ce qui pourrait bien arriver, mes belles dames, répliqua le Florentin en leur faisant une courtoise et ironique révérence.

Cette politesse mit le comble à leur fureur.

La reine restait muette derrière ses rideaux. Concini éleva la voix.

— Rassurez-vous, mesdames, mais il faut que je parle à Sa Majesté sans retard. — C'est impossible! dit lamentablement madame du Fargis. — Per Dio! ne vous effarouchez pas tant, mesdames. Faisons un arrangement. Vous allez sortir de cette chambre. . — Ah! bien, c'est nous qui sortirons, dit madame de Guercheville. Continuez. — Moi, je resterai, bien entendu, mais sans bouger de la place où je suis, — et Sa Majesté pourra m'entendre derrière ses rideaux. Est-ce convenu? — Oui, il est convenu que vous sortirez et que nous resterons, nous, dit madame de Fervaques. Telle est la volonté de la reine.

Et elle s'avança vers la porte pour solliciter main-forte.

Concini commençait à être embarrassé de sa contenance, car l'alcôve restait silencieuse, et ce silence ne laissait pas que d'être menaçant.

Il résolut de redoubler d'audace, et, donnant à sa voix un timbre caressant et voilé, il murmura en italien ces mots : — Mon désir n'est-il plus le vôtre, madame?

Un soupir répondit derrière les rideaux à cette question plaintive.

Concini reprit :

— Croyez-vous, madame, que votre loyal serviteur se serait exposé au danger de vous déplaire en forçant l'entrée de cette enceinte sacrée, s'il n'y eût été contraint par les motifs les plus pressants et les plus graves? — La révolte aurait-elle éclaté dans la ville? demanda vivement alors Marie de Médicis. Auriez-vous, monsieur le marquis, découvert une nouvelle conjuration des princes?

Madame de Fervaques rouvrait la porte.

— Je ne puis rien dire avant que vos dames d'honneur ne soient parties de cette chambre, répondit-il.

La reine hésita, puis, après un instant de silence, elle dit d'une voix émue :

— Laissez-moi seule un instant, mesdames, M. le marquis d'Ancre doit me communiquer quelque dépêche secrète.

Madame de Fervaques rougit de dépit.

— La porte est ouverte, profitez-en, vous n'avez pas perdu votre peine, madame, lui dit Concini en la saluant gracieusement jusqu'à terre.

Puis il donna galamment la main aux deux autres jolies dépitées pour les conduire jusqu'au seuil, et là, il leur dit :

— Gardez l'entrée contre d'autres fâcheux, mesdames, avec plus de bonheur que le pauvre hallebardier ne l'a gardée contre moi.

Puis, refermant à moitié la porte, il resta seul dans la chambre de la reine.

Une tiède atmosphère y régnait. Des parfums pénétrants brûlaient dans des cassolettes d'argent ingénieusement ciselées. Des tapis magnifiques étoilés de fleurs aux vives nuances, cachaient le plancher. Une brise caressante soufflait à travers les blancs rideaux encadrant les fenêtres entr'ouvertes. Une clarté mystérieuse s'élevait des vases d'albâtre. Au-dessus des cassolettes étaient suspendus de longs voiles imprégnés d'une moite chaleur. Sur une petite table d'ébène, les femmes de chambre avaient préparé les pâtes destinées aux onctions qui assouplissent et fortifient les membres. Le bain de la reine était embaumé d'eau de senteur. L'eau gloussait en ruisselant sur le marbre de la baignoire du bec d'un cygne d'argent aux ailes étendues et au col allongé. Une vapeur parfumée flottait dans la chambre comme un brouillard au milieu duquel tous les objets prenaient des proportions vagues, indécises et lointaines.

Marie de Médicis interrompit la première le silence :

— Je n'ai pas voulu vous faire chasser comme un laquais en goguette, Concini, lui dit-elle, mais *veramente*, vous devenez fou, et vous me forcerez à vous donner la Bastille pour logement. Avez-vous donc gagé de me perdre et de me bafouer aux yeux du monde entier. Je suis entourée d'ennemis qui guettent une parole, un geste, un regard imprudent ; le Huguenot se défie de moi comme d'une autre Catherine, il me maudit dans ses prêches, le catholique me brave et me menace de déchirer de son épée le manteau royal, sous lequel j'abrite mes enfants. Avec les sacs d'or que je leur jette je n'achète pas leur fidélité, mais je paie les armées qu'ils lèvent pour m'attaquer. Tous ces princes orgueilleux, braves et puissants, affamés d'honneurs, affamés d'argent, se liguent contre moi, mère ambitieuse, qui ose défendre le trône de mon fils. Non-seulement ils traînent à leurs gages une noblesse remuante et rebelle qui pense accroître son indépendance en abaissant ses rois, mais ils pervertissent même le bon sens et l'instinct de ce peuple, auquel je donne la paix, cette mine d'or, tandis que les princes ruinent en turbulences et en échauffourées son commerce dans les villes, ses récoltes dans les campagnes. Vous joignez-vous donc à ces traîtres, Concini, vous, que j'ai comblé de biens et de faveurs jusqu'à l'impossible ? Ah ! *caro mio*, vous me traitez comme une bourgeoise à qui un hobereau de la vache à Colas aurait donné rendez-vous chez un baigneur-étuviste.

Le marquis d'Ancre avait écouté cette tirade avec le plus flegmatique sourire :

— Moi, ambitieux, *per Dio* ! moi, orgueilleux ! reprit-il en se rapprochant du rideau et de la balustrade qui le séparait de la grande alcôve où se cachait la reine — mais vous vous trompez singulièrement, madame, car je viens vous faire mes adieux et vous demander la permission de quitter la cour. — Toi partir ! s'écria aussitôt Marie de Médicis en étendant brusquement son bras nu hors de la baignoire et écartant un peu le rideau pour jeter un regard étincelant sur le visage du Florentin. Tu voudrais m'abandonner au milieu de toutes ces intrigues qui se croisent comme les fils d'une toile d'araignée. Tu ne sais donc pas, que ces nobles chevaliers veulent se venger sur moi de la peur qui leur a fait courber le front aux genoux de Henri-le-Grand. Ah ! ils ne craignent plus la hache du bourreau qui a tranché le cou du loyal Biron. Ils ne craignent plus ce grand amour du peuple et des soldats pour le feu roi, amour si grand, qu'il fondait les armées rebelles comme neige au vent d'avril. Ils amèneront l'émeute sous mes fenêtres. Ils mettront le feu aux portes du Louvre. Ils enlèveront mes enfants et en feront des moines. N'était ce pas sous un froc que les Lorrains voulaient enterrer vivant Henri III, lorsque le roi des mignons fit éventrer dans le couloir de son cabinet le duc hautain qui allait lui voler de force sa couronne ? Et, c'est au moment où j'ai besoin comme lui du bras et de la dague de mes fidèles, que tu as peur, toi, Concino Concini, et que tu parles de me quitter. Ah ! c'est lâche, car tu sais bien qu'aujourd'hui même, M. le prince de Condé, ce Guise de rechange, va venir me rendre visite à la tête de sa meute de gentilshommes ? — Vous vous méprenez sur mes intentions, madame, reprit Concini d'un ton doux et insinuant, n'avez-vous pas autour de vous assez de bons conseillers dévoués, comme les présidents Jeannin, de Thou, Châteauneuf et le bonhomme Jacques Sanguin, prévôt des marchands — assez de braves capitaines comme Lesdiguières, Chevreuse, Thémines, Brissac, Bassompierre, Créqui, Marillac et Ornano, tous aimés du peuple et craints des princes rebelles ? Je vous sers, madame, en disparaissant du théâtre. Je suis le prétexte de ces haines, le brandon de cette discorde. Moi absent, aucun d'eux n'osera attaquer la reine à découvert. — Toi absent, reprit Marie en frémissant, ils croiront que j'ai eu peur, que je t'ai renvoyé, et plus je leur paraîtrai faible et indécise, plus ils deviendront hardis. Mon indulgence fera leur force. Non, je ne

te laisserai pas partir, car j'ai peur, et, avec toi, il me semble que ma fortune m'abandonne, que mon étoile sombre dans la nuit. Cet audacieux prince de Condé a soudoyé parmi le peuple une armée de flatteurs en guenilles, de courtisans à piques et à hallebardes ; il aura pour lui cet enthousiasme ivrogne qui pille et incendie les maisons, qui noie les gens sans défense. Il veut ôter la couronne de la tête de mon fils et se l'enfoncer sur son front à lui. Il le dit hautement à ses confidents. En effet, qui pourrait l'en empêcher ? Une femme que son dernier serviteur déserte ! D'ailleurs, n'ai-je pas dû, ô honte ! lui mettre la plume en main, lui promettre la présidence du conseil à cette triste conférence de Londres. — Ajoutez que vous avez à peu près promis, madame, d'abandonner au duc de Longueville mes gouvernements de Picardie et de Normandie, observa sèchement le favori. — Est-ce pour me punir de cette concession que vous me menacez de partir, Concino *mio*, dit la reine. N'ai-je pas dû assouvir la cupidité extravagante de tous ces seigneurs pour les détacher peu à peu de la rébellion et les faire revenir au bercail ? N'ai-je pas dû accorder à M. le Prince le domaine et le gouvernement de la Provence ainsi que toutes mes bonnes places du Berry ; autant de gages contre moi. Celui-ci a été gorgé d'un million d'écus, celui-là a exigé le Taillon. Longueville, d'Epernon et Vendôme, m'ont coûté dix-huit cent mille livres. Le comte de Soissons a été payé le même prix. Condé a eu la part du lion, neuf cent mille livres. *Veramente*, cet accommodement s'est traité comme une vente de bestiaux ! — Je vous répète, madame, que mon absence vous servira, car elle amortira bien des haines, et vous pourrez plus facilement partager mes dépouilles entre tous les aiglons de la couvée Lorraine, Joinville, Guise, Elbeuf, Mayenne et Montpensier. — Tu ne parles pas sérieusement, Concino. — Très-sérieusement, je rêve de Diane ! — Tu as donc bien hâte de me quitter ? — Bon ! encore des plaintes, des reproches ! toujours la même litanie.

Marie de Médicis laissa échapper une sorte de gémissement, puis elle tira avec violence les rideaux de brocard et glissa, entre l'ouverture, sa tête éplorée, qu'un poète du temps n'eût pas manqué de comparer à celle d'une Ariane abandonnée.

Le visage de la reine n'étincelait pas de beauté comme celui de la princesse de Condé, ce dernier et malencontreux amour de Henri le-vert-Galant ; il était blanc de teint, mais un peu bouffi ; des joues rondes et colorées accusaient cette fraîcheur luxuriante et cet embonpoint robuste des Flamandes qui réjouissaient le pinceau de Rubens, le peintre de ses noces. Le soleil de Florence n'avait pas hâlé et desséché cette rose carnation. Dans ses vêtements royaux, Marie ne manquait pas absolument de majesté ; mais dans la familiarité des affaires ou des heures oisives, elle ressemblait peut-être plus à une riche bourgeoise susceptible, inquiète et défiante, qu'à la première princesse du monde. Si son menton potelé et son bon sourire prévenaient en faveur de son caractère, ses lèvres pincées donnaient en même temps un avertissement contraire.

La réponse de l'italien l'avait frappée au cœur.

— Mais tu sais bien, ingrat, que je ne puis me passer de te voir ! murmura-t-elle douloureusement.

Concini se mit à marcher avec agitation dans la chambre.

— Je suis donc un cerf attaché à la chaîne ; je sers de chien de garde ; un tire-laine est plus heureux que moi. Votre jalousie me poursuit sans trêve. Je ne puis saluer courtoisement une dame sans que vous m'accusiez d'être son galant. Les neiges et les brumes de Paris n'ont pas refroidi l'inquiétude fébrile de votre sang florentin. Je crois, *per Dio*, que vous seriez jalouse de Léonora Dori, ma pauvre femme, toute sèche, toute jaune, toute anguleuse qu'elle soit. Que ne tirez-vous les cartes, ajouta-t-il avec un rire forcé, pour savoir si je vous suis fidèle !

Humiliée de ces sarcasmes, Marie courbait la tête ; mais elle était Médicis et ne put s'empêcher de répliquer d'une voix amère :

— Tu envies le sort d'un tire-laine, Concino *mio*, alors tu dois bien me haïr, car je suis en effet coupable envers toi. C'est moi qui t'ai tiré de l'ombre pour te faire épanouir au soleil. Je t'ai élevé si haut que tu oses devenir ingrat !

Concini se mordit les lèvres, car sa vanité était cruellement froissée par cette vérité crue. Il reprit : — Vous me reprochez vos bontés, Marie ! eh bien, ingratitude soit ! Il est vrai que je regrette parfois d'avoir quitté ma vie obscure pour vous suivre en France. Je suis las de ce ciel gris, de ce brouillard épais, de ces esprits barbares auxquels Fran-

çois Ier n'a pas pu faire aimer les arts, de ces grossiers fer-
railleurs que l'élégant Henri III n'a pu accoutumer aux parfums, aux musiques, et à tous les rafinements de notre vie
italienne. J'ai horreur de la populace féroce qui s'ameute
sur mon passage parce que je ne sais pas jurer en français,
et qui couvre de boue les manteaux de mes pages parce
qu'ils portent la livrée zenzolin; à votre cour je ne vois que
des turlupins ou des loups échappés de la ménagerie. Je
cherche en vain de bons peintres, de bons statuaires, de
bons musiciens et de bons cuisiniers. Quant aux poètes, Pé-
trarque est remplacé par un petit Malherbe, sec et froid
comme glace, quand ce n'est point par un de ces Ronsard
dont les vers rocailleux vous écorchent la bouche et les
oreilles.

Marie de Médicis sourit tristement.

— Voilà donc comme tu m'aimes, Concini! pas assez pour
oublier ta disette de musiciens et de cuisiniers. Tu m'as aimée pour les richesses que ma main facile pouvait prodiguer
à mes favoris. On dit que tu as amassé trois millions d'or.
T'en faut-il plus encore? Etranger, tu ne peux être connéta-
ble de France. Peut-être aspires-tu à être nommé maréchal,
en dédommagement de la perte de tes gouvernements, oui,
j'ai deviné. Tu m'en veux de n'avoir pas prévenu ton désir;
j'ai eu tort; je suis ingrate, moi aussi. Ecoute, *mio caro*, le
maréchal de Fervaques vient de mourir; tu auras sa survi-
vance, mais ne pars pas. Vois tu, j'ai besoin de te voir chaque jour près de moi. Quand je suis seule au milieu d'indifférents ou d'ennemis, je pense trop au passé, et j'ai peur de
l'avenir.

Le marquis d'Ancre resta silencieux. Elle s'attendait à une
explosion de joie et de reconnaissance. Elle fut surprise de
le voir accueillir avec une réserve glaciale une si haute faveur.

Elle étendit ses bras nus vers lui:

— Tu ne m'aimes plus? dit-elle avec terreur. Je suis laide
et vieille pour toi. Une autre t'a paru belle!

Concini haussa les épaules:

— Rêveries de femme, murmura-t-il; chimères et songes
creux.

Elle le regardait avidement.

Tout à coup, deux petits coups résonnèrent à la porte, que
madame de Guercheville entr'ouvrit doucement.

— Monsieur le marquis, dit-elle au Florentin, veuillez
prévenir Sa Majesté que les guetteurs annoncent l'arrivée de
M. le prince de Condé. La poussière des chevaux de son escorte monte au ciel comme une épaisse fumée. La ville tremble du tapage de son cortége, et on dirait que le peuple tout
entier déserte ses logis pour marcher sur le Louvre. Nos
gentilshommes s'impatientent de ne pas voir paraître la
reine, et M. de Bassompierre demande instamment des ordres.

— Dois-je me retirer, madame? demanda Concini. — Non,
restez, dit Marie de Médicis d'une voix brève. Quant à Bestein, qu'il attende! Je veux lui parler moi-même. Allez, Guercheville!

La porte se referma.

— Si M. le prince de Condé veut entrer de force au Louvre, je mourrai pour vous, madame, reprit vivement le nouveau maréchal. — Oh! ce n'est pas le rebelle qui me trouble l'esprit maintenant, dit la reine, c'est vous, Concini,
qui me faites peur. J'ai des capitaines qui m'aideront à vaincre le traître, mais vous, qui donc m'aidera à vous détrô-
ner dans mon cœur?

Un profond silence suivit cette plainte déchirante d'une
maîtresse humiliée par l'abandon de l'homme à qui elle sa-
crifiait jusqu'à son honneur.

VIII — DE LA VISITE QUE M. LE PRINCE DE CONDÉ FIT A LA
REINE, A LA TÊTE DE QUINZE CENTS GENTILSHOMMES.

L'esprit de Marie de Médicis, je vous le disais tout à l'heure,
était souverainement ombrageux et inquiet.

Elle oubliait Condé pour chercher la cause mystérieuse
qui avait si soudainement inspiré à son favori la passion des
voyages et l'amour d'une vie cachée.

En vain laissait-elle sa pensée s'égarer en mille soupçons
vagues; l'énigme restait indéchiffrable, et toujours elle en
revenait à son premier doute: Il aime une autre femme. Elle
résolut donc de le forcer à s'expliquer.

— Si je ne me trompe, dit-elle en le regardant fixement,
d'où te vient ce changement subit de goûts et cette aversion
philosophique pour les grandeurs? pourquoi veux-tu partir?

Concini! réponds. Je te l'ordonne. Obéis, car, en ce moment,
c'est la reine qui te parle.

Sa voix était altérée. Pauvre femme! elle était vraiment
belle, enveloppée d'une blanche draperie collée à son corps
magnifique et robuste, comme celui de la Vénus de Milo;
elle laissait pendre hors de la baignoire ses bras superbes et
nus, sur lesquels ruisselaient les gouttes d'eau, brillantes
comme des diamants liquides; la pâleur inaccoutumée qui
ternissait les fraîches couleurs de son teint blanc et pur, lui
donnait une expression mélancolique et pleine de charmes.

Le Florentin se sentit ému, mais il essaya de cacher son
trouble sous une feinte colère.

— Vous ordonnez, madame. Toujours il me faut obéir à
vos ordres. Toujours vous me rappelez que nous sommes
deux êtres bien éloignés l'un de l'autre, une reine et un sujet. N'est-ce pas suffisant pour glacer l'amour dans le cœur
le plus épris? Aime-t-on réellement les gens par force ou par
cupidité? Ah! ces amours-là sont feintes. Malheur à qui
croit à leurs comédies, madame. Qui aime véritablement doit
s'anéantir et s'immoler tout entier à son idole. C'est à moi,
qui ne suis rien, à moi, dont la gloire et la vie dépendent de
votre caprice, c'est à moi de commander, car ma soumission
ne serait pas celle d'un amant, mais celle d'un laquais, et
cette basse servilité me déshonorerait. C'est à vous, qui êtes
reine, d'obéir et de supplier!

Le sang des Médicis se révolta dans les veines de Marie,
Un instant l'irritation de l'orgueil brilla sur son visage et
soutint sa fermeté. Elle reprit:

— Oh! j'ai mérité cette humiliation. Tu es bien vengé,
Henri, si ton ombre assiste à l'abaissement de ta veuve. Oui,
foule-moi aux pieds, Concini, insulte-moi, menace-moi,
puisque j'ai oublié ma couronne et mon devoir, puisque j'ai
abandonné à ta merci l'honneur de mes enfants. Sans doute,
si les princes ont osé se révolter contre le roi, c'est qu'ils
méprisaient sa mère. Mais plus bas! parle plus bas, de grâce,
Concini! que ma honte ne soit pas publique! qu'elle ne prête
pas à rire à mes dames d'honneur.

Le marquis d'Ancre garda son dédaigneux sourire:

— Orgueil étrange des reines, observa-t-il; elles ne peuvent supporter l'idée de devenir femmes avec leur amant;
elles ne veulent qu'un esclave et ne savent pas trouver en
lui leur orgueil et leur grandeur! — Hélas! cet orgueil est
bien brisé, *caro mio*. Ta destinée n'est-elle pas mêlée à la
mienne par un lien que je ne saurais dénouer? Le Saint-Père
lui-même aurait-il le pouvoir d'effacer de mon âme troublée
le souvenir qui nous suit comme une tache de sang inefla-
çable? Tout à l'heure, j'ai évoqué l'ombre de Henri, et il me
semble la voir grandir au milieu de cette chambre avec un
visage terrible et menaçant.

Elle frissonna de tout son corps, et, du geste, elle semblait repousser une apparition visible pour elle seule.

— Et cependant, je ne suis pas coupable, tu le sais, toi,
Concini, murmura-t-elle d'une voix étouffée, qui expira dans
un sanglot lamentable.

Le favori ne put s'empêcher de tressaillir; ses cheveux se
hérissaient sur sa tête, et il jetait des yeux hagards sur cette
place où Marie de Médicis avait cru voir s'élever la vision redoutable de son époux courroucé, montrant les plaies béantes ouvertes dans sa poitrine par le couteau du meurtrier fa-
natique.

— Assez, madame, assez sur ce souvenir, reprit-il d'une
voix sourde. Ne vous ai-je pas donné alors une preuve assez
violente de cet amour dont vous doutez? Il fallait vous sauver
des soupçons éveillés dans l'esprit du roi. Il fallait que la
marquise de Verneuil ne triomphât pas du succès de ses dé-
lations. Il fallait que votre mari n'eût pas le temps de se repentir de vous avoir accordé la déclaration qui vous nom-
mait régente.

Une sueur froide baigna les tempes du Florentin.

Marie de Médicis se rejeta brusquement en arrière, folle
de terreur:

— L'ombre! l'ombre! répétait-elle en étendant ses bras
comme pour la repousser. Regarde, Concini! rapproche-
toi! défends-moi! Il nous voit, il nous entend, il nous juge!
Et puis, cachant sa tête dans ses mains avec désespoir:
— Dis la vérité, Concini! dis à ce fantôme implacable
que si déjà je l'aimais, lui vivant, du moins j'avais résisté à
ton amour audacieux, malgré la jalousie que tu attisais dans
mon cœur; les preuves irrécusables de l'infidélité de mon
mari n'avaient pas suffi pour me faire trahir mes serments.
Il est vrai qu'au lieu de te chasser, de te punir, de t'imposer
silence, moi, pauvre reine délaissée, je t'écoutais avec un
fol enivrement. Il est vrai que je t'ai même défendu contre

mon oncle Jean de Médicis, qui te soupçonnait de troubler le ménage royal. Que n'ai je pas osé pour toi, Concini! A cause de toi, je suis méprisée par les grands comblés de mes largesses; indifférente au peuple pour lequel je suis aumônière et charitable; reniée même par mes parents et mes alliés!

Le favori s'était peu à peu rapproché de la reine, afin de calmer ses terreurs. Il releva doucement son bras nu, le baisa et le laissa retomber en murmurant:

— Votre crime, Marie, a été d'aimer un Italien dans cette cour si brillante en jeunes et galants seigneurs. Mais n'ai-je donc rien osé pour vous, *per Dio?* La borne de la rue de la Ferronnerie, où s'est appuyé le pied du Feuillant, n'est pas encore brisée, madame!

Marie de Médicis posa une main glacée sur les lèvres du Florentin qui s'était penché vers elle, et sa voix murmura, faible comme un souffle:

— Tais-toi, Concini, tais-toi! je ne sais rien! je n'ai rien su! je n'ai rien voulu savoir. Les murs entendent et gardent des paroles si dangereuses! Henri était le grand roi, le roi populaire et clément, le roi juste et redouté. Il avait des maîtresses. Qu'ai-je donc à lui reprocher maintenant, malheureuse que je suis. Oh! tu ne m'as rien avoué, n'est-ce pas? Je n'ai pas permis le crime; loin de pousser le bras de ce forcené, je l'aurais arrêté au risque de ma propre vie!

Les yeux du marquis d'Ancre étincelèrent d'une sombre rage en écoutant ce désaveu qui l'abandonnait comme le seul coupable d'un forfait énorme. La reine en répudiait la complicité avec une horreur si franche, qu'elle eût pu faire illusion à tout autre qu'un Italien; mais, Concini possédait la pénétration profonde de ces rusés Florentins, dont Machiavel avait été le maître d'école; il écartait les apparences pour sonder le fond des cœurs avec cette froideur inexorable particulière aux hommes politiques du Midi, habiles à se défier des comédies extérieures.

Il redressa sa haute taille, et, se tenant debout devant la baignoire: — L'ingratitude est le dernier mot des princes, dit-il fièrement. Vous n'avez rien permis, madame, mais vous avez renvoyé Maximilien de Béthune, duc de Sully, pour me mettre le pouvoir en main. Si le Feuillant m'avait dénoncé et reconnu, m'auriez vous donc abandonné, Marie? Aujourd'hui seulement, je commence à le croire. Grâce à vous, j'ai pu lui laisser, pendant quarante-huit heures, toute facilité pour s'échapper de sa prison. Mais ce fou de jeûnes et de visions n'a pas compris son bonheur, ou il a fait gloire de son martyre. Ah! il faut avouer que notre Feuillant avait été bien choisi par le duc d'Epernon. L'ancien mignon de Henri III, se connaît à merveille en assassins!

— Pardonnez-moi, mon Dieu! dit Marie de Médicis; mais si j'ai été coupable par amour, est-ce à toi de m'en punir, Concini, en m'abandonnant à mes frayeurs, à mes défaillances et à mes rêves sinistres?

Le favori crut devoir ne pas continuer plus longtemps son rôle hautain et sévère; il regarda la reine avec une expression de tendresse, et lui répondit d'une voix caressante:

— Faites-moi grâce, Marie, si je vous ai parlé trop durement. D'ailleurs, je ne pars point pour un voyage sans fin, rassurez-vous. Il s'agit d'une mission secrète. Je vous apportais aussi une dépêche à signer, ajouta-t-il d'un ton léger en tirant de sa poche un parchemin roulé.

La reine parut inquiète de ce changement singulier: — Quelle est cette dépêche, demanda-t-elle, voyons.

— Quelle bizarre idée, dit le Florentin. Ai-je perdu votre confiance? Comptez-vous lire maintenant tous les papiers que l'on vous donnera à signer? — Cela n'en vaudrait peut-être que mieux pour mon peuple, Concini, répliqua tristement la reine. Que d'iniquités se commettent peut-être en mon nom! — Mais vos jours et vos nuits n'y suffiraient pas, Marie, dit le marquis d'Ancre, avec un rire forcé. Tenez, voici la plume. Mettez votre nom au bas de ce parchemin, et je vous laisse libre, car il est temps de quitter votre bain.

La reine saisit la dépêche, mais sans prendre la plume.

— Je veux la lire, répéta-t-elle opiniâtrement. — Caprice de femme! grommela Concini. Une dépêche insignifiante. Un ordre aux gouverneurs des frontières. Craignez-vous donc que je vous fasse signer l'arrestation de M. le prince de Condé? — A peine si l'on voit clair dans cette chambre, dit la reine en froissant la dépêche dans ses mains et se penchant hors de la baignoire. — *Per Dio!* Marie, vous êtes belle ainsi à ravir tous les cœurs, murmura le favori. Je vous aime. Sous vos vêtements royaux la majesté fait disparaître la femme; ici la femme disparaît sous la déesse. Et

si le prince félon entrait dans cette chambre, je jure bien qu'il déposerait les armes à vos pieds. Il ose faire la guerre à une reine. Il n'oserait la faire à Vénus!

Mais Marie de Médicis, poursuivie par un de ces soupçons entêtés, qui ne se déracinent pas facilement du cœur des femmes jalouses, lui répondit d'un ton bref:

— Trêve de fadeurs et de flatteries, Concino; elles doivent cacher un piège. N'essayez pas de me distraire de ma pensée. J'ai l'âme tout oppressée. — *Per Dio!* Satisfaites votre caprice et lisez! dit le favori en affectant un air insouciant. Il s'agit tout simplement de vous ramener des fugitives qui ont déserté votre service.

— Des fugitives? répéta la reine avec émotion.

Au même instant un grand bruit éclata dans l'autre salle, et la porte fut timidement ouverte par madame du Fargis, qui, tout effarée, jeta ces mots:

— Monsieur le marquis, prévenez Sa Majesté que M. le prince vient de descendre de cheval dans la cour, et qu'il monte le grand escalier à la tête de quinze cents gentilhommes pour lui faire sa révérence! — *Corpo di Bacco!* dit le favori, voilà un escalier qui sera un peu gêné, ou des gentilshommes qui devront se faire bien minces. Allons! il est temps que je m'éclipse. — Monsieur le marquis d'Ancre, dit Marie de Médicis avec dignité, restez. Monsieur le prince de Condé et ses quinze cents gentilshommes attendront le bon plaisir de leur reine. Je ne suis pas encore prisonnière dans mon Louvre, et j'ai le droit d'y donner des ordres, non d'en recevoir! Fargis, fermez la porte.

La comtesse obéit, et le Florentin ne put cacher la surprise mêlée d'admiration que venait de lui faire éprouver la réponse virile de cette reine si fière sur son trône chancelant, et qui traitait comme un vassal vulgaire l'ennemi puissant en qui elle pouvait déjà redouter un geôlier futur.

Cependant la veuve de Henri lisait avidement la dépêche:

— Ah! il est question des dames de Thornstein. Très-bien. Elles ont disparu de la cour et pourquoi? C'est étrange. Mais quel rapport entre leur fuite et votre départ, Concini? Pourquoi portez-vous tout à coup à mes lectrices un intérêt si pressant? — Elles peuvent être dans la confidence de quelques secrets d'État importants. Le mystère de leur absence en aggrave le danger. Nous avons cru devoir expédier l'ordre de les arrêter partout où on les reconnaîtra, et de les ramener de force à Paris.

Marie de Médicis ne quittait pas son favori des yeux.

— Oh! ce n'est pas là votre vraie vérité, *caro mio*. Ta bouche ment, Concino. Je connais ce pli ironique, familier à tes lèvres, quand tu veux tromper. Pourquoi pars-tu toi-même comme un simple courrier de dépêches? Il suffisait d'envoyer les ordres aux gouverneurs. Il y a autre chose! — *Per Dio!* on ne peut donc rien vous cacher, madame, reprit Concini embarrassé. Excusez moi! j'obéissais à la volonté du roi! Il m'avait défendu de vous révéler... — Le roi, reprit-elle. La volonté du roi! le roi t'avait défendu! Quelles sont ces nouvelles hypocrisies? Me crois-tu tombée en enfance? Depuis quand le roi a-t-il une volonté que je ne lui aie pas imposée ou que je ne connaisse pas? — Depuis ce matin, madame!

Marie de Médicis se sentit troublée. Quelle était donc l'influence mystérieuse qui s'élevait dans l'ombre pour contrebalancer la sienne? Elle fit signe au marquis d'Ancre de continuer. Il poursuivit:

— Votre fils avait remarqué la belle Christine de Thornstein, madame, et il veut la revoir! — Louis veut la revoir... Louis faire attention à une femme... Et vous êtes sincère, Concini! Pourtant il n'a pu exiger que vous-même... ou bien ceci cache quelque piège de nos ennemis. Enfin, sous quel prétexte vous a-t-il donné cet ordre? — Voici, reprit le marquis d'Ancre en riant d'un air dégagé. Il m'accuse d'une monstruosité sans exemple; il m'accuse d'être son rival. Une folie! Il paraît que moi aussi j'ai fait attention aux charmes de mademoiselle de Thornstein. Ah! le nom barbare pour des oreilles italiennes! Enfin, le roi se défie de moi, que voulez-vous? Je lui ai promis de lui rendre sa huitième merveille du monde. A ce prix seulement, j'obtiendrai son agrément pour mes nouvelles charges. Est-ce assez bouffon?

La reine était devenue sérieuse et triste en écoutant ce babillage dont la frivolité ne lui semblait pas naturelle. Elle murmura avec accablement: — Et moi qui n'ai rien vu? — Prenez vous cette plaisanterie au sérieux, Marie? demanda le favori avec une tendre inquiétude. — Concini, répliqua-t-elle sévèrement, si le roi ombrageux, défiant et craintif comme nous le connaissons, a osé vous accuser ouvertement, c'est que ses soupçons s'appuient sur des preuves !— Mais je vous jure, madame... balbutia le marquis. — Je ne veux rien savoir, reprit-elle avec dignité. Mon fils vous a demandé le secret. Je le respecterai. N'ajoutez pas un mot. Mais je vous donnerai, moi, une autre mission.

Elle était frappée au cœur. Son cerveau bouillonnait comme une fournaise. Ses yeux brillaient plus clairs que des étoiles. Elle poursuivit : — Et si le roi a deviné juste, si vous aimiez cette enfant, Concini ! Oh ! je comprends tout maintenant, votre froideur, vos reproches insolents, votre départ !

Le marquis d'Ancre sentit la nécessité d'apaiser la femme jalouse par des flatteries basses et serviles. Il avait peur de la reine fulgurante qui se réveillait soudainement, et dont le visage ne conservait plus rien de bourgeois ni de vulgaire. Il attacha sur elle ce long regard velouté qui jusqu'alors avait excercé sur Marie de Médicis un irrésistible pouvoir.

— Comment pouvez-vous me supposer coupable d'un tel enfantillage ? dit-il rapidement. Une petite fille de noblesse rhénane ou thuringienne, qui ne sait que sourire, prier ou rêver ! une fille pauvre, sans esprit, sans grâce, une froide et langoureuse Allemande l'emporter sur vous, la fille des Médicis, la spirituelle Italienne qui rayonne, comme un soleil, au dessus de toutes les femmes de votre cour ! Mais c'est vraiment de la déraison ! — Vos paroles sont tendres comme des caresses, Concini, repartit la reine, mais elles ne me tromperont et ne m'enivreront plus. Une langoureuse Allemande, dites-vous. Hélas ! je sais le charme de ces plaintives tourterelles pour vous autres vautours. C'est une douce proie. Mon amour vous pèse parfois et vous fait peur, avouez le ! — Vous êtes bien aveugle ou bien injuste, Marie ! soupira le Florentin avec un geste théâtral. — Le cœur de l'homme est inexplicable, continua la reine ; cependant, au milieu de tant de seigneurs braves, galants, utiles ou nécessaires à ma fortune par leur force, leurs alliances ou leur crédit sur le peuple, qui donc ai-je été choisir pour mon favori, moi, la reine régente de France ? Est-ce le plus beau, le plus noble ou le plus redoutable ? Non c'est un obscur Italien que j'ai élevé jusqu'à moi. N'avez-vous pas été quelque chose comme clerc de tabellion à Florence, signor Concino Concini ! Et ne vous ai-je pas soutenu de ma faveur contre des hostilités sans nombre ? N'est-ce pas vous qui pour moi avez été le plus beau, le plus noble et le plus cher de mes courtisans ?

Le marquis d'Ancre terrifié par cette foudroyante apostrophe garda le silence.

— Vous n'osez plus répondre, monsieur. Vous avouez votre trahison. Moi qui vous ai tout donné et tout sacrifié jusqu'à l'honneur du trône, vous m'avez trahie. C'est bien vil ! — Mais qui dit cela, Marie ! murmura le malheureux : quels serments faire pour vous désabuser ? Vous n'y croirez pas. Quelles preuves vous donner ! vous les rejeterez. — Il en est une que j'accepterai, reprit gravement la reine. Je n'ai pas tiré vengeance des conseillers du Feuillant, moi. Il faut, à votre tour, que vous me sacrifiez cette fille, vous, Concini.

Le Florentin laissa échapper un geste d'épouvante. Marie de Médicis poursuivit avec un calme terrible :

Vous partirez pour la retrouver, mais vous ne la ramènerez pas au Louvre. Elle mourra ou du moins elle disparaîtra en chemin. Les routes ne sont pas sûres dans ce temps de guerres civiles. Les hôtelleries sont des coupe-gorges. Bien des sentiers côtoient des précipices ou sont noyés sous des inondations imprévues. Si la belle colombe échappe à ces périls, qu'elle soit tout au moins engloutie dans un de ces couvents lointains et cloîtrés qui gardent inexorablement le secret des vocations subites. Je ne veux pas d'ailleurs que cette jeune fille me vole l'amour de mon fils et me remplace dans son cœur. Elle prendrait une influence mauvaise sur ce faible esprit à qui son souvenir a déjà su inspirer un effort de volonté. Je ne veux pas traiter de puissance à puissance avec mademoiselle Christine de Thornstein. Et puis je suis bonne mère, moi !

Le marquis d'Ancre frissonna, car il crut que l'âme de l'astucieuse et cruelle Catherine ressuscitait soudainement dans celle de Marie de Médicis.

— Mais j'ai promis au roi de lui ramener cette jeune fille, madame. — C'est-à-dire de lui ramener une maîtresse qui nous perdrait tous. — Mais elle est innocente, Marie ! — Ah ! vous prenez sa défense, monsieur. Vous êtes bien pitoyable aujourd'hui. Ah ! c'est que vous l'aimez. Ce cri est un aveu, n'est-ce pas. Répétez-le donc hautement. J'ai mal entendu sans doute. Priez-moi ! implorez-moi pour elle. Il me sera

doux de vous voir rampant à mes genoux pour obtenir la grâce de ce miracle de beauté ?

Et, le regardant avec des yeux étincelants d'éclairs :

— Obéirez-vous, oui ou non ? Dites-le, Concini. Si vous l'aimez, vous resterez ici, mais abattu de votre grandeur comme le chêne dont la cognée du bûcheron a tranché les racines. Je hais cette fille, vous dis-je, puisque Louis vous a soupçonné d'être son rival. Je redeviens la reine. Je me suis trop humiliée devant vous. Croyez-vous donc que je sois réduite à votre merci et que j'aie abdiqué le sceptre en vous prenant pour favori ? Il y a des hochets de rechange, monsieur. En mettant ma fière noblesse sous le pied du premier venu, je continuais la politique de Henri, qui coupait la tête de l'altier Biron avec la hache rouillée du bourreau. Je tends ainsi la main au peuple, et les gentilshommes ne s'y trompent pas. Quand je fais attendre, pour vous donner audience, le prince de Condé à la tête de ses quinze cents amis, croyez, monsieur, que je ne suis pas seulement une pauvre femme folle de jalousie, mais que je suis encore la reine de France !

Consterné, ébloui, stupéfait de la grandeur empreinte dans la réponse énergique d'une souveraine qu'il s'était trop habitué à voir aveuglément soumise à ses conseils et à ses caprices, le favori s'inclina et dit d'une voix respectueuse : — J'obéirai, madame.

— Vous jurez que mademoiselle de Thornstein ne reparaîtra pas au Louvre ? — Je le jure.

Au même instant, la maréchale de Fervaques entr'ouvrit la porte et dit avec émotion :

— Monsieur le marquis, veuillez prévenir Sa Majesté que M. le Prince a perdu patience, et qu'il menace de se retirer, car il regarde cette longue attente comme une insulte dirigée contre lui par les conseillers italiens de la reine. — Eh bien! laissez-le partir ! s'écria Marie de Médicis avec un geste de colère ; mais, se ravisant aussitôt : — Non, reprit-elle, il faut se garder d'aigrir et de mécontenter aujourd'hui ce traître. Il faut l'endormir dans son triomphe, et pour cela, j'ai besoin de vous, *signor* Concini. Allez présenter mes excuses à M. le Prince, et, à force de courtoisie, faites-lui oublier ce nouveau grief.

— Moi ! dit le favori au comble de la surprise ; mais il me tournera le dos ou me crachera au visage. — Tu t'essuieras, *caro mio*, répliqua froidement Marie de Médicis ; à tout prix, il faut flatter son orgueil jusqu'à ce que nous l'ayons mis hors d'état de nuire. Il s'agit de le renverser ou d'être renversé par lui. Fervaques, ajouta-t-elle à voix haute, fais entrer mes femmes !

Et elle congédia gracieusement le marquis d'Ancre, qui alla, en maugréant, essuyer la bourrasque qui l'attendait. En effet, M. le Prince le reçut avec une hauteur méprisante et ne daigna pas le saluer ; ses gentilshommes, groupés autour de lui, firent même entendre de sourdes menaces, mais Concini déploya tant de souplesse insinuante dans les offres de service et de soumission qu'il fit au puissant rebelle, que ce dernier finit par sourire à ses flatteries et par s'amuser de ses bouffonneries italiennes.

Concini rentra en grâce auprès de M. le prince avec tout le succès d'un Scaramouche ou d'un Triboulet ; mais peu lui importait. Il attendait sa revanche et elle devait être terrible.

IX — LE DÉMON FAMILIER, LES CARTES ET L'ASTROLOGUE

Le lendemain soir, le Louvre était en fête. La reine célébrait par un grand bal masqué sa réconciliation avec M. le prince de Condé.

Une heure avant le bal, elle avait mandé le colonel général des Suisses, M. de Bassompierre ; le galant Lorrain, qui devait sa fortune à Henri IV, était resté un des plus fidèles courtisans de sa veuve, et il s'était empressé d'obéir à l'ordre qu'il avait reçu.

Un page l'introduisit dans un cabinet meublé d'une table et de deux ou trois fauteuils, qui formait l'antichambre du logement accordé, dans une tourelle du Louvre, aux divers astrologues, dont les services avaient été si chèrement rétribués par les reines de sang italien.

Bassompierre fit la grimace en entrant dans ce réduit qui sentait le renfermé.

C'était un beau gentilhomme, grand, bien fait, spirituel jovial et entreprenant, d'une humeur aventureuse ; son teint blanc et frais, ses longs cheveux blonds, l'air un peu étrange de sa physionomie, la splendide galanterie de son costume, tout en lui attirait forcément l'attention.

Sur la table il vit deux bougies, quelques papiers et le sceau royal.

Marie de Médicis se promenait avec agitation dans ce cabinet comme une lionne inquiète dans sa cage. Elle portait une petite couronne d'or sur le chaperon de velours qui descendait en pointe sur son front. Elle froissait dans ses mains, qu'emprisonnaient des gants parfumés, un grand éventail en bois d'ébène incrusté d'ivoire. Sous sa fraise haute et droite une triple rangée de perles paraît les contours supérieurs de son corsage allongé; des crevés de satin blanc étoilaient sa robe de velours rouge à plis majestueux.

— Toujours exact, Bestein, dit-elle en souriant au colonel des Suisses.

— Je n'ai jamais fait attendre les dames, répliqua le lorrain en s'avançant et lui baisant la main avec une grâce parfaite.

— Ni les hommes, je le sais, Bestein.

Elle le regarda fixement et reprit :

— As-tu peur de la populace? — Non, madame, quand elle n'est pas soutenue par des gentilshommes. — As-tu peur des gentilshommes? — Non, madame quand ils ne sont pas commandés par des princes du sang. — As-tu donc peur des princes du sang, Bestein? — Ce sont de rudes adversaires, dit Bassompierre en hésitant, et, pour s'y frotter, il faut, au moins, être sûr de deux choses... — Parle vite ! dit la reine avec impatience. — D'abord de ne pas être abandonné et désavoué... — Je ne suis pas une Catherine, moi? répondit-elle. — Et puis...

Il n'osa achever, mais ses regards restèrent attachés sur le sceau royal.

— Je te devine, Bestein ! tu es l'ami du logis et de la table encore plus que l'ami du maître. Avide Lorrain, tu sais que ce sceau magique prodigue les pensions et les dignités. Eh bien, rassure-toi. Si je triomphe, *li honori, li béni, li carichi* ne te manqueront pas. — Mon épée, non plus, ne vous faudra pas, madame, s'écria impétueusement le Lorrain en fléchissant le genou. — Relevez-vous, monsieur le grand-maître de l'artillerie, dit la reine, car vous l'êtes par commission, et surtout soyez discret. Un mot peut tout perdre. A onze heures du matin, vos Suisses entoureront le Louvre. Si je suis forcée par la populace, ils m'escorteront jusqu'à Mantes. J'emporterai mes pierreries dans un coffret et quarante mille écus en or. Vous me répondez de la vie et de la liberté de mes enfants. Maintenant allez danser galamment au bal. Qu'on ne se doute de rien. Je verrai Créquy et Lacurée pour les derniers ordres. Si je changeais d'avis, vous serez prévenu par madame de Guercheville. — Quoi! madame, demanda Bassompierre surpris, hésiteriez-vous encore à prendre ce grand parti? — J'attends mon démon familier. Quand je l'aurai consulté, tout sera dit.

Quel était ce démon familier ? Voilà ce que se demandait le comte de Bassompierre.

— Le voici, murmura la reine avec un sourire qui dissi-^{pa} les nuages amassés sur son front.

On venait de gratter à la porte.

Marie de Médicis fit un signe à Bestein, qui ouvrit.

Une grande femme sèche, jaune, anguleuse, grêle, au nez arqué, au teint luisant et pâle, aux yeux brillants et enfoncés, exactement vêtue comme la reine, à l'exception de la couronne d'or, entra d'un pas léger; on eût dit qu'elle glissait sur le plancher ; elle ressemblait plutôt à une ombre qu'à une créature vivante. Si Bassompierre l'eût touchée, elle se serait dissoute en poudre comme ces momies effritées par l'action des siècles.

A sa vue, la reine laissa échapper une exclamation de joie et murmura :

— *Buona mia Leonora!* — Madame la maréchale d'Ancre ! dit Bassompierre en la saluant avec un profond respect.

Cette ombre n'était autre, en effet, que la célèbre Leonora Galigaï, la toute-puissante favorite, dont l'ambition effrénée, l'esprit d'intrigue, l'activité prodigieuse avaient élevé si haut la fortune de son mari, et déjoué, jusqu'alors, les menées de tous ses ennemis.

Cette femme était profondément triste dans l'enivrement de son orgueil satisfait. Au fond de son cœur s'était creusé un vide que l'ambition cherchait vainement à combler. Pendant sa jeunesse misérable, un jour elle avait été chassée de l'hôtellerie où elle épuisait ses forces, comme servante, pour un salaire dérisoire; elle avait été punie du crime d'être devenue mère; elle chétive et l'aide bohémienne ; elle se croyait abandonnée par Concini; elle voyait dépérir sur son sein tari sa petite fille, ce témoignage vivant de sa honte; dans une heure d'égarement et de désespoir, elle avait vendu son enfant à une vieille sorcière d'Egypte, qui lui promit, en échange, un avenir de grandeur et de richesse.

La prédiction s'était accomplie : mais Léonora pleurait et regrettait sa fille. Il lui semblait que Dieu se plaisait à châtier son crime, en amassant tant de richesses et d'honneurs sur la mère dénaturée qui avait livré sa fille pour prolonger une vie sans but et sans amour. Aussi tâchait-elle d'oublier et d'étourdir sa douleur; mais elle n'y parvenait pas. Elle aimait à se venger sur les autres des tortures secrètes qu'elle endurait ; martyre égoïste, elle était indifférente à des souffrances qui lui paraissaient inférieures à la sienne.

Son ambition était un jeu, une recherche avide du danger, une passion extravagante de la lutte, un défi à la mort. Aussi une énergie sans exemple animait-elle ce corps frêle ; aussi Leonora Galigaï inspirait-elle aux gentilshommes et au peuple une terreur superstitieuse; aussi n'eût-on pas trouvé dans ce Paris, regorgeant de soudards et de coupe-jarrets, un homme assez audacieux pour lui tirer un coup de pistolet.

Elle était redoutée comme un Dieu invulnérable. On la haïssait, mais on ne la méprisait pas. De loin, on la traitait de magicienne et d'empoisonneuse ; de près, on souriait, et on s'inclinait sur son passage. Le seul côté faible de cette femme extraordinaire, c'était son mari, le beau Concino Concini, dont l'impudence vulgaire affaiblissait le prestige de cette haute faveur.

Son empire sur l'esprit de la reine était sans bornes, parce que Marie de Médicis, nature essentiellement ombrageuse, voyait en elle sa créature; Leonora lui devait tout; elle l'avait prise dans le ruisseau et l'avait fait asseoir sur les marches du trône ; toutes deux Florentines, elles chuchotaient cet idiome harmonieux et familier qui se prête à des confidences tendres comme des caresses ; elles étaient dominées par les mêmes passions; elles avaient les mêmes faiblesses et les mêmes superstitions; seulement Leonora avait appris dans la misère à connaître les hommes, et elle les méprisait avec la haine froide de l'esclave affranchi et du parvenu. Elle aimait réellement la reine, mais elle se regardait comme très-supérieure à elle par la fermeté du caractère et la grandeur des vues politiques.

Elle ne subissait l'ascendant d'aucun homme ; son mari n'était que la marionnette sur laquelle devaient briller les oripeaux de sa richesse ; elle n'avait d'autre amour dans le cœur que le souvenir de son enfant perdue; l'ambition seule, creuse, stérile, sans but, se repaissant de sa propre flamme, et, par cela même, plus vivace et plus ardente, s'élevant aux proportions de la manie et de l'idée fixe, comme l'avarice chez l'usurier juif, l'ambition, tel était le vice suprême auquel Leonora Galigaï dévouait sa vie.

Sur un signe de la reine, M. de Bassompierre s'était retiré.

— Je t'attendais, Leonora, dit-elle précipitamment. La partie est engagée. Gagnerai-je? Conseille-moi. — Ma chère maîtresse, répliqua tranquillement la favorite, ce n'est pas à de faibles esprits comme celui de votre servante qu'il appartient de prononcer sur de si graves questions. Il faut chercher plus haut vos inspirations. — Oui, reprit la reine, les hommes trompent; les cartes ne trompent pas. Essayons le sort. As-tu déjà remué le carton? La réponse a-t-elle été favorable? On peut croire à ce conseiller-là; il n'est point vendu à l'ennemi. — Madame, dit Leonora, il s'agit d'un prince de sang qui veut voler l'héritage de votre fils. Pour la noblesse, ce n'est pas un factieux ni un rebelle, mais le roi de demain, tandis que vous, Marie de Médicis, vous n'êtes pas la reine de France, mais une étrangère comme moi, assise par mégarde sur un trône d'où la main de Condé doit vous renverser. M. le Prince a tout pour lui, hors le droit; gens d'épée et de robe, gens d'église et de corporations, la Ligue et la Réforme, tous crieront : Vive Condé! Il faut voir clair dans la situation et chasser les brouillards. Chacun a son intérêt particulier dans l'intérêt de M. le Prince... — Excepté le maréchal d'Ancre toutefois, interrompit vivement Marie de Médicis.

Leonora haussa légèrement les épaules :

— Est-ce que nous comptons, nous autres Italiens! Nous sommes vos domestiques ; voilà tout. Vous nous donnez de gros gages qui font envie à la noblesse mécontente ; si vous perdez la partie, on nous retiendra ou on nous massacrera comme des gueux. Puis, la table renversée, ces héros se disputeront les morceaux de la nappe. — Pauvre peuple ! dit Marie, il ne gagnera guère à changer de bât. J'essayais d'alléger son fardeau, et il crie. Condé lui écorchera le dos. — Vous pouvez cependant résister à la tempête, madame; M. le prince est moins un véritable chef qu'un drapeau banal derrière lequel s'agitent tous les partis mécontents ; il se croit si formidable, qu'il ne daigne pas vous craindre. Maître de Paris, il vous tient dans votre Louvre comme dans une cage Jouez d'audace ! et qu'à l'heure où il viendra chercher sa prisonnière, il soit lui-même arrêté comme un traître, et puni comme un criminel de lèse-majesté. Le général tué, il n'y a plus d'armée. — Tué ! répéta la reine tremblante; non jamais la veuve de Henri n'ordonnera ni assassinat ni tuerie. Je ne veux pas être la pâle copie de Catherine de Médicis. A chacun son rôle devant les hommes et sa responsabilité devant Dieu. — Voyons donc les cartes pendant que nous sommes seules, répliqua la maréchale d'Ancre avec un froid sourire; mais je n'en ai pas sur moi. — En voici ! dit la reine.

Elle tira aussitôt du fond d'une corbeille un jeu de cartes distribué en petits paquets. Ce jeu de cartes allait souverainement décider du sort de la monarchie; il allait exalter jusqu'à la témérité le cœur de Marie de Médicis ou le décourager jusqu'à la faiblesse. C'était une de ces scènes qui restent inconnues ou dédaignées de l'historien, et qui contiennent souvent le mot des énigmes les plus mystérieuses de la politique.

Les deux femmes s'assirent sur des pliants et s'approchèrent de la table avec l'anxiété des sorcières thessaliennes commençant leurs incantations magiques. Elles allaient chercher l'avenir et la vérité dans ces morceaux de carton, qui, pour elles, semblaient palpiter et vivre. Leur superstition aveugle animait la matière et lui prêtait une intelligence supérieure à celle de l'esprit humain Leur front penché sur les cartes se plissait; leurs yeux ne pouvaient s'en détacher ; elles éprouvaient ce frémissement intérieur mêlé de doute et de crainte, qui charmera toujours les âmes crédules tentées par le fruit défendu.

Leonora caressait les cartes d'une main agile et savante, on eût dit qu'elle les forçait à se mêler dans des combinaisons bizarres, suivant sa volonté; les figures couraient sur le tapis animées d'une singulière expression, gonflant leurs joues, ouvrant leurs lèvres, souriant ou menaçant avec des yeux étincelants de malice et de colère ; l'attention profonde des deux femmes provoquait dans leur esprit une hallucination fébrile grâce à laquelle ce spectacle étrange devenait une réalité et confirmait leur foi dans l'aruspice.

Leonora tressaillit tout à coup : — As de pique entre deux valets, madame !

— Signe de combat, *buona mia !* dit la reine avec un geste de joie. Les cartes sont de mon avis. Pas d'assassinat. Mais la guerre avec le rebelle ! — La guerre, chère maîtresse, reprit tristement la maréchale, — mais le prince est un homme de guerre, lui, et votre éventail se brisera sur sa cuirasse.

Leonora n'osait retourner les cartes suivantes ; un signe impérieux de sa maîtresse la décida : — Celle-ci annonce du sang versé ! murmura-t-elle d'une voix sourde.

— Réjouis-toi, reprit la reine, car il s'agit du sang des rebelles ! Crois-tu donc qu'ils oseraient frapper de leur épée la veuve de Henri-le-Grand ? Tu es folle, Leonora ! Mais regarde ! cette autre carte nous promet une visite inattendue.

Au même instant des pas lourds retentirent sur les marches de l'escalier, qui montait en spirale au haut de la tourelle.

— C'est Cosme Ruggieri ! s'écria la maréchale d'Ancre.

— Impossible ! le vieil astrologue est malade ! il rêve et délire, il n'a plus la tête saine ! Aussi me suis-je gardée de le consulter, Leonora ! — C'est Ruggieri, vous dis-je, madame ! Sa visite vient d'être annoncée par les cartes. Écoutons-le comme un envoyé de Dieu ! Sa parole ne saurait être un faux oracle.

La porte s'ouvrit brusquement.

Un vieillard de haute taille parut sur le seuil, chancelant sur ses jambes maigres et débiles ; la simarre noire qui l'enveloppait était ornée par devant d'une bordure rouge sur laquelle brillaient les signes zodiacaux; il était coiffé d'un long bonnet terminé en pointe comme la tiare persane, et portait une baguette blanche à la main.

Il fixa sur les deux femmes des yeux hagards :

— Vous ne m'avez pas appelé, madame, dit-il sévèrement, mais je suis venu pour vous indiquer Votre Ennemi avant de mourir. Vous avez été pour moi une bonne maîtresse, et je veux ouvrir vos yeux, qui seront peut-être trop faibles

pour supporter la lumière de la vérité. — Mon Ennemi, je le connais, mon pauvre Cosme, c'est M. le prince de Condé, répliqua Marie de Médicis avec un air de commisération et de dédain pour l'astrologue tombé en enfance.

Le vieillard haussa les épaules, fit quelques pas en tremblant, et saisit dans ses doigts glacés la main de la reine, qui n'osa résister.

Leonora Galigaï regardait cette scène avec une avide curiosité.

Ruggieri examina longuement les lignes nombreuses et brisées qui se croisaient dans la main de la reine ; puis il poussa un profond soupir et murmura : — J'avais bien raison. Condé est impuissant contre vous, madame. La grande ligne prend sa source au thénar et se prolonge jusqu'au muscle de l'index. Elle n'est point traversée par la ligne de mort. Vous vivrez de longs jours, madame. — Mais tu m'as parlé d'un Ennemi, Cosme ? Quel est il ? — Je ne le vois pas, madame, répliqua l'astrologue en pressant son front de ses mains. — Mais puisque je dois vivre longtemps, cet Ennemi sera donc impuissant comme M. le Prince ?

Ruggieri recula de quelques pas et marcha dans le cabinet avec agitation. Un voile couvrait ses yeux; un poids énorme oppressait sa poitrine ; sa pensée flottait comme un nuage poussé au hasard dans le ciel par des vents contraires.

— Oui, je l'ai bien vu, vous vivrez, madame Marie, longtemps, trop longtemps peut-être....

Les deux femmes tressaillirent, envahies par un sombre pressentiment. Elles écoutaient haletantes. Il poursuivit :

— Vous vivrez ! mais les prisonniers vivent dans leur cachot ! les bannis vivent dans l'exil ! les misérables vivent dans leurs greniers ! J'ai beau regarder, je ne vois plus briller la couronne d'or sur votre front; je ne vois plus votre main retenir sur le bord du trône votre amie Leonora ; je ne vois plus votre fils tendre en souriant son front pâle à vos lèvres ! Tout a disparu, tout est vide, tout est glacé autour de vous, et pourtant vous vivez, madame ! — Tais-toi, Ruggieri, tais-toi ! interrompit la reine épouvantée. Tant que je vivrai, je serai reine ! et je n'abandonnerai pas Leonora, et mon fils ne reniera pas sa mère !

L'astrologue ne l'entendait pas. Il semblait regarder dans le vide et y voir passer des ombres sinistres. Tout à coup il étendit sa baguette blanche comme s'il eût voulu repousser une vision menaçante, et s'écria d'une voix métallique :

— Défiez-vous du prêtre, madame ! défiez-vous du prêtre !

L'expression du visage de l'astrologue fut si pleine de terreur et de conviction en ce moment, que la maréchale d'Ancre saisit involontairement le bras de la reine et essaya de l'entraîner hors du cabinet. Elle rougit presque aussitôt de cette frayeur puérile et dit à Ruggieri : — Mon pauvre Cosme, ignores-tu donc qu'à part M. l'évêque de Luçon, la cour de France ne compte pas un seul prêtre doué de quelque mérite politique; or, Armand Duplessis de Richelieu doit son élévation à nos bontés ; il s'est dévoué à la fortune de mon mari, et je le regarde comme un des plus habiles et des plus fidèles conseillers de la reine.

— Défiez-vous du prêtre ! répéta l'opiniâtre vieillard. Ne craignez ni les cuirasses ni les dagues des gentilshommes ; ne craignez ni les sourires ni les bouquets des jeunes favorites, mais craignez la soutane rouge, madame ! — Cette insistance est étrange ! observa Marie de Médicis.

Leonora Galigaï fit un geste d'impatience.

— Les radotages de ce vieux fou ne sont pas de saison, répliqua-t-elle. Décidément j'avais trop présumé de son oracle.

Ruggieri sourit amèrement, et se disposa à remonter son rude escalier : — J'ai rempli mon devoir de fidèle serviteur, dit-il ; maintenant je vais aller remplir mon dernier devoir de chrétien, car la mort approche à grands pas ! Je la sens venir ! Adieu, ma bonne et chère maîtresse. Adieu!

Il disparut, et ferma la porte sans bruit, tandis que les deux femmes se regardaient toutes troublées, sans avoir la force de prononcer un mot.

Marie de Médicis s'absorba dans une rêverie profonde; secouant enfin sa torpeur, elle dit à Leonora :

— Une soutane rouge! J'ai bien entendu, n'est-ce pas ? Quel est donc ce cardinal si dangereux pour moi ? — Je ne sais, madame, répondit la maréchale, et je crois que vous attachez trop d'importance aux rêvasseries du bonhomme.

— Les paroles des mourants sont prophétiques, Leonora.

— En tout cas, elles ne concernent pas notre ami M. de Luçon, qui ne porte que la robe violette. Mais, l'ennemi d'aujourd'hui, c'est M. le prince de Condé, ne l'oubliez pas. Si nous voulons que le ciel le foudroie, il faut aider le ciel. Songeons au présent. Quant à l'avenir, nous aurons le temps d'aviser.

Les pas du vieil astrologue cessèrent de crier sur les marches de l'escalier ; mais, en même temps, il répéta encore d'une voix forte ces mots, qui parvinrent aux oreilles de la reine et de sa confidente :

— Défiez-vous du prêtre !

Marie de Médicis frissonna comme si elle eût lu son arrêt de bannissement. Puis, voulant chasser ces craintes chimériques qui affaiblissaient sa résolution, elle se leva :

— Viens, Leonora, dit-elle ; le bal que je donne ce soir à toute la cour doit être commencé. On restera masqué jusqu'à minuit. Tâche de surprendre, sous un travestissement, les secrets de nos ennemis. Nous tiendrons conseil après le bal. Ce vieux Cosme m'a engourdi le cœur. Je veux danser comme une jeune fille pour réchauffer mon courage. Le bal, c'est notre champ de bataille à nous autres femmes. Pendant que tu espionneras l'ennemi, je tâcherai de gagner des partisans à notre cause avec des sourires et des promesses. Je danserai le branle avec M. le prince de Condé. Es-tu contente de moi ?

La maréchale d'Ancre baisa la main de la reine, et la suivit sans faire d'autre réponse.

X — LE SOUFFLET.

Lorsque la reine parut, le bal offrait déjà un charmant coup d'œil ; les vastes salons du Louvre étincelaient ; dans l'encadrement des hautes tapisseries à personnages, les bras tordus des candélabres lançaient les feux de mille bougies. Un orchestre, formidable pour l'époque, car il était composé de deux bandes de six violons et de trois basses, s'abritait dans un coin de la grande cheminée.

Les pourpoints tailladés, les broderies, serpentant sur toutes les coutures, les aiguillettes, flottant aux épaules et à la ceinture, n'étaient plus cachées par les manteaux. Les crevés des manches laissaient briller les doublures de satin ; de bouffantes jarretières emprisonnaient le haut-de-chausses au-dessous du genou, et les bas de soie à coins d'or et d'argent s'harmonisaient avec de fins souliers de bal ensevelis sous une énorme rosette.

Quant aux dames, leurs robes de toile d'argent à fond bleu ou rose, piqué d'étoiles, s'ouvraient sur une jupe de drap d'or frisé, de même couleur. Les manches de la robe flottaient en arrière à la hauteur du coude ; les tailles fines, minces et pointues comme des flèches se perdaient dans des hanches démesurément élargies par le vertugadin, et de mignons souliers à hauts talons dépassaient à peine de leurs bouts brodés les amples plis tombant autour d'eux.

La maréchale d'Ancre, chose singulière, n'accompagnait pas la reine ; mais nul ne songeait à remarquer son absence au milieu de l'enivrement joyeux de la danse et des nombreuses intrigues qui se croisaient sous le masque.

Une femme de haute taille, déguisée en fée Urgande, ne semblait pas partager la joie générale, et se promenait assez mélancoliquement parmi les groupes, errant comme une âme en peine, de salons en salons, sans répondre aux sarcasmes qui la provoquaient. Tout à coup, parvenue à l'extrémité de l'enfilade, elle s'arrêta à la porte d'un cabinet, d'où s'échappaient quelques murmures de voix assourdies. Elle écouta, mais, n'entendant que des sons indistincts, et se voyant seule dans cette pièce solitaire, elle prit rapidement une résolution hardie, et entra avec la solennité majestueuse qui convenait à son déguisement.

La fée Urgande ne put réprimer un mouvement de surprise en apercevant une douzaine d'hommes déguisés en bergers, ornés de rubans roses, de houlettes, de pannetières, de pipeaux et de tous les accessoires de ce travestissement bucolique, chuchotant avec une sorte de mystère au fond de ce cabinet mal éclairé. Ils se turent à l'aspect d'une inconnue ; mais la fée, sans leur laisser le temps de se disperser, s'avança hardiment vers le groupe suspect, et, touchant du bout de sa baguette l'épaule du plus grand de ces mignons :

— Bergers ! dit-elle d'une voix évidemment contrefaite, beaux bergers, vous délaissez vos bergères ! Le loup peut les croquer pendant que vous accordez vos pipeaux dans l'ombre. Occupez-vous de gagner le prix de la danse plutôt que celui de l'harmonie. Vous perdez ici votre temps. — Belle fée, tu n'es pas sorcière ! répliqua en riant le grand masque auquel

Urgande s'était adressée. Tu ne devines pas que nous guettons le loup ! — Vous avez une voix bien rude pour un berger de cour, gracieux Corydon. observa la fée, et je crois qu'elle conviendrait parfaitement à un capitaine qui commanderait l'exercice ; une cuirasse, des éperons et des jointures d'acier siéraient mieux à votre taille de dieu Mars que ces rubans roses, cette pannetière et ces pipeaux. N'êtes-vous pas, d'ailleurs, impatient de guerroyer ? Battez donc le fer pendant qu'il est chaud, et rejoignez M. de Longueville en Picardie, au lieu de rester ici à l'affût. Le gibier court les champs et ne tombera pas dans vos filets. Votre voix vous a trahi, monsieur le duc de Nevers !

Corydon ne répondit pas, mais il fit le geste de chercher à sa ceinture une dague ou un poignard absent.

— Et vous, aimable et maigre Mœlibée, dit-elle à un autre berger, très-grand et très-sec, dont les longs cheveux grisonnants couvraient les épaules, et dont les yeux semblaient loucher à travers les trous du masque, — est-ce bien votre place ?

Mœlibée hésita à répondre ; enfin, essayant de dissimuler, sous un bégaiement affecté, un accent gascon des plus prononcés :

— O la plus curieuse des fées, murmura-t-il, je guette aussi le loup ! — Ah ! le gentil mignon ! s'écria Urgande ; comme il est précieusement frisé et pommadé ; il doit faire la fortune de tous les parfumeurs de la cour et de la ville. Je gage que, sous le masque, il est fardé comme un Adonis de cinquante printemps. Ses yeux vaguent à l'aventure, et ses lèvres sont pincées de façon à ne pas trahir ce qu'il pense. Il sourit à droite et à gauche et il cache sa queue de paon. Il guette le loup, mais il se souvient qu'il lui a donné, plus d'une fois, un agneau à dévorer. Le loup est défiant, gentil Mœlibée. Ayez donc garde de ne pas être pris vous-même au piège, monsieur le duc d'Epernon. Dieu veuille que vous puissiez retourner à temps en Guyenne !

Mœlibée était sans doute un trop rusé diplomate pour manifester sa surprise par un geste significatif comme le pasteur Corydon ; mais il tourna le dos à la fée et se dirigea vers la porte du cabinet, soit pour fermer le passage à l'indiscrète, soit pour se ménager une évasion facile.

Un autre berger se chargea de répondre pour lui d'une voix pleine et forte : — Haute et puissante magicienne, fais donc ton métier en conscience, et va dire au loup, ton maître, que je n'ai pas peur de lui ; je le ferai sauter, avec des pétards, dans sa maison de Lésigny, au faubourg, ou je l'éventrerai au Louvre, à son choix. — Tout beau, Daphnis, tout beau, reprit Urgande ; conseil pour conseil. Votre père se décida à faire la paix avec le feu roi, Henri, quand il eût pris du ventre ; profitez donc de votre agilité pour rejoindre vos amis, car, si vous tardez, vous deviendrez trop gros pour vous sauver du loup, monsieur le duc de Mayenne.

Daphnis fut si ému de la riposte, que la sueur perla sur son front, et qu'il tira distraitement de la poche de sa veste un mouchoir brodé aux armes de Lorraine pour s'essuyer.

— Ah çà ! quelle est cette diablesse de fée ! s'écria un autre berger, dont le manteau de velours bleu, brodé d'or, contrastait avec l'accoutrement pastoral. Voyons ! es-tu une espionne qui veut nous vendre, ou une héroïne qui veut s'amuser à nos dépens ?

Et, en même temps, il la saisit par la taille.

— Vous êtes trop galant, monsieur le duc de Bellegarde, dit Urgande en lui donnant un léger coup de baguette sur les doigts. — Puisque vous nous connaissez tous, madame, s'écria brusquement un berger non moins robuste que ses compagnons, et qui avait observé cette scène avec une impatience croissante, — nous sera-t-il permis de vous demander, à votre tour, ce que vous êtes venu chercher ici ? — Mon Dieu, je n'en fais pas mystère, terrible Tircis, répliqua Urgande ; j'ai pensé que vous seriez un peu échauffés à la suite d'une conférence si animée, et j'ai voulu vous offrir des tranches d'oranges sucrées pour vous rafraîchir, monsieur le duc de Bouillon.

Les bergers tressaillirent.

— Bientôt il faudra porter la cuirasse au bal, murmura M. de Mayenne. — Les juifs de Florence vendront leurs poisons au prix du diamant, grommela le duc d'Epernon. — Plus de masque et l'épée haute ! dit le duc de Nevers. — Merci de la tranche d'orange ! ajouta Bellegarde. — Je cède la mienne à mon ennemi mortel, reprit d'Epernon, en voyant une sorte de nain s'avancer sur le seuil du cabinet en portant un plateau.

Le duc de Bouillon saisit rudement le bras de la fée :

— Maudite magicienne, s'écria-t-il, tu mangeras la première une de ces tranches d'oranges que tu nous offres si gracieusement.

Urgande haussa les épaules : — Ah! vous avez peur, Tircis. Vous êtes plus hardi quand vous êtes enfermé dans votre bonne ville de Sédan et que vous réclamez à madame la reine le droit du talion.

Le duc furieux arracha le plateau des mains du laquais et le tendit à la fée qui, sans hesiter, prit une tranche sucrée du bout des doigts.

—Fi, messieurs! dit alors un berger qui était resté silencieux et qui, ôtant son masque, laissa voir une physionomie ouverte et charmante, des yeux souriants et un nez camus ressemblant beaucoup plus à celui de Saint-Mégrin, le malheureux amant de la duchesse de Guise, qu'à ceux des princes de la maison de Lorraine.

— Par Astaroth! observa Urgande, voici un chevalier que je ne m'attendais guère à rencontrer parmi les bergers qui guettent le loup; mais rassurez-vous, monsieur de Guise, la reine n'en saura rien.

En même temps elle porta l'orange à ses lèvres; mais aussitôt le plus petit des bergers, qui s'était tenu caché derrière les autres, dans l'angle le plus obscur du cabinet, se jeta au milieu du groupe comme un sanglier qui fait sa trouée :

— Fi, messieurs! s'écria-t-il, Guise a raison. Faire violence à une femme, ce serait une indignité. Je ne le souffrirai pas. Madame, soyez fière d'avoir fait si grand peur à douze gentilshommes qui, je vous le jure, n'ont guère l'habitude d'être timides; mais quel que soit le visage caché sous ce masque, vous êtes libre de vous retirer.

Ce berger héroïque était non-seulement le plus petit, mais le plus maigre et le plus blond de tous; ses mouvements étaient vifs, son geste impérieux et ses yeux étincelaient comme des étoiles mobiles.

— Ah! je reconnais bien à ces nobles paroles le prince chevaleresque et intrépide qui veut être régent, répondit la fée Urgande.

Cette phrase, éclatant comme une bombe, produisit une impression profonde sur tous les assistants, à l'exception de M. le prince de Condé, qui dit en souriant : — J'accepte ta bonne aventure, magicienne indiscrète. Et pourquoi ces contorsions, messieurs les Bergers? Tenez, pour vous prouver toute ma confiance dans les bonnes intentions de notre devineresse, j'accepte, le premier, sa tranche d'orange. Je vous donne l'exemple! et malgré l'opposition de ses amis il accomplit son imprudente bravade en ajoutant : — Ne craignez rien pour moi, messieurs, la fortune aime les audacieux; maintenant laissez passer madame, monsieur d'Epernon, car elle portera au Concini ma déclaration de guerre; elle lui dira que je ne suis pas un conspirateur, mais un juge, et que je ne tarderai pas à lui demander compte de ses tyrannies.

La fée Urgande s'inclina respectueusement devant M. le Prince, et se dirigea vers la porte du cabinet; mais le rusé duc d'Épernon qui blâmait la folle générosité de M. de Condé, n'était pas disposé à lâcher prise si facilement; il avait saisi une torchère à deux bougies avec un empressement dérisoire, pour éclairer l'inconnue, mais il laissa perfidement pencher la flamme d'une bougie sur la barbe de la dentelle du masque de velours, qui prit feu aussitôt. Par un geste plus prompt que la réflexion, Urgande arracha son masque, et les bergers reconnurent la maréchale d'Ancre.

— Leonora Galigaï! s'écria M. de Condé. — Elle-même, monsieur le Prince, répondit-elle en broyant sous son pied le masque enflammé, elle-même qui a voulu se faire ce soir votre servante. — M. de Condé est empoisonné! dit M. de Mayenne devenant blême. — Madame, vous êtes notre prisonnière, poursuivit M. de Bouillon.—Il faut faire chercher un médecin en toute hâte, ajouta M. de Bellegarde. — Oh! si nous avions à faire à un homme! dit M. de Nevers, je l'écraserais sous le talon de mes bottes.

La maréchale d'Ancre sourit dédaigneusement :

— Voilà cependant des héros, des chefs de parti, des foudres de guerre! dit-elle d'un ton calme, à une tranche d'orange de plus ou de moins. Allons! cessez de m'accabler de ces menaces ridicules. Je ne suis pas une empoisonneuse, car on n'empoisonne pas les traîtres que l'on peut enfermer à la Bastille. — Il n'y a point de traître ici, madame! dit fièrement le duc d'Epernon. —Je ne demande pas mieux que de le croire, repartit Leonora, et pour prouver à M. le Prince qu'il ne s'est pas trompé, quand il a répondu de mes bonnes intentions, je vous dirai ceci, messieurs : Chacun de vous a adressé à madame la reine les demandes les plus

incroyables, les plus extravagantes, les plus impérieuses! Ne vous récriez pas, messieurs. L'un veut le talion; l'autre la présidence du conseil; celui-ci un gouvernement en province; celui-là le commandement de l'armée. Eh bien, si toutes ces exigences étaient satisfaites, la reine pourrait-elle compter sur votre fidélité et votre obéissance absolue à toutes ses volontés?

Les bergers se regardaient avec une expression de surprise et de doute : mais aucun ne répondit.

M. de Condé s'approcha de la maréchale :

— Madame; nous ne voulons ni recevoir l'aumône de la favorite de la reine, ni faire marché de notre honneur avec elle. Nous n'avons qu'un maître, c'est le jeune roi, le fils et l'héritier du grand Henri. Cependant si votre mari consentait à se retirer en Italie, nous lui abandonnerions les sommes énormes dont il s'est gorgé, et nous accepterions les offres de madame Marie, en vue du bien du public et de la paix. Pouvez-vous nous garantir la retraite d'el signor Concino Concini? — Peut-être! répliqua la Galigaï au grand étonnement de tous les seigneurs.

Au même instant d'effroyables clameurs retentirent autour du Louvre. Les danses venaient d'être interrompues. Les courtisans se dispersaient et erraient dans les grands salons, tout effarés. Quelques dames effrayées se réfugièrent dans le cabinet où les bergers étaient réunis. La maréchale d'Ancre profita de cette confusion pour disparaître, sans que M. d'Epernon songeât cette fois à la retenir.

Le duc de Mayenne ouvrit précipitamment une fenêtre, et vit passer le long des fossés du Louvre des bandes d'hommes déguenillés, hurlant, chantant, secouant des torches de résine, et allumant çà et là de grands feux de joie, comme s'ils eussent voulu mettre le feu au palais, ou l'assiéger d'une muraille de flammes. Cette multitude frénétique insultait de ses huées et de ses quolibets graveleux ou couvrait de boue et de pierres les carrosses dans lesquels se tenaient enfermés les gens de qualité qui sortaient du Louvre.

Quelques anciens ligueurs brandissant leurs hallebardes rouillées fredonnaient le vieux refrain :

> Seigneur huguenot
> Nous t' ferons largesse,
> Viv' Dieu! par la messe!
> Tu boiras de l'eau.

La terreur avait gagné toute la cour. Les femmes imploraient le secours des gentilshommes et ceux-ci, la main sur la garde de leur épée, attendaient un chef et des ordres.

Par-dessus tous les cris de la foule, on distingua enfin la clameur la plus violente et la plus unanime :

— M. le Prince au balcon! Vive M. de Condé!

La reine pâlit. Sans doute l'émeute était convoquée par les partisans des princes. La populace redemandait M. de Condé comme s'il eût couru danger de la vie au bal du Louvre. Il fallait montrer M. le Prince à la foule furieuse pour l'apaiser. D'un signe ou d'un regard il calmerait la tempête. N'était-ce pas le proclamer roi?

Les amis de M. le Prince l'entourèrent et parvinrent malgré sa secrète résistance à l'entraîner au balcon. Le peuple poussa des hurlements de joie, levant les mains vers lui comme vers un libérateur, lui tendant des placets comme à un ministre ou à un roi, lui adressant des prières comme à Dieu. M. de Condé dut se trouver embarrassé de l'idolâtrie de cette multitude hideuse, parmi laquelle on ne distinguait pas un honnête visage.

Seul M. de Bassompierre se glissa au balcon à côté du fier rebelle et cria d'une voix forte : — Vive la reine! Vive le roi!

Mais ce cri s'éteignit dans un silence morne et menaçant; pas une de ces voix enrouées, éraillées, glapissantes ne le répéta.

Marie de Médicis se tourna vers la maréchale d'Ancre, et lui dit avec une amère raillerie, en lui montrant M. le Prince qui saluait la populace avec force gestes :

— *Voilà maintenant le roi de France! Mais sa royauté sera comme celle de la fève; elle ne durera pas longtemps.*

Puis, faisant rappeler Bassompierre, elle lui ordonna d'aller à la porte du Louvre avec M. de Créquy et de faire prendre les armes aux gardes.

En ce moment deux carrosses s'avançaient péniblement à travers les groupes tumultueux; le premier, tout brillant de dorures, était taché de boue et éraillé de coups de pierres; l'autre vieux coche à mantelets de cuir du temps d'Henri IV, cheminait sans insulte.

Le beau carrosse finit par être arrêté tout court par des hommes du peuple qui ouvrirent la portière, et en tirèrent un prélat au visage pâle dont la robe violette ne leur inspira aucun respect.

— Tu es un ami de Conchine! criait l'un en lui saisissant le bras. — Tu es du parti de l'Italienne! hurlait l'autre en lui portant une torche au visage. — Je suis du parti du roi! répondit intrépidement l'évêque, et je ne serai jamais de celui des factieux. — Bien parlé, monsieur! s'écria du fond de l'autre carrosse un rigide vieillard à barbe grise et habillé à la mode de l'ancienne cour. Voulez-vous accepter une place dans mon coche; tout vieux qu'il soit, je le crois plus solide que le vôtre pour atteindre ce soir le Louvre sans encombre. — J'accepte, monsieur de Sully, dit le prélat, si toutefois mes geôliers me le permettent.

Le vieillard descendit de son carrosse, fendit la foule et prenant le bras de l'évêque, en jetant un regard sévère sur les hommes du peuple qui n'osèrent résister, il le fit promptement monter à la place qu'il venait de quitter; puis il s'assit à côté de lui, et le coche reprit sa marche lente au milieu des acclamations populaires.

La profonde vénération qu'inspirait aux Parisiens le fidèle serviteur de Henri IV devint une protection toute-puissante pour le prélat que l'amitié de Marie de Médicis désignait à la haine des partisans des princes.

Bientôt M. le Prince se retira, et en descendant le grand escalier, il rencontra deux hommes qui s'arrêtèrent respectueusement pour le saluer. Il fit un léger signe de tête au premier, qui portait la robe violette et dont les lèvres pâles, les moustaches, les yeux d'un clair mat, au regard insinuant ou douteux, faisaient déjà présager dans le petit évêque de Luçon, l'habile ministre destiné à occuper une si large place dans l'histoire sous le nom du grand cardinal de Richelieu. Quant au second, M. de Condé lui serra familièrement la main, et lui dit:

— Dieu vous garde de longs jours, monsieur de Sully! Si la dame de céans vous avait fait venir plus souvent au Louvre, nous n'en serions pas où nous en sommes! — Nous devons tous obéissance à la reine, monsieur le prince, répliqua le duc de Sully, et je me réjouis d'avoir le premier donné l'exemple de l'obéissance après la mort de mon maître. Les autres n'ont plus qu'à m'imiter.

M. de Condé fronça les sourcils, et après un froid salut, descendit précipitamment l'escalier.

Un huissier introduisit les deux nouveaux venus dans le salon où se trouvait Marie de Médicis.

— Dieu me protège, en vérité, dit-elle gracieusement en allant au devant du vieux ministre, car voici de bons conseillers qui m'arrivent.

Sur un signe de la reine, les courtisans et les dames qui l'entouraient disparurent. Elle resta seule avec Maximilien de Béthune, duc de Sully et de Rosny, — et son confident politique, Armand Duplessis de Richelieu, évêque de Luçon.

Elle regarda avec une émotion involontaire le loyal serviteur du feu roi et lui dit: — Avouez-le, monsieur de Rosny, il faut que je touche à un danger bien sérieux, pour que vous soyez sorti de votre retraite. — Madame, c'est un assez triste rôle que de venir prodiguer des conseils que l'on ne vous demande pas, et qui ne seront pas écoutés. Mais, que voulez-vous! j'ai la tête aussi dure qu'autrefois, et je ne sais pas balancer avec ce que je crois mon devoir. A la cour vous êtes enveloppée d'un brouillard qui vous empêche de voir clair, et moi qui vis en sauvage, perdu dans la foule, j'entends, je vois et je sais tout ce qui se trame contre votre autorité. J'ai voulu vous signaler l'abîme. — J'ai eu des torts envers vous, monsieur le duc, et vous vous en vengez noblement. — Madame, ce mot tombé de votre bouche vaudrait seul le sacrifice de ma vie, dit l'austère Sully, attendri jusqu'au fond de l'âme; mais il ne s'agit pas de moi. Les jeunes règnes veulent de jeunes ministres, et j'étais peut-être un serviteur trop chagrin et trop revêche pour faire aimer la régence. N'ai-je pas souvent lassé de mes conseils jusqu'à ce bon maître dont j'étais le compagnon et l'ami! Il se fâchait tout rouge et tempêtait comme un orage, mais il finissait par m'embrasser, et par avouer que j'avais raison!

Un imperceptible sourire rida les lèvres minces de l'évêque de Luçon. Sully s'en aperçut:

— Vous trouvez que le bonhomme radote et vous avez raison, reprit-il avec une simplicité grande et digne; revenons aux embarras de l'État, s'il plaît à madame la reine.

— Parlez franchement à la veuve de Henri, comme vous parliez au roi de Navarre lui-même, dit Marie de Médicis.

J'ai besoin, à cette heure, de tous mes amis, vieux et nouveaux. — Je serai donc tranchant comme mon épée, madame. Le pouvoir s'en va tout entier, lambeau par lambeau, à M. le Prince. Ce qui fait sa force, ce qui lui vaut l'amour du peuple, la faveur du parlement, et l'appui de la noblesse, ce n'est pourtant ni son nom, ni son courage! — Qu'est-ce donc, monsieur de Sully? demanda la reine surprise. — C'est votre faiblesse pour des étrangers, madame. Je vous offense peut-être; mais vous m'avez permis de vous dire la vérité. La fierté nationale se révolte contre la tyrannie de vos serviteurs de Florence. Déjà, du temps du feu roi, j'avais prévu ce péril. Renversez Concini de son piédestal, et Condé ne sera plus, je vous le jure, qu'un factieux vulgaire abandonné de ses partisans. — Vous oubliez, monsieur de Sully, que moi aussi je suis de Florence, répliqua sèchement Marie de Médicis. — Non, madame, dit avec hardiesse le sévère vieillard, vous n'êtes plus Italienne, vous êtes reine de France, vous êtes Française. Si jamais vous vous séparez de votre peuple, si vous n'oubliez pas Florence pour aimer uniquement votre seconde patrie, la France vous reniera, et son peuple vous exilera du Louvre. Vous avez deux ennemis à mettre sous vos pieds : M. le marquis d'Ancre d'abord, et M. le prince de Condé ensuite.

— Et si je suis votre conseil, les uns m'accuseront de faire des concessions aux rebelles, en sacrifiant mon favori; et les autres de tirer une vengeance exagérée des prétentions de M. le Prince. — Que vous importeront de vaines clameurs, madame? La France entière se lèvera pour vous, car vous aurez été juste; d'ailleurs, ce n'est pas vous qui condamnerez les coupables. — Et qui donc, monsieur de Sully, osera prendre cette lourde responsabilité! — Le Parlement, madame; le Parlement dont l'autorité ne sera pas suspecte; le Parlement qui, en défendant les intérêts du pays, servira les vôtres, quand cette justice suprême aura prononcé, vous serez vraiment reine, car, autour de vous, il n'y aura plus ni prétendants, ni rebelles; il n'y aura plus que des sujets.

Marie de Médicis réfléchit profondément aux sages conseils que venait de lui donner le vieux Sully, sans que son visage trahît sa pensée; puis, se tournant brusquement vers Richelieu : — Est-ce là aussi votre avis, monsieur l'évêque de Luçon? lui demanda-t-elle.

L'évêque s'inclina avec une obséquiosité mêlée de raideur et de gaucherie, et répondit d'une voix claire : — Non, madame; je n'ai pas l'expérience et la sagesse de M. de Rosny; mais, peut-être, suis-je mieux que lui au courant des intrigues et des intérêts du moment. Au lieu d'anéantir M. le prince de Condé et M. le maréchal d'Ancre, peut-être vaudrait-il mieux leur partager le gâteau, en faisant pencher, tour à tour, pour l'un et pour l'autre, la balance de la faveur! Sinon, pas de demi-mesures, madame, souvenez-vous de la leçon de Tarquin. Soyez hardie comme un homme téméraire. Cassez les dents au serpent qui ouvre la gueule. Faites arrêter M. le Prince.

Marie de Médicis sourit à M. de Luçon, et Sully comprit que le conseil aventureux de l'homme d'église plaisait mieux que le sien. Il rougit d'indignation, et, s'avançant vers la reine, il lui baisa la main, tandis qu'une larme roulait dans ses yeux encore brillants du feu de la jeunesse.

— Au nom de votre honneur et de votre loyauté, madame, reprit-il, repoussez l'avis de M. l'évêque de Luçon. Que la justice seule frappe M. de Condé, s'il est coupable, mais ne l'arrêtez pas sur la foi de rumeurs confuses et de soupçons sans preuves! Ne trahissez pas votre hôte? L'assassinat du duc de Guise n'a sauvé Henri III ni de la révolte ni du couteau. N'aiguisez pas vous-même la pointe de l'épée qui vous frapperait tôt ou tard. Laissez aux sultans de Constantinople, et aux grands-ducs de Moscovie, l'héritage des coups d'état par le fer, la corde ou le poison. Vous défendre par le guet-apens, c'est douter de votre droit, c'est le renier. La justice ferait un coupable de Condé; vous en ferez, vous, un martyr. Henri III a fait daguer M. de Guise; le peuple a méprisé et maudit ce roi lâche. Henri IV a fait juger, condamner et mourir le duc de Biron; le peuple a applaudi, et la noblesse a tremblé devant ce roi juste et sévère.

L'évêque de Luçon s'aperçut que la reine était ébranlée par ces grands exemples invoqués avec un si heureux à-propos. La politique à la fois grande et habile du dernier règne revivait tout entière dans la harangue passionnée du vieux ministre qui devait laisser un nom immortel; mais Richelieu, tout en en appréciant la portée, sentait combien la main faible et capricieuse d'une femme serait impuissante à diriger l'Etat en suivant les maximes du feu roi. Aussi s'empressa-t-il de répondre avec une sorte de déférence ironique :

— Ce sont là des idées surannées comme vos habits de l'ancienne cour, monsieur de Sully ; votre avis ne me semble pas de saison ; madame la reine n'a pas l'épée du grand Henri à son service pour rétablir ses affaires de force quand elle les aura compromises par un excès de confiance et de loyauté. Il ne faut pas accepter le combat sur le terrain de l'ennemi, mais, en bon général d'armée, l'attirer sur le nôtre et lui mettre le soleil au visage. On ne va pas affronter, en habit de bal, un soudard bardé de fer. Quant au parlement, il est inutile de lui donner une autorité dont il abuserait sous le gouvernement d'une femme ; il suffit qu'il sanctionne les actes accomplis. Le pouvoir royal est le bouclier du peuple contre la noblesse, et ne doit pas s'émietter au profit des hauts barons. Vous avez toujours eu quelque faiblesse, M. de Sully, pour ces gentilshommes fiers, indépendants, et volontiers huguenots par esprit d'opposition au roi. — J'en fais gloire, monsieur de Luçon, mais vous ne pouvez me comprendre, vous qui n'avez jamais porté la cuirasse. Cette noblesse est la base du trône ; elle se bat à ses dépens pour son roi ; elle lui donne son sang et ses biens ; c'est grâce à elle que notre bon Henri a conquis son royaume et que son fils le conservera. — Vous vous trompez étrangement à mon sens, monsieur de Sully ; la noblesse sert le roi à la façon de ces dévots qui font leurs conditions à Dieu ; il faut, en revanche, que le roi soit son jouet et son mannequin, plutôt que son maître. Ces brigands privilégiés ont entravé, pendant des siècles, le commerce et la prospérité du pays ; ils ont hérissé la France de citadelles, foyers de guerres civiles et de révoltes contre le pouvoir royal. Qu'importe la faveur de M. le maréchal d'Ancre ? Il signor Concino Concini n'a pas de bases. Un souffle de faveur l'a élevé. Un souffle de disgrâce le renversera ; mais un duc de Bouillon est prince souverain de Sedan, une bonne ville de frontière où il peut réunir une armée et braver impunément son maître. Un prince de Condé est un prétendant naturel au trône. On ne saurait dédaigner leurs brigues. Les sultans dont vous parliez tout à l'heure, monsieur de Sully, font étrangler leurs frères et leurs cousins le jour de leur avénement.

En entendant énoncer ces maximes neuves et hardies qui dépassaient complétement la portée de son esprit large et élevé, mais loyal et probe jusqu'à l'austérité, le vieux ministre de Henri IV poussa une exclamation de pitié et de terreur. Dans les paroles mordantes de l'évêque de Luçon, il pressentait l'avenir. Il devinait l'ascendant de cet habile flatteur de la royauté, et assistait par la pensée, à l'agonie sanglante de la grande noblesse féodale, dont il était un des derniers et des plus nobles représentants.

— Vous êtes prêtre ! murmura-t-il avec accablement. Ah ! vous n'épargnerez pas mes frères d'armes, car vous n'avez pas dormi avec eux sous la tente, couché dans leur manteau ; vous n'avez pas mêlé votre sang au leur sur le champ de bataille ; vous n'avez pas dû la vie au cheval de votre compagnon mourant. Vous êtes prêtre, M. de Luçon ! vous serez impitoyable. — Je suis prêtre en effet, Monsieur de Sully, reprit avec un froid sourire Richelieu, dont les yeux mornes s'animèrent d'une fugitive étincelle, et, comme ministre du Dieu de paix et de miséricorde, je ne voudrais pas que le royaume devint l'arène des partis, la proie des ambitieux, la chambre des princes. Autrefois les nobles faisaient le roi. Il faut que le roi seul fasse les nobles aujourd'hui.

La reine avait écouté cette importante discussion dans le plus profond silence. Les idées de ces deux grands politiques élevaient son esprit dans une sphère inaccoutumée. Elle avait hâte pourtant de descendre de ces hauteurs à la conclusion pratique du débat. Son incertitude et son anxiété se peignaient dans ses regards.

— Vous êtes perdue, madame, dit Sully, si vous écoutez monseigneur l'évêque de Luçon. Politique de sacristie, fausseté ou folle audace, voilà tout ! Avec cela vous aurez pour vous des intérêts ; mais il ne faudra plus compter sur ces affections et ces dévouements qui n'ont jamais manqué aux rois de France. — Vous êtes perdue, madame, dit à son tour Richelieu, si vous écoutez le conseiller du feu roi. Les temps sont changés. Il n'y a plus aujourd'hui sur le champ de bataille que des intérêts déguisés et ligués contre vous. Il faut les gagner ou le svaincre en leur opposant des intérêts contraires.

La reine restait immobile et muette.

— Où êtes-vous, braves capitaines du roi de Navarre qui lui restiez fidèles, quand il n'avait ni sou ni maille et qu'il portait un pourpoint troué ? s'écria douloureusement Sully.

— C'est vous, monsieur le duc, qui avez préparé involontairement cette nouvelle ligue, dit Richelieu impassible, en donnant des sûretés, des forces et des armes à tous les huguenots et mécontents du royaume ? — Et vous, monsieur l'évêque, reprit le vieux ministre exaspéré, c'est vous qui préparez le renversement de la monarchie. La noblesse est l'écorce de l'arbre. Vous l'arracherez, mais l'arbre séchera sur pied. Dieu sauve le royaume et vous garde, madame. Je vois bien que je fais triste mine avec mes vieux habits et mes vieilles idées ; mais souvenez-vous, madame, que jusqu'à mon dernier soupir mon épée et mon sang vous appartiendront. J'ai cent bons gentilshommes à vous offrir. — Mon vieil ami, dit la reine en souriant, vous êtes un de ces rares et étranges courtisans qui ne flattent leur maître qu'aux mauvais jours. Mais, rassurez-vous, la vie de M. le Prince n'est pas en danger. Jusqu'à présent j'ai fait de grands biens à chacun et mal à personne. Je me défendrai seulement contre ceux qui m'attaquent, et peut-être aurai-je recours à votre vieille épée de bataille, monsieur de Rosny. — Ah ! bonne et noble maîtresse, s'écria le vieux duc, ne perdez pas de temps ; quittez Paris. J'aimerais mieux voir vos enfants et vous avec mille chevaux à la campagne que dans le Louvre, vu l'exaspération des esprits, de la noblesse et du peuple. — Quitter Paris, c'est perdre la partie, dit sentencieusement Richelieu. Le Louvre doit être l'antichambre de la Bastille pour M. le prince de Condé. — Le conseil est bon, monsieur, répliqua la reine. J'aviserai. Si nous réussissons, vous serez secrétaire d'Etat. — Vous m'avez déjà refusé deux fois le chapeau de cardinal, madame, dit l'ambitieux prélat.

Marie de Médicis le regarda avec surprise, Sully demandait comme une faveur qu'on acceptât ses services, corps et biens. L'évêque de Luçon marchandait, lui, ses conseils. La reine ne put s'empêcher de comparer en elle-même ces deux hommes si différents. Aussi répondit-elle avec une froideur hautaine au prélat :

— Vous êtes jeune, monsieur de Richelieu. Vous pouvez attendre. Veuillez rappeler, je vous prie, mes dames d'honneur.

Les deux conseillers ainsi congédiés se retirèrent discrètement. Sully se trouvait gêné au milieu de cette jeunesse brillante et frivole, qui regardait avec une maligne curiosité ses vêtements d'une coupe antique.

Les bandes populaires avaient fait cortège à M. le Prince et le bal avait pu continuer avec plus ou moins d'entrain ; mais tous les esprits semblaient fâcheusement préoccupés, et c'était à qui trouverait moyen de s'esquiver le plus adroitement possible. Tout à coup une violente altercation interrompit les danseurs les plus opiniâtres, et amassa la foule dans le grand salon.

Un masque costumé en enchanteur s'était approché de la fée Urgande et lui avait dit en plaisantant : A sorcière sorcier et demi ! Veux-tu savoir ta bonne aventure, toi qui la dis aux autres ?

— Volontiers ! répondit la fée en déguisant sa voix. — Eh bien ! dame d'outre-monts, vous n'aurez pas chaud le matin où l'on vous mènera, en chemise, dans un tombereau mourir en Grève !

Urgande éclata de rire à cette injurieuse prédiction, mais un frisson parcourut tous ses membres.

Un maure de haute taille, qui lui donnait la main, s'adressa alors d'un ton impérieux à l'enchanteur :

— Tu as prédit l'avenir à cette dame ; ta magie pique ma curiosité ; raconte-moi mon passé, cela m'amusera davantage. — Cela t'amusera, seigneur basané ; eh bien, soit ! cherchons ensemble le piédestal de la statue. Ce sera, si j'en crois mes souvenirs, une borne tachée de sang !

Le maure poussa un rugissement de douleur et de colère à cette allusion mystérieuse, si audacieusement jetée à sa face.

— Lâche et menteur ! s'écria-t-il, que signifie cette accusation ? — Si tu m'a compris, dit froidement l'enchanteur, tu t'accuses toi-même. — Tu mens, te dis-je ! — Si je mens, pourquoi donc es-tu si pâle sous ton masque ?

Les assistants regardaient le maure d'un air railleur.

Il ne put se contenir davantage et, pour répondre à la provocation de l'enchanteur, il ôta son masque d'une main tremblante ; on reconnut Concino Concini dont le visage basané s'était couvert d'une teinte crayeuse.

— Vous voyez, messieurs ! s'écria l'enchanteur avec un accent de triomphe. — C'est la colère qui me rend si pâle et non la peur, misérable, repartit le maréchal d'Ancre, mais ôte ton masque, toi aussi. Quand on veut troubler une fête royale et insulter un homme, on doit découvrir son visage.

L'enchanteur hésita un instant ; puis il répliqua :

— Je ne t'ai pas forcé de te démasquer, beau florentin. D'ailleurs j'ai dit trop de vérités cette nuit en ma qualité de sorcier pour ne pas être forcé de réclamer le privilège du masque. — Puisque tu ne veux pas l'ôter de bonne grâce, dit Concini d'une voix sourde, je te l'arracherai, moi.

Et en même temps il exécuta sa menace.

Il reconnut dans cet adversaire opiniâtre son ennemi le baron de Vitry, capitaine des gardes.

— Ah ! je ne m'étonne plus de vos prophéties, monsieur, reprit dédaigneusement le maréchal d'Ancre ; depuis longtemps vous faites état de m'être hostile et pernicieux. Vous jappez sans cesse à mes talons sans oser mordre. Eh bien ! je vais vous fournir l'occasion de satisfaire votre haine, non sous le masque, mais face contre face, non avec des calomnies de carrefour, mais avec une bonne épée de combat, non pas demain, mais à l'instant.

Le baron de Vitry resta froid et immobile.

— Nous ne pouvons nous battre au Louvre, monsieur. — Ah ! tu hésites, fanfaron, s'écria Concini exaspéré, mais je saurai bien te décider.

Et il le souffleta avec le masque même qu'il venait de lui arracher.

M. de Vitry, sortant alors de son calme étrange, tira vivement une épée cachée sous sa longue robe d'enchanteur.

Cette querelle jeta la confusion dans le bal ; les dames poussèrent des cris d'effroi, les gentilshommes s'interposèrent entre les deux ennemis pour leur faire comprendre l'énormité du scandale ; se battre dans un salon de la reine ! c'était d'une inconvenance inouïe ! c'était presque un crime de lèse-majesté ; mais les deux adversaires aveuglés par la rage n'écoutaient rien et déjà leurs fers se croisaient.

Tout à coup à la porte du salon apparut le jeune roi Louis XIII, pâle, toussant et appuyé sur le bras d'Albert de Luynes.

— Des épées tirées au Louvre ! murmura-t-il comme s'il ne pouvait en croire ses yeux. Et qui donc ose donner un si monstrueux exemple de mépris pour l'autorité royale ! Qui donc prend les salons de ma mère pour une place publique ?

Concini et Vitry baissèrent en même temps leurs épées.

— Dieu me pardonne ! ajouta le roi, c'est mon capitaine des gardes et M. le maréchal d'Ancre. Un simple capitaine croiser le fer avec un maréchal de France ! L'audace est grande, mais quel est donc, messieurs, le sujet de la querelle ?

M. de Vitry seul osa répondre :

— Sire, j'ai été obligé de me défendre. Le jeune roi s'avança alors vers Concini et, mettant la main sur la garde magnifique de l'épée du Florentin. — Monsieur le maréchal, lui dit-il froidement, je vous pardonne cette algarade ; mais souvenez-vous que je vous défends, sous peine de la vie, de donner suite à ce duel. Je vous ai confié une mission dont vous me devez compte. Votre vie m'appartient. Malheur à qui transgressera mes ordres.

XI — COMMENT JACQUES CALLOT REFUSA DE BRISER CRAYONS ET PINCEAUX POUR DEVENIR L'AMANT D'UNE BOHÉMIENNE

Le surlendemain de l'arrivée des bohémiens, des dames de Thornstein et des trois peintres à l'*Abbaye des Pauvres*, une scène muette et charmante se passait sous les yeux indiscrets du soleil couchant, dans la partie la plus mystérieuse d'un bois dont les futaies étaient coupées çà et là de roches éparses, à un quart de lieue des créneaux démantelés du vieil édifice.

Zorah, la jolie petite bohémienne, debout et demi-nue sur un tertre de gazon et cachée par l'antre profond d'un gros rocher de grès tapissé de lichens et de mousses, couronné d'arbres entortillés de lierre, d'aristoloches et de clématites qui laissaient prendre un rideau parfumé de fleurs blanches, Zorah avançait un pied mignon et cambré dans l'eau vive d'une source qui jaillissait de la grotte comme d'une urne brisée.

Ce ruisseau clair et joyeux qui courait dans l'épaisse verdure du tertre semblait augmenter ses détours et s'arrêter plus lent aux pieds de la gentille Zorah, pour caresser son

image bercée par les brillants reflets de ce capricieux miroir.

Les Naïades de la Mythologie grecque et les Ondines de l'Edda scandinave eussent été également jalouses de cette mignonne créature.

Les tons vifs de sa peau brune, fraîche et odorante comme l'écorce de la grenade et les contours divins de ses épaules, de sa gorge et de ses bras, qui semblaient taillés par un merveilleux sculpteur dans un marbre orangé, ressortaient sur le fond noir de la grotte.

Zorah se détachait comme une statue entre le vert un peu cru de la clairière et les couleurs, plus pâles que son teint, des fleurs pendantes qui frôlaient son front et s'enroulaient en guirlande autour de sa longue et magnifique chevelure, flottant sur son dos et traînant comme un manteau jusqu'à terre.

Lorsque la jolie baigneuse se fut assurée que l'eau était assez tiède pour s'y laisser glisser sans crainte d'être surprise par une fraîcheur dangereuse, elle prêta l'oreille, comme une biche inquiète, en retenant encore d'une main les plis de sa robe rayée de rouge et de noir, à la mode tunisienne, est en égrenant de l'autre le collier de grappes de sorbier qui brimballait à son cou.

Chaque vague murmure causé par le roucoulement de l'eau sur l'herbe, par la brise qui inclinait les feuilles ou faisait bruire les roseaux et les touffes d'iris, par la cadence lointaine d'un oiseau, semblait alarmer la bohémienne et faire pousser des ailes à ses talons. Le pied qui se balançait, en jouant, dans l'onde, semblait attendre le signal de la fuite.

Et, cependant, Zorah était naïvement fière et heureuse de sa beauté, dont elle avait, jusqu'alors, joui avec indifférence ; cet innocent orgueil lui venait de son amour pour Jacques, ce jeune fugitif recueilli par sa tribu. Par moments, elle devenait rêveuse ; son vague sourire s'effaçait en pensant à son ami. En effet, Jacques se montrait plutôt affectueux que tendre pour elle ; son cœur novice ne savait-il donc pas comprendre les élans spontanés de l'amour de la bohémienne ? Zorah ignorait l'art de déguiser le trouble de son âme. Était-ce donc une faute ? Devait-elle fuir cet étranger, jouer envers lui une comédie de froideur et d'insouciance, éviter même de lui parler, puisqu'il dédaignait de lui murmurer à l'oreille ces douces paroles qu'elle attendait toujours. Alors, dans son dépit, elle s'accusait de sa beauté comme d'un malheur, puisque sa beauté n'était ni comprise ni admirée par celui pour qui seul Dieu l'avait ainsi faite, accomplie par la forme, pure et aimante par le cœur.

Absorbée dans ces douloureuses rêveries, elle laissait déjà glisser la blanche tunique qu'elle retenait encore sur son sein quand un léger bruissement de feuillage vint de nouveau l'alarmer.

Elle rajusta vivement la jupe rayée qui était tombée à ses pieds, et, pâle, inquiète, immobile, jeta un regard effaré vers la sombre futaie.

Une rougeur soudaine empourpra ses joues en voyant paraître sur la lisière du bois son compagnon Jacques, modestement armé d'un rouleau de papier et de crayons, et qui s'arrêta, confus, interdit, non moins embarrassé de la rencontre que la jolie bohémienne.

— Jacques, je vous en prie, n'avancez pas, lui dit-elle d'une voix frémissante.

Jacques Callot, ébloui du tableau charmant qui s'offrait à lui, ne songeait pas à désobéir à cette voix suppliante. Il croyait subir l'enivrement du peintre qui voit passer devant ses yeux la vision d'un idéal longtemps rêvé ; il ne se doutait pas que son cœur venait d'aspirer le premier souffle de l'amour ; il ne comprenait pas le sens mystérieux de la rougeur qui brûlait ses joues et du frisson qui soulevait sa poitrine. Il ne pouvait ni parler ni entendre. Son âme tout entière avait passé dans son regard, qui dévorait, comme une flamme, la beauté de Zorah.

Il respirait à peine, craignant de faire envoler au son de sa voix cette enchanteresse apparition. Dans son extase étrange, il se sentait entraîné à tomber agenouillé devant elle comme devant une divinité inconnue de son ciel.

Le jeune peintre, dont le cœur et l'esprit étaient si intrépides lorsqu'il s'agissait de dévouer sa vie à son art, n'en avait pas moins conservé religieusement au fond de l'âme la foi vive et sincère que sa mère lui avait enseignée dès l'enfance. Il était chrétien fervent, et, au moment où se déchirait devant lui le voile de ces tentations sensuelles que l'esprit du mal avait fait flotter devant les yeux austères des saints, il fut saisi d'un indicible effroi en se rappelant que Zorah appartenait à une race impie.

Il sentait son cœur s'en aller vers celui de la bohémienne, et il se demandait avec terreur si ce n'était pas le démon qui l'attirait en souriant vers l'abîme. Il pâlit, et un frisson glacé parcourut ses membres. Il baissa ses yeux troublés, pensa à sa mère qui, tout enfant, lui faisait balbutier ses prières à Jésus, les mains jointes, et qui, à cette heure, sans doute, priait pour l'enfant ingrat et fugitif, et il résolut de s'arracher à cette contemplation dangereuse.

Déjà il se disposait à revenir sur ses pas, lorsque Zorah, surprise de son silence, lui dit doucement :

— Jacques, attendez-moi dans la forêt, et nous retournerons ensemble à l'abbaye.

Le jeune peintre ne put s'empêcher de la regarder pour lui répondre, et son courage faiblit de nouveau. Zorah était si belle ! Mais, cette fois, il sourit de son émotion et de sa terreur enfantine. Il se dit qu'après tout, il ne devait voir dans cette jolie fille qu'un modèle inspirateur placé par le hasard dans un site pour mieux en faire ressortir le charme et l'attrait. L'apprenti d'amour étouffa son cœur pour faire place au peintre, et il répliqua :

— De grâce, Zorah, ne bougez pas. Gardez la position dans laquelle vous vous êtes laissé surprendre. Laissez-moi la reproduire sur ce papier, et je suis sûr de créer un chef-d'œuvre !

A coup sûr, la bohémienne s'attendait à de plus tendres prières, car elle sourit dédaigneusement :

— Vraiment, Jacques, il faut que je me transforme en statue pour vous complaire.... Vous me trouvez donc assez jolie pour occuper sur votre papier la place d'un arbre ou d'une chèvre....

— Zorah ! s'écria Callot avec enthousiasme, vous serez la fée de ce pay-age.

Et il commença à crayonner son esquisse.

— Triste fée ! murmura-t-elle d'un air mélancolique, destinée sans doute à amuser les badauds en servant d'enseigne à quelque méchante hôtellerie ? — Vous vous trompez, Zorah ! jamais je ne vendrai ce dessin ; je le conserverai toujours comme une relique qui me rappellera les plus heureux instants de ma jeunesse.

Callot continuait avec une ardeur merveilleuse à tracer son dessin.

— Ah ! vous pensez déjà à nous quitter, Jacques ; pour vous, je n'aurai été qu'une compagne de route ou qu'un modèle ; je ne suis pas digne d'être votre amie, n'est-ce pas ? Oh ! tenez, Jacques, c'est mal, car on doit aimer ceux qui nous aiment. — Je vous aime comme une sœur, Zorah ! dit le Lorrain, plus troublé qu'il ne voulait le paraître.

Et sa main trembla sur le papier, où déjà s'épanouissait la figure de la jeune fille.

— Comme une sœur de hasard, qu'on est bien sûr de ne plus rencontrer sur sa route, et de ne jamais faire asseoir à son foyer, reprit tristement la bohémienne. Mais vous avez raison, Jacques. A quoi bon nous abuser ? à quoi bon entretenir de folles espérances qui ne sauraient jamais se réaliser ? Vous méprisez la bohémienne ; elle peut tenter vos crayons, mais non votre cœur. — Te mépriser, Zorah ! jamais, s'écria Callot ; mais est-ce ma faute si je ne crois pas à cet amour dangereux qui a perdu tant de peintres illustres, et qui nous a coûté Raphaël. L'art est un maître dur et sévère, qui veut qu'on se donne à lui tout entier, et qu'on ne s'énerve pas dans d'oisives félicités.

Il ne détachait plus ses yeux de son esquisse.

— Je ne comprends rien à tout cela, dit la bohémienne. Je crois qu'il est bon de se laisser vivre, d'aimer, d'être libre, de ne pas faire le mal ! Voilà toute ma science ; mais je ne puis te forcer de m'aimer. — Folle ! qui donc t'aime plus que moi ? Mais je ne puis renoncer à ma foi de chrétien, briser mes crayons, oublier ma famille et ma patrie, effacer mon nom pour m'enchaîner aux piquets de ta tente vagabonde ?

— Tais-toi, Jacques. As-tu donc besoin de me répéter que tu aimes mieux une vaine fumée que le sourire de Zorah, et la tyrannie d'un maître que notre liberté de Bohême. — Liberté modérée par le fouet de Gorju, et soumise aux caprices du premier sénéchal venu, dit Callot avec un sourire, en dessinant toujours. — Qu'importe ! chacun doit payer son bonheur en ce monde.

Jacques interrompit son travail :

— Zorah ! pour devenir peintre, j'ai déserté patrie et famille ; cédant à une vocation irrésistible, j'ai bravé tous les hasards d'une vie errante et misérable. Un dernier obstacle devait barrer ma route, c'était l'amour qui brille dans tes yeux de magicienne et qui brûle les miens, l'amour qui me sourit par ta bouche et qui brûle mes lèvres. Par pitié, Zo-

rah, ne me regarde pas ainsi, ne me souris pas, ne me parle pas de cette voix si douce et si fraîche qui me fait tout oublier. Aide-moi, si tu m'aimes, à repousser une tentation mauvaise qui peut tuer en moi le peintre chrétien.

Zorah l'écoutait avec une expression de morne étonnement : — Quoi ! tu m'aimes, reprit-elle, et tu hésites à rester avec nous. Tu préfères tes images sans regard et sans voix à la Bohémienne qui donnerait sa vie pour toi. Jette donc ces stériles crayons, bons pour amuser l'oisiveté des femmes. Tu es brave et robuste. Prends le bâton ferré, le couteau et le fouet de nos frères et gagne comme eux ta vie...

— A tondre des mulets et à voler des poules, n'est-ce pas ? interrompit Callot avec mépris. — Sois contrebandier, dit la bohémienne, et je te suivrai par tous les sentiers et par tous les temps ?

Jacques écoutait à peine Zorah ; il ne pouvait plus détacher ses yeux de cette mignonne créature ; son admiration, exaltée par le feu de la jeunesse, infiltrait peu à peu dans ses veines le filtre enivrant de l'amour ; malgré lui, il s'avançait insensiblement vers la bohémienne, et, déjà, sa main ardente touchait celle de la jeune fille, déjà ses lèvres se penchaient vers une épaule fraîche et brune, lorsqu'un sourire malicieux de l'imprudente lui rendit ses terreurs superstitieuses.

Surpris lui-même de sa faiblesse, il se crut le jouet d'un maléfice, et, reculant tout à coup, il regarda Zorah avec une sorte d'épouvante.

— Non, s'écria-t-il, je ne veux point perdre mon âme ! Je ne veux voir en toi qu'un modèle, Zorah ! je suis ton ami, ton compagnon, ton frère ; je dois te protéger contre les outrages, et je serais un lâche de t'outrager moi-même.

Il ramassa la mante de la bohémienne étendue sur l'herbe, et la lui tendit d'une main tremblante, mais elle, de plus en plus surprise :

— Ah ! je vois bien que tu ne me trouves pas assez belle pour m'aimer, Jacques ? tu as honte même de m'embrasser !

Il voulut jeter la mante sur ses épaules, mais elle la repoussa et la déchira avec un mouvement de colère :

— Laisse-moi, dit-elle, je ne veux plus te servir de modèle ; si tu m'avais serrée contre ton cœur, j'aurais pu te pardonner, mais tu rejettes mon amour, et tu veux que je reste immobile et calme sous ton regard froid et curieux d'artiste. Ah ! c'est là un outrage que tu devais m'épargner, une humiliation qu'un garçon sans cœur pouvait seul m'infliger !

Callot se rapprocha de la bohémienne, et, la pressant contre sa poitrine, effleura d'un baiser son front pur.

— Ecoute, Zorah, je t'aime, et je ne t'oublierai jamais. Que ce baiser soit le gage de cette promesse sacrée. Plus tard, tu comprendras mieux la force de mon affection, car tu sauras le courage qu'il m'a fallu pour résister au plus violent désir qui ait jamais tenté un jeune homme. Si je ne t'aimais pas, si ta beauté seule avait séduit mes yeux, tu te serais avilie dans mes bras, jouet d'un caprice fugitif, tandis que ton image restera pure dans mon cœur. Je ne souillerai pas mon idole. — Mon Dieu, murmura la bohémienne, je suis si ignorante du bien et du mal, que je comprends à peine le sens de tes paroles, Jacques ; mais il me semble que ton intention est droite et sincère. — Pauvre Zorah ! reprit Callot, d'autres essaieront d'abuser de ta candeur et de pervertir ton âme. Je n'aurai pas, du moins, été leur complice. Aime-moi donc comme je t'aime. Ne cherche pas à dégrader celui que ton cœur élève peut-être trop haut ! Ne cherche pas à le rendre méprisable aux yeux des hommes !

La bohémienne serra vivement sa mante autour de son corps, rougit comme si l'intelligence de la pudeur illuminait son esprit, et, baissant les yeux à terre, toute honteuse des plaintes naïves qui lui étaient échappées :

— Ah ! tu as raison, Jacques, je ne suis pas digne de toi ; tu devais me regarder comme ton mauvais génie. Ne m'écoute pas, abandonne-moi, fuis loin de cette bande de vagabonds qui sont ma famille. Oh ! j'étais lâche de vouloir te corrompre, t'entraîner au mal, et te déshonorer pour mieux te garder près de moi. Je ne savais pas t'aimer. Oh ! tu vaux cent fois mieux que moi. Va-t-en donc, Jacques, et laisse-moi pleurer en vivant du passé, car l'avenir m'est fermé. Nous ne serons jamais réunis, non pas même dans le ciel des chrétiens, dont je suis proscrite, car je ne suis qu'une fille de Bohême. Marche donc vers ta gloire, Jacques, deviens un grand peintre, et oublie Zorah qui mourra en pensant à toi. Pourtant ne garde pas de haine contre la bohémienne qui voulait t'imposer un sacrifice impossible.

Nous sommes nées dans le mal, nous autres, et nul n'a pris soin de purifier nos âmes.

Et la jeune fille éclata en amers sanglots, car elle ne pouvait renoncer à son amour sans que son cœur se brisât.

A l'instant où Callot, ému, allait peut-être oublier toutes ses sages résolutions, en essayant de consoler Zorah, des jappements aigus et de formidables abois retentirent dans la forêt, du côté opposé à l'abbaye des Pauvres.

Les amants se retournèrent aussitôt alarmés de ce concert de notes glapissantes, et entendirent une voix enrouée criant de façon à dominer le vacarme :

— Ici, Roland ! ici, mes chiens !

Mais, la meute haletante et acharnée, sourde à la voix du maître, fendant l'air dans un rideau de poussière, avait déjà bondi autour des deux jeunes gens.

Jacques, en voyant vingt gueules ardentes aboyer avec furie autour de lui, n'eut que le temps de couvrir de son corps la bohémienne saisie de stupeur ; mais le brave Lorrain, en sentant le cœur de Zorah frémir contre le sien, par suite de ce brusque mouvement, oublia jusqu'à leur danger commun ; des torrents de feu, courant dans ses veines, inondèrent tout son être ; il perdit un instant la conscience de sa propre vie ; son âme palpitait dans l'âme de Zorah, et il eût voulu mourir dans un si doux embrassement.

XII — QU'IL FAUT SE DÉFIER D'UN GUIDE TROP COMPLAISANT.

Les chiens cependant, sur une nouvelle menace de leur maître, s'étaient dispersés et revenaient vers lui la tête basse, les oreilles pendantes lorsque le plus grand se jeta tout à coup sur la feuille de papier à dessin que Callot tenait à la main, et rejoignit la meute en emportant ainsi dans sa gueule l'image de Zorah.

Jacques allait s'élancer à sa poursuite, mais la jeune fille le retint doucement ; le chien eut donc le loisir de rouler dans la poussière et de déchirer en cent morceaux le malheureux dessin ; puis il vint se blottir aux pieds d'un gros gentilhomme qui débouchait de la futaie, et qui n'était autre que notre vieille connaissance le marquis de Langallerie.

Ce hardi seigneur, depuis sa mésaventure à l'hôtellerie de dame Gertrude, avait abdiqué la toque verte du temps de Henri III et s'était résigné à porter le chapeau à l'espagnole sans panache. Ce sombrero, qui ajoutait encore à la rudesse de sa physionomie, tempérait du moins l'enluminure de sa face boursouflée ; mais, à part ce léger détail, rien n'était changé dans son costume de chasseur campagnard.

Jacques Callot, en surprenant le sourire de satisfaction avec lequel le nouveau venu accueillait les facéties de son chien favori, ne put comprimer plus longtemps sa colère et s'avança d'un air menaçant vers ce singulier personnage.

Le marquis se hâta de le prévenir et tout en faisant claquer son fouet :

— Pardon, mon bel amoureux, pardon pour Roland ! il a eu grand tort de détruire un portrait qui, si j'en juge par le modèle, devait être un chef-d'œuvre, dit-il en regardant Zorah avec une hardiesse qui lui fit baisser les yeux ; mais que voulez-vous ? Depuis qu'un de vos confrères lui a trop rigoureusement caressé l'échine de son gourdin, Roland professe sur les peintres, en général, une opinion qui après tout ne diffère guères de la mienne. Il les honore de la même antipathie que les mendiants. Vous me devez donc des remercîments, mon jeune ami, car grâce à moi Roland n'a pu se dédommager sur vous des marques d'intérêt trop vif que lui a dernièrement distribuées un de vos semblables.

M. de Langallerie, pendant le cours de cette sardonique harangue, ne cessait de caresser son grand chien et de fixer sur la Bohémienne des regards de plus en plus animés.

Jacques irrité de tant d'insolence, mais craignant à cause de Zorah d'engager une querelle où tout l'avantage serait du côté de son adversaire, répliqua d'un ton bref :

— Pardieu, monsieur, l'excuse est originale ! à qui donc croyez-vous parler ? — A un gentil garçon dont j'ai sans doute troublé le rendez-vous, mais qui, afin de se débarrasser plutôt de ma présence, se hâtera sans doute de m'indiquer le plus court chemin pour me rendre à ce vieil édifice qui semble surnager au milieu d'un lac.

La Bohémienne jeta à son compagnon un regard d'intelligence qu'il comprit, car il répondit froidement :

— C'est impossible, monsieur. — Ah ! vous êtes rancunier, mon jouvenceau et vous voulez me faire payer les péchés de Roland, dit le gentilhomme étonné. — Vous vous trompez, monsieur ; c'est précisément parce que je ne veux point

me venger de vos railleries et de vos bravades que je refuse de vous rendre le service que vous me demandez. — Voilà à coup sûr une plaisante raison ! mais veuillez vous expliquer plus clairement, car du diable si j'y comprends rien. — Pesez bien mes paroles, monsieur, reprit le peintre ; je vous engage loyalement à rebrousser chemin et à ne pas tenter de pénétrer dans ces ruines qui ne sauraient vous offrir un honorable asile.

— Ventre saint gris ! s'écria le chasseur, ce mystère pique ma curiosité. Ainsi donc, suivant vous, il y aurait danger à m'aventurer dans l'enceinte de ces vénérables décombres. Est-ce aussi l'avis de cette jolie fille ? — Oui, monsieur, répliqua Zorah en entraînant Callot dans la direction de l'Abbaye ; mieux vaut pour vous coucher à la belle étoile sans souper que de faire bombance avec les hôtes de ce manoir ? — Comment ! la ruine est habitée, on y fait bombance et vous voulez que je préfère jeûner sur la dure ? reprit le marquis Gaspard. Ah ! vous ne me connaissez pas ! J'aime mieux vider bouteille avec des sorciers que faire maigre avec des chartreux. — Ce ne sont pas des sorciers qui vous empêcheront de passer la nuit à l'Abbaye-des-Pauvres ! dit gravement le jeune Lorrain. — Alors ce sont de braves arquebusiers, de joyeux soldats en maraude ! Tant mieux ! ils me reconnaîtront peut-être en moi un vieux compagnon de guerre et ils me feront place au feu et au souper. — Ce ne sont pas des soldats, monsieur. — Des contrebandiers ou des voleurs peut-être ! De mieux en mieux ! ils trouveront à qui parler. Mon justaucorps de buffle est à l'épreuve de leurs couteaux et ma meute vaut une légion de lâches bohémiens. — Prenez garde ! le seigneur de cette abbaye fait payer cher son hospitalité, dit tristement Jacques Callot faisant un nouvel effort pour vaincre l'opiniâtreté du marquis. — Bah ! quand ce serait le diable en personne, je jure, moi, de le prendre par ses cornes et d'entrer dans son castel. — Vous y entrerez, soit ! mais vous n'en sortirez pas ! — C'est ce que nous verrons !

M. de Langallerie ne daigna pas faire d'autre réponse au jeune peintre et il siffla ses chiens qui le nez au vent, les oreilles droites, les jarrets tendus, semblaient attendre le signal du maître pour courir en avant ; mais Callot involontairement séduit par la téméraire confiance du chasseur essaya encore de le retenir par une révélation plus précise.

— Vous êtes brave, monsieur, reprit-il, mais je vous conseille de réserver votre courage pour une meilleure occasion. L'Abbaye des Pauvres n'est point un château fort dont il vous faudra assiéger la porte. Vous y serez bien reçu. La table est toujours dressée, les verres y sont toujours pleins. Vous n'aurez pas à croiser l'épée contre des hôtes récalcitrants : défiez-vous cependant de ce joyeux souper, de ces vins pétillants dans les verres, de ces mains qui étreindront les vôtres. L'ivresse obscurcira bientôt votre cerveau ! le sommeil pèsera sur vos paupières ! Alors des mains adroites vous débarrasseront de vos armes. On enverra vos chiens dormir au fond du lac, et comme l'abbé des Pauvres n'est pas homme à pardonner au courage qui le brave, il ne vous traitera pas en ennemi, mais en espion. Vous serez pendu, mon maître, et pendu sans pouvoir vous défendre !

Le marquis souriait à l'énumération des dangers qu'il allait courir, comme un gourmet qui savoure la nomenclature d'un repas pantagruélique.

— Pendu pour un mauvais souper ! Diantre, voilà une chère hôtellerie. Merci du conseil, mon garçon. N'importe. je n'en profiterai qu'à moitié. Le péril m'a toujours singulièrement alléché, et par saint Denis ! nous verrons quelle figure fera ce gentilhomme de sac et de corde devant un vieux renard de ma trempe ? Lequel des deux pendra l'autre ? ce serait là une gageure à tenir ! Je parie pour moi. Et vous, ma belle ?

Zorah stupéfaite de ce miraculeux sang-froid se rapprocha du marquis et lui dit d'une voix suppliante !

— Ne plaisantez pas ainsi, monsieur. Une fois tombé dans les griffes de l'abbé, le roi de France ne pourrait vous en tirer. Il nargue la justice du pays. Il est maître absolu de ces campagnes qui lui paient redevance comme à un seigneur terrien ; il a des princes pour complices. Son caprice seul pourrait vous sauver la vie ; mais il n'a jamais de ces caprices-là.

M. de Langallerie souriait toujours d'un air narquois :

— Enfin, continua la bohémienne, pour vous prouver jusqu'où va l'audace de cet homme, sachez qu'à cette heure il retient dans ces ruines deux femmes de noble race, la mère et la fille...

Le marquis à ces mots laissa paraître sur son visage une

agitation qui contrastait avec son calme précédent, et demanda vivement à Zorah :

— Quelles sont ces femmes? savez-vous leur nom ?

La bohémienne, croyant avoir produit enfin une impression triomphante sur l'esprit de l'entêté gentilhomme, répondit :

— La jeune demoiselle se nomme Christine, monsieur!— Christine ! répéta M. de Langallerie, en laissant tomber son fouet à terre ; vous ne vous trompez pas, ma chère. Ah ! ce sont bien nos fugitives. Et vous dites que ce drôle ose les retenir ! mais il s'amendera. Si le roi de France lui fait redemander ses prisonnières, il consentira peut-être à traiter de puissance à puissance et à rendre ce précieux gibier.

— Il refusera, monsieur, dit Callot, car le roi de France n'enverra pas une armée contre lui, et ce drôle, comme vous l'appelez, est devenu amoureux de cette pauvre jeune fille ! — Ventre-saint-gris ! il a bon goût, reprit le marquis Gaspard ; mais je doute que la belle partage ses tendres feux. — Peu lui importe ! car il veut la forcer à devenir sa femme ! — Bah ! elle lui rira au nez. — Vous ne connaissez pas la ruse et la volonté de cet homme, monsieur. La noble demoiselle a consenti à cette union monstrueuse. — C'est impossible, mon garçon?—Nous en avons été témoins! dit froidement le peintre.

Le marquis resta stupéfait et fronça ses épais sourcils. Callot pensa l'avoir convaincu de la nécessité de renoncer à son imprudente résolution.

— Vous voyez à quel bandit vous vouliez tenir tête, monsieur. Ainsi donc, cherchez un gîte moins malsain pour votre cou que l'Abbaye des Pauvres.

Et il se disposa à s'éloigner avec Zorah.

— Je n'en aurai pourtant pas d'autre cette nuit, s'écria le chasseur en éclatant de rire, car je suis curieux d'assister aux noces du ribaud.

Jacques consterné fit signe à la bohémienne de s'enfuir aussitôt vers l'Abbaye, puis il dit au marquis :

— Je prends le ciel à témoin, monsieur, qu'il n'a point dépendu de moi que vous n'exposiez pas si témérairement votre vie! quant à vous servir de guide ne comptez pas sur moi. Vous n'arriverez que trop tôt à l'étrange asile que vous avez choisi. — Allez donc, prophète de malheur, annoncer mon arrivée à votre gracieux seigneur ! répliqua le colosse, et dites-lui de nous faire préparer un bon souper, car je meurs de faim et mes chiens tirent la langue.

Le peintre, qui pensait que cette forfanterie énorme ne tarderait pas à recevoir son châtiment, salua l'opiniâtre gentilhomme et s'éloigna rapidement dans la même direction que Zorah, bien décidé à ne prévenir nullement l'abbé des Pauvres de cette visite inattendue.

Le marquis rassembla sa meute et poursuivit insouciamment sa route ; le soleil s'était caché derrière d'épais nuages cuivrés ; le ciel étant devenu bas et sombre, les pans de murs du vieil édifice se détachaient à peine sur l'horizon. L'étroite chaussée cachée sous l'eau n'était visible que pour les hôtes de l'Abbaye.

M. de Langallerie s'étant laissé guider par l'instinct de ses chiens, ne tarda pas à arriver aux bords du lac ; mais là il s'aperçut des difficultés matérielles de son entreprise. Il était impossible d'atteindre les ruines autrement qu'à la nage, et le gros gentilhomme se souciait médiocrement de ce moyen héroïque ; mais il n'était pas d'humeur à perdre grand temps à parlementer avec lui-même, et il se décida aussitôt à affronter le danger en face, dût-il évoquer autour de lui tous les diables de l'empire souterrain. Il saisit sa trompe de chasse et sonna une joyeuse fanfare qui devait attirer aux meurtrières de l'abbaye tous ses sinistres habitants.

Si elle ne produisit pas un effet aussi grand, toujours est-il que le marquis dut s'applaudir de son appel chevaleresque, car il vit sortir d'une porte basse et cintrée, dont l'arcade était suspendue sur l'eau, une barque conduite par un homme enveloppé d'un large caban ; ce mystérieux batelier fit signe au chasseur de l'attendre, et, ramant avec vigueur, dirigea rapidement vers lui sa frêle embarcation.

— Harnibieu ! dit le marquis, si ce nid de hiboux est habité par les clercs de Saint-Nicolas, on ne peut pas les accuser de se montrer d'un farouche abord. Ils pratiquent en conscience des lois de l'hospitalité. Qui sait, cependant, s'il ne serait pas sage de se défier de ce gracieux empressement? Mais bah ! la sagesse n'a jamais été notre vertu de famille, et je dois chasser de race.

La barque aborda contre la berge.

Sans dire un seul mot, le batelier tendit la main au gentilhomme pour l'aider à monter dans sa coquille de noix' que le poids de cet énorme passager menaçait de faire chavirer.

— Quel est le nom de ton maître? demanda M. de Langallerie, car je veux le remercier de sa courtoisie et le recommander à tous mes amis comme le modèle des hôtes anciens et modernes !

Le batelier resta immobile et muet, la main toujours tendue.

— Ah ça, es-tu sourd, silencieux nocher? s'écria le marquis étonné de cette taciturnité exagérée. Ton maître accueille-t-il ainsi tous les voyageurs égarés qui réclament asile pour une nuit sous son toit, ou connaît-il déjà le vif désir que j'ai témoigné de faire sa connaissance?

Le batelier répondit d'une voix sourde :

— J'obéis aux ordres que j'ai reçus, monsieur; mais si vous avez peur, n'entrez pas dans ma barque. — Peur ! s'écria le marquis indigné. C'est là un mot dont je n'ai jamais pu comprendre le sens, ribaud.

Et il sauta aussitôt dans le canot dont les planches disjointes et crevassées gémirent sous son poids ; le fond en était rempli d'eau.

Hélas ! M. de Langallerie avait cédé un peu trop vite à un mouvement d'orgueil offensé. Les Espagnols disent : Un tel a été brave tel jour. Eh bien, il faut l'avouer, ce hardi soldat qui eût bravé sans sourciller les flammes d'un bûcher, les coins et les brodequins de fer de la question, les arquebusades de vingt reîtres, par une bizarrerie inexplicable, ne pouvait jamais s'empêcher de ressentir une vague appréhension à la vue d'une rivière, d'un lac, d'un étang. Il ne passait qu'avec répugnance sur un pont. La femme la plus timide eût donc été moins inquiète que lui en se sentant vaciller entre quelques planches pourries que l'eau envahissait. Il lui fallut ramasser tout son courage pour vaincre cette faiblesse dont il n'avait jamais pu se rendre maître, mais qu'il avait toujours cachée avec assez de succès à ses amis comme à ses ennemis.

Aussi, à peine assis, dit-il à son conducteur :

— Cette barque est bien chétive et bien vieille ? — N'est-ce pas une barque de l'abbaye des Pauvres? répliqua le batelier en appuyant sa rame contre la berge.— Attends donc, mordieu ! dit le marquis, tu oublies mes chiens. Ah ! voilà Roland qui ne veut pas abandonner son maître... Mais il serait dangereux de leur laisser prendre à l'abordage cette coque vermoulue... — Il serait plus dangereux encore de les laisser entrer dans la barque. Voyez comme elle enfonce déjà sous le poids de nos corps. Par Mahom ! empêchez-les de nous suivre, ou je ne réponds ni de vous ni de moi. — Le danger est-il sérieux, nocher ? Allons, Roland, à distance ! à distance !

Roland et ses compagnons s'étaient en effet jetés à la nage avec des abois et des jappements plaintifs dont le marquis ne comprenait pas le motif ; mais le brave chien ne se décida à lâcher le bord de la barque, sur lequel il appuyait ses pattes, qu'en poussant des grognements sourds.

Par une fatalité singulière, plus l'embarcation s'éloignait de la berge, plus elle prenait l'eau, et le batelier, qui avait si facilement opéré son trajet vers le gros gentilhomme, paraissait alors ne pouvoir plus maîtriser les oscillations inexplicables de son esquif.

La barque tournoyait déjà sur elle-même, et la pluie torrentielle qui venait de fondre tout à coup, faisait écumer l'eau par-dessus les planches. Le sinistre nautonier, dans un silence alarmant, se laissait, en dépit de ses efforts affectés, entraîner de plus en plus par les remous du lac, et la nappe diluvienne, qui obscurcissait l'espace, empêchait le marquis d'apercevoir les rochers et les murailles de l'abbaye.

Le colosse, pour la première fois de sa vie, peut-être, sentait des éblouissements vertigineux halluciner son cerveau; il regardait, avec des yeux inquiets, l'eau qui remplissait déjà ses bottes évasées, et qui montait, montait toujours. A ses yeux effarés, apparaissaient déjà des fantômes mélancoliques de gens noyés, dont les ventres ballonnés verdissaient au fond de l'abîme. Il eût voulu, en ce moment, être accroché d'une seule main au créneau chancelant d'un bastion ennemi, plutôt que d'entendre craquer sous ses larges pieds ces planches pourries, entre le ciel et l'eau hostiles. Il n'osait laisser éclater en paroles une inquiétude que son guide eût pu taxer de poltronnerie, mais il se repentait amèrement de n'avoir pas écouté le conseil du peintre.

L'homme au caban crut donc l'instant favorable pour imprimer à la barque un brusque mouvement, qui acheva de disjoindre les planches lézardées. L'instinct de la peur révéla à M. de Langallerie la trahison, et sautant à la gorge du batelier qu'il secoua vigoureusement :

— Tu veux donc nous faire chavirer, misérable ? s'écriat-il. — Savez-vous nager, monseigneur ? répondit l'autre d'une voix sardonique. — Non ! ventre-saint-gris, j'ai toujours laissé ce soin à mon cheval. — Diable, lâchez-moi alors, cher monsieur, ou nous allons nous heurter contre ce banc de sable... là, voyez !

Le batelier n'avait pas achevé, qu'un craquement sinistre retentit aux oreilles du gentilhomme ; les planches s'étaient séparées, les deux hommes perdirent pied, et l'eau écumante recouvrit l'espace occupé par la chétive barque.

M. de Langallerie, quoiqu'étourdi par cette chute inattendue, s'accrocha, avec l'énergie de l'instinct, aux planches qui surnageaient, mais ces débris fléchirent sous le poids énorme du colosse, et, en se sentant engloutir dans l'abîme, il poussa un cri terrible. Il comprit alors la vanité de cette force brutale dans laquelle il avait toujours mis son orgueil et sa confiance, il comprit les angoisses de la peur qu'il avait infligées à tant de faibles créatures, et le rire diabolique qu'il crut entendre au-dessus de sa tête, comme une réponse à son cri d'agonie, lui rappela les railleries impitoyables dont il avait si souvent poursuivi ses victimes.

Il voulut crier de nouveau ; ce fut en vain. L'eau bourdonnait à ses oreilles, l'eau oppressait ses lèvres raidies et sa poitrine haletante, l'eau fouettait ses yeux effarés — et, déjà, il s'abandonnait lui même, lorsqu'il se sentit saisi par la nuque et par les cheveux. Une force irrésistible l'entraînait rapidement vers l'abbaye, et, quelques instants après, le fidèle Roland déposait son maître évanoui au pied des vieilles murailles.

Lorsqu'il rouvrit les yeux, il se vit entouré de ses chiens qui lui léchaient les mains et le visage, tandis que le batelier se tenait debout et immobile, comme une statue, à quelques pas, obstinément enveloppé dans son caban, et la main appuyée sur une de ses rames. Les pensées s'agitaient encore si vagues et si confuses dans son cerveau, qu'il croyait rêver, lorsque la voix stridente du passeur suspect vibra à ses oreilles :

— Nous avons vu la mort de près, monseigneur, et vous avez appris à vos dépens qu'il est aussi dangereux de ne pas savoir nager que de ne pas connaître l'escrime et l'équitation. Si vous vous étiez noyé, le maître de l'abbaye eût été aux regrets de perdre une si belle occasion d'exercer les devoirs de l'hospitalité envers un illustre gentilhomme.

Le robuste marquis se releva vivement, fort disposé à châtier le mauvais plaisant ; mais il réfléchit que son rôle exigeait une excessive prudence, et, secouant ses habits alourdis par l'eau, il se contenta de répondre :

— Marche devant, habile nocher, et guide-moi un peu mieux dans ce nid à rats que sur sa mare à goujons, si tu veux que je puisse faire compliment à ton seigneur de l'adresse et du zèle de ses serviteurs.

M. de Langallerie ayant fait passer devant lui l'homme au caban, se mit à observer attentivement les murs d'enceinte, s'affaissant sur leurs assises, les colonnades brisées, les ogives échancrées, les cours moussues, enfin toutes les ruines précédemment décrites. Chaque fois que son guide se rapprochait de lui, Roland enflait de plus en plus son grognement rauque et continu, sans que le batelier parût y faire attention ; mais le marquis Gaspard, averti par l'accident de la barque, surveillait tous les gestes de cet homme, en se disant à lui-même :

— Le jouvenceau avait raison, harnibieu ! l'abbaye des Pauvres est plus redoutable qu'un château-fort muraillé de couleuvrines et planté de lansquenets ; mais, maintenant, je suis sur mes gardes et j'attends l'ennemi.

Après avoir traversé une longue galerie aux voûtes croulantes, l'homme au caban fit entrer le gentilhomme et sa meute dans la grande salle du vieil édifice, qui avait dû être autrefois l'enceinte d'une vaste et magnifique chapelle.

XIII — QUE DES TONNEAUX VIDES VALENT MIEUX PARFOIS QUE DES TONNEAUX PLEINS.

Cette salle n'offrait pas un aspect des plus rassurants à l'hôte téméraire de l'abbaye. Devant lui s'alignaient quatre rangées parallèles de piliers plus ou moins tronqués, mutilés et noircis. Quelques lampes de fer, placées çà et là sur des débris de colonnes, illuminaient moins la chapelle qu'elles n'épaississaient les ténèbres hors de la portée des rayons de lumière. Ces clartés vacillantes prêtaient une étrange animation à ce lieu saint, déshérité de son ancienne et mystique splendeur, et qui semblait cacher dans ses ombres les larves de ses pieux habitants d'autrefois.

Le marquis, quoique doué d'une dévotion fort médiocre, comprit qu'il allait se trouver au milieu d'hommes qui se faisaient un jeu habituel de la profanation. Sa meute marchait sur ses talons et il ne quittait pas son guide de l'œil ; il serrait d'une main énergique la croix de son couteau de chasse, et s'étonnait de ressentir une émotion qu'il qualifiait de prudence nécessaire à un agent secret ; tantôt il prenait pour un assassin blotti dans l'ombre la statue brisée d'un chevalier agenouillé sur un sarcophage ; tantôt il croyait voir grimacer le visage patibulaire d'un bohémien rampant à ses pieds dans la tête symbolique d'un démon de pierre, suspendu au faîte d'un chapiteau que les siècles avaient détaché des parois.

Arrivé au milieu de la salle, le marquis aperçut une centaine de tonneaux encombrant les marches dégradées du chœur de la chapelle, dont la voûte, effondrée en partie, n'était soutenue que par un seul des deux énormes piliers qui en avaient autrefois fermé le portique. Une haie de planches pourries cachait aux yeux les décombres provenant de ces écroulements. Tout à coup le chasseur d'hommes recula de surprise ; sur une large pierre exhaussée de plusieurs marches, qui avait dû être le maître-autel, et que recouvrait une fine toile de Flandre, luxueusement festonnée, brillaient des aiguières et des plats d'argent sur lesquels des viandes et des légumes fumaient copieusement ; des fruits dorés dressaient leurs pyramides dans des plats de terre aux joyeuses enluminures. Des cruches sculptées et des bouteilles aux formes bizarres gisaient, couchées au pied de cette table de festin impie.

Pour un gentilhomme qui comptait dans sa lignée plus d'un chevalier mort en Terre-Sainte, c'était là un sacrilége qui devait révolter le peu d'orthodoxie sommeillant au fond de son âme. Aussi M. de Langallerie hésita-t-il, malgré son appétit formidable, à s'avancer vers le maître-autel, si singulièrement transformé.

— Vous défiez-vous encore de moi ? lui demanda doucereusement son guide. Cette table, abondamment servie, ne vous prouve-t-elle pas les intentions hospitalières de l'*abbé des Pauvres* à votre endroit ? — Peut-être ! répondit le colosse, honteux de son scrupule involontaire, dont il jugea inutile d'expliquer le motif ; mais je ne veux pas toucher à un seul de ces plats avant d'avoir vu ton maître. Aux premiers mots du Bohême, je saurai bien si c'est vers un hôte généreux ou vers un coupe-jarrets que tu m'as si maladroitement embarqué tout à l'heure ! — Vous tenez donc bien, monsieur le marquis, à connaître notre abbé ? — Tu peux en juger par l'empressement avec lequel j'ai risqué ma tête dans ce guêpier. — Eh bien ! vaillant seigneur, soyez donc satisfait, s'écria le guide en rejetant à terre le caban qui enveloppait ses membres maigres et nerveux. Me reconnaissez-vous ?

Le visage sinistre du ribaud, au nez crochu, aux sourcils étroitement accolés, à l'épaisse chevelure d'un rouge ardent, rappela aussitôt à M. de Langallerie le mendiant de l'hôtellerie de dame Gertrude, devenu aussi dispos, sous son pourpoint de velours noir graisseux, qu'il paraissait infirme sous ses haillons sordides de souffreteux.

Le marquis Gaspard porta la main à la garde de son épée :

— Oui, je te reconnais, damné tire-laine ! sans doute tu espères te venger sûrement ici du chasseur qui t'a fait trop longtemps attendre ta pitance à la porte de l'*Agneau-Rôti*. Je te reconnais..... et Roland ne t'a pas non plus oublié..... Regarde ses yeux flamboyants, on dirait qu'il te guette encore sous la table où tu lui disputais ses os !...

Gorju souriait d'un air équivoque ; — Il est peut-être maladroit, monsieur le marquis, d'invoquer de si tragiques souvenirs dans ma salle de réception. La courtoisie devrait, d'ailleurs, vous interdire d'outrager votre hôte, mais je suis aujourd'hui de bonne et facile humeur, et je ne veux pas vous faire repentir de la confiance que vous avez témoignée à l'abbé de Pauvres. — Trêve d'hypocrisie, drôle, interrompit le gentilhomme, je ne suis pas dupe de tes simagrées. Tu as juré de te débarrasser de moi comme d'un espion important. Je te brave et te défie au milieu de ton repaire. Siffle tes compagnons ! Moi, je siffle ma meute, et nous verrons qui l'emportera du chasseur d'hommes, aidé de ses fidèles chiens, ou de l'abbé des Pauvres, aidé de sa cohue de coupe-bourses.

— Patience, fougueux marquis, répliqua Gorju avec un rire forcé et cruel, qui décelait l'impression sanglante que lui faisait ce mépris ignominieux. Patience! je comprends votre rancune. Il est dur pour un gentilhomme, si fier et si hardi, de confesser qu'il a été bafoué, dépouillé de son nom, volé de ses habits par un cul-de-jatte et un paralytique, et qu'il a pu passer un instant pour un simple gueux aux yeux d'un bailli de village. Cependant je n'abuserai pas de mon avantage. Si vous voulez oublier le passé et me tendre la main, comme un franc et loyal chrétien, je ne vous ferai pas ronger des os à ma table, et vous sortirez sain et sauf de l'abbaye.

— Sang-de-loup! s'écria le colosse en éclatant de rire, car il crut avoir épouvanté le mendiant par ses menaces, — c'est donc une réconciliation que tu m'offres d'abbé à marquis, et tu as compté sur mon appétit pour m'induire en tentation. — Oui, mon gentilhomme, je vous offre une réconciliation complète, repartit froidement Gorju. — Ventre affamé a parfois des oreilles, dit le marquis Gaspard, qui flairait les succulentes effluves des viandes fumant sur le maître-autel; mais j'ai bien mes raisons pour ne pas croire à ta sincérité. — Lesquelles, monsieur le marquis? — D'abord, cet essai de noyade à mon intention; le succès n'a pas répondu à ton attente, mais enfin la bonne volonté y était. — Ainsi, vous m'imputez à crime un effet d'orage, dont je pouvais être victime aussi bien que vous. Comment, vous, qui êtes si brave, pouvez-vous songer encore à cette bagatelle?

M. de Langallerie se mit à tousser pour cacher le mécontentement que lui causait cette observation sardonique:

— Décidément, ce bain froid m'a enrhumé! murmura-t-il. — Plairait-il à votre seigneurie de changer d'habits, proposa Gorju. Je puis lui rendre ceux que je lui ai empruntés à l'hôtellerie de dame Gertrude. — Je ne quitterai ni mes habits ni mes armes! répliqua sèchement le marquis. Et il rappela quelques-uns de ses chiens, qui se dirigeaient, en grondant, vers les tonneaux entassés dans le chœur. — Vous continuez à me méconnaître, monseigneur! dit l'abbé des Pauvres. J'espère, cependant, que vous consentirez à souper avec moi. Si vous acceptez, je crois qu'au troisième verre de rosolio, j'aurai regagné votre confiance, et que, sauf l'énorme distance qui nous sépare, nous deviendrons les meilleurs amis du monde. — Souper avec toi! s'écria le chasseur d'hommes en haussant les épaules. — Si cela vous offense pourtant, monseigneur, je vous demanderai la permission de manger seul, sous vos yeux, tandis que vous me raconterez pourquoi il vous a plu de rendre visite à notre humble ermitage! — Au fait, je suis venu ici en ambassadeur, dit le marquis, et, si je me laisse mourir de faim, il me serait difficile de remplir le but de mon ambassade. Il est permis de vivre en pays ennemi. — Asseyez-vous donc en face de moi, à cette table modeste, monseigneur.

Le marquis obtempéra à l'invitation de l'abbé des Pauvres, et celui-ci continua d'un ton goguenard: — Ah! vous êtes venu ici en ambassadeur. Décidément, l'honneur est encore plus grand pour moi que je ne le pensais. Voyons, de quoi s'agit-il?

— Il s'agit, ribaud, répliqua M. de Langallerie en avançant une coupe d'argent vers l'aiguière, remplie de rosolio, que lui tendait Gorju, — il s'agit de te faire pardonner ta méchante bouffonnerie dans l'hôtellerie de Gertrude, ta tentative de naufrage dans les fossés de la tanière, et le violent désir que tu caches, au fond du cœur, de me mettre méchamment à mort! — Mais, c'est de l'entêtement poussé jusqu'à la folie! s'écria Gorju. Comment! je vous rends un bon souper pour un mauvais! J'héberge jusqu'à vos chiens, qui m'ont si cruellement houspillé! Je m'assieds sans armes à côté de vous, qui êtes armé! J'éloigne mes compagnons et mes vassaux, qui, sur un signe, vous accrocheraient, sans hésiter, au plus haut de ces piliers! et vous me soupçonnez de projets de vengeance! Que dois-je donc faire pour mériter votre confiance? — Harnibieu, une chose bien simple! reprit le gentilhomme impassible, me dire à l'instant dans quel trou de ta caverne tu retiens prisonnières nos deux voyageuses de la forêt de l'Estrelle.

Gorju tressaillit comme un filou qu'un archer saisit au collet au moment où il coupe une bourse; il éprouva un éblouissement en songeant à la possibilité de perdre cette proie précieuse, si difficilement conquise; puis, après un violent effort sur lui-même, il sourit, et, sans répondre un mot, il remplit de nouveau la coupe du marquis. Ce dernier poursuivit: — Il paraît que je mets ma confiance à trop haut prix,

seigneur abbé. Garde donc ton secret, mais je te préviens que je fouillerai tous les recoins de ta vieille bicoque pour y retrouver les deux femmes que j'ai mission d'arrêter. — Et si vous ne les trouvez pas, que ferez-vous, monsieur le marquis? — Je te pendrai de mes propres mains, honneur bien digne d'une si méritoire discrétion. — Ce procédé expéditif me paraît d'une justice contestable, monseigneur, car je ne puis vous livrer des femmes que personne ne m'a données à garder. — Tu mens. Elles sont ici! je le sais. Il est inutile de chercher à me tromper. Tu auras beau me donner le change; je ne te croirai pas. Tu auras beau cacher tes prisonnières, je les trouverai.

Gorju vida son verre.

— Oh! oh! mon maître, vous parlez bien haut dans notre abbaye. Vous oubliez que l'ombre du pouvoir s'évapore devant la réalité; que l'abbé des Pauvres est, ici, plus noble qu'un marquis français; que les portes ne s'ouvrent, ici, qu'à ma voix; que si vous lassez ma patience, au lieu de vous rendre ces prisonnières, je vous mettrai vous-même en cage, et la cage sera si solide et si profonde, mon cher hôte, que vous n'en briserez jamais les barreaux. Vraiment, Dieu ou le diable vous protége, marquis Gaspard, puisque vous m'avez redemandé ces femmes et que je vous ai laissé boire, rire et me menacer à cette table. Quel ennemi mortel a donc pu vous donner un si triste conseil? La hardiesse est si énorme et si bouffonne, que je n'ai pas la force de vous en vouloir. Seulement ne recommencez pas! — Je ne sortirai pas de l'abbaye sans emmener madame de Thornstein et sa fille, dit froidement le colosse, qui crut confondre Gorju, car j'obéis à un ordre du roi de France. Je ne pense pas que tu veuilles résister aux ordres de Sa Majesté. — L'ordre du roi! répéta l'abbé des Pauvres avec un geste de dédain. Mais votre gentilhommerie vous aveugle, monsieur. La voix la plus décharnée de nos sorcières d'Égypte a plus d'influence, ici, que l'ordre de votre roi. Nous ne sommes pas ses sujets, nous. Il ne nous protége pas, il ne nous donne ni fiefs, ni emplois, ni honneurs. Il nous fait la guerre dans son royaume. Nous ne connaissons de lui que ses piloris et ses gibets. Pourquoi donc lui obéir? Mais, s'il tombait dans nos mains, ce roi, nous lui demanderions compte du sang de nos frères, et il serait plus en danger que vous, monsieur le marquis. Et pourtant, à cette heure, je ne donnerais pas dix pistoles de votre peau, mon hôte! — Vraiment! dit le Chasseur d'hommes en riant. Eh bien! moi, j'en donnerais plus que de la tienne, car je sais qu'on ne vient pas si facilement à bout du marquis de Langallerie.

Gorju s'accouda sur la table, et, regardant son convive en face: — Tout à l'heure ce fameux capitaine, pâle et tremblant dans ma barque, ne paraissait pas un adversaire si terrible?

— Misérable! s'écria le marquis en se levant, les yeux pleins d'éclairs, et brandissant sa coupe comme s'il allait la jeter à la tête de l'abbé. Ce dernier resta calme: — Un peu de modération, mon gentilhomme. J'ai l'habitude de ne traiter les affaires sérieuses qu'après boire, et c'est, je crois, se conduire en mauvais ambassadeur que de déclarer brutalement la guerre à un ennemi qui veut vous faire des propositions de paix. Je n'ai pas dit mon dernier mot!

Il frappa en même temps sur un timbre, une porte latérale s'ouvrit, et une jeune fille, portant un grand plat chargé d'un faisan doré, s'avança vers les convives. Le marquis reconnut Zorab, la petite bohémienne; mais, en passant devant lui, elle ne laissa échapper ni geste, ni regard d'étonnement. Cette impassibilité avait son éloquence; elle semblait prévenir le téméraire qu'en s'aventurant dans cette abbaye mal famée, il avait dû faire bon marché de sa vie.

Au même instant, M. de Langallerie dut encore rappeler ses chiens, qui le quittaient pour rôder autour des tonneaux avec de sourds grognements, et il ne parvint qu'à grands coups de fouet à les forcer de se coucher autour de lui.

— Quelles sont les propositions de paix? dit-il ensuite à Gorju. J'écoute, mais sois sérieux! — Je serai sérieux et conciliant. Je ferai l'impossible pour vous. Partageons le différend. — Comment cela? — En partageant les prisonnières. Je vous cède la mère; cédez-moi la fille. — Ah! tu veux encore te jouer d'un gentilhomme trop crédule! s'écria le colosse irrité; mais toi, qui n'obéis pas au roi de France, je t'apprendrai bien à m'obéir, à moi seul.

L'abbé des pauvres haussa les épaules.

— Ce serait possible, si je n'avais pas cent moines de bonne volonté et de poignets robustes pour m'empêcher de succomber.

M. de Langallerie regarda tour à tour Gorju et Zorab; la

froide ironie de l'un, le silence obstiné de l'autre, lui firent comprendre qu'il n'y avait aucune forfanterie dans cette menace. Alors, d'un signe inaperçu, il fit entourer l'abbé par ses chiens, qui s'avancèrent en rampant, sans bruit, et attendirent, dans un silence hostile, le moment de sauter à la gorge de l'ennemi de leur maître.

— Je ne me pique pas de courage, mais d'adresse, continua l'abbé des Pauvres. Un bon général remporte des victoires sans payer de sa personne. Vous êtes pris au piège, monsieur le marquis. Soumettez-vous donc de bonne grâce, puisque votre audace et votre force extraordinaires ne peuvent vous servir à rien dans mon château-fort. — C'est ce qui te trompe, lâche filou, car c'est toi-même qui es pris au piège et qui ne t'échapperas facilement de mes mains.

Gorju, surpris de cette riposte inattendue et soupçonnant quelque trahison, se leva aussitôt et bondit en arrière, en jetant autour de lui des regards de chat-tigre, mais il se vit emprisonné par un mur de chiens furieux, à l'échine cambrée, aux poils hérissés, aux crocs menaçants, et s'adossa, en frissonnant, au gros pilier de l'ancien portique.

— Si tu fais un pas pour sortir du cercle où te garde ma meute, je ne réponds pas de tes os, ribaud, dit le chasseur d'hommes en tirant son couteau de chasse. Si tu jettes un cri d'alarme, je t'évente comme un sanglier traqué dans sa bauge. Tu ne bougeras pas d'ici avant d'avoir juré de rendre la liberté à tes prisonnières. Je sais qu'un faux serment ne te coûtera pas beaucoup. Aussi est-il bien entendu que tu prépareras toi-même l'évasion de ces pauvres femmes, tandis que je te surveillerai le pistolet sur la gorge ! — Diable, vous n'avez oublié aucun détail, répliqua Gorju, qui retrouvait son superbe sangfroid. Le tour est bien joué, et je ne me plaindrai pas d'en être victime. Vous êtes homme de précaution, monsieur le marquis, mais vous savez le proverbe : « à corsaire corsaire et demi. » Peut-être avez-vous tort de me croire entièrement à votre merci... — Trêve de bavardage inutile, interrompit M. de Langallerie, tu veux gagner du temps, mais je n'en ai pas à perdre. Allons au fait.

L'abbé des Pauvres jeta un regard oblique et distrait sur tonneaux qui encombraient le chœur. Puis il reprit :

— Que diriez-vous, cependant, si je vous prouvais que cette jeune fille, si insolemment réclamée au nom du roi, consent de son plein gré, à rester au milieu de ces honnêtes Égyptiens que vous ne croyez pas dignes de manger la pâtée de vos chiens ! — Allons donc, c'est impossible ! fit le marquis.—Impossible ! pourquoi donc ? Parce que nos guenilles ne portent pas un blason comme le vôtre pour légitimer nos vols et nos hauts faits de grand chemin ! Impossible ! Croyez-vous donc avoir gagné le cœur de cette enfant par vos exploits chevaleresques, en la faisant poursuivre par Roland, dans votre gouvernement, ou en voulant l'embrasser de force dans l'hôtellerie de l'Estrelle ? Eh bien ! Zorah, ajouta l'abbé des Pauvres, en se tournant vers la Bohémienne, puisqu'il faut convaincre ce gentilhomme entêté de sa méprise, va chercher la belle Christine. Elle confondra elle-même, par ses aveux, les doutes ou les craintes de mon hôte...

Zorah, qui avait semblé rester indifférente à ce débat, disparut aussitôt, et, après une courte absence, qui éveillait déjà les soupçons du marquis, elle revint, tenant par la main mademoiselle de Thornstein.

Le cœur bronzé du chasseur d'hommes fut ému à l'aspect de la figure pâle de Christine, dont l'âme paraissait exilée. Les lueurs tristes des lampes rendaient plus blafards ses traits abattus ; les touffes de ses cheveux collés sur ses tempes par les sueurs de la fièvre et l'humidité de la nuit, faisaient ressortir ces teintes mates qui témoignaient d'un engourdissement momentané de la vie. La pauvre fille, appuyée sur le bras de Zorah, se traînait plutôt qu'elle ne marchait au milieu des ruines. A la voir s'avancer, les yeux fixes et secs, car le feu de la douleur en avait consumé les dernières larmes, on eût dit un fantôme exhumé de la tombe par un pouvoir occulte.

M. de Langallerie se prit de pitié pour cette enfant, qu'il avait cependant torturée avec une si cruelle obstination dans l'hôtellerie de dame Gertrude, mais l'égoïsme a des mystères inexplicables, et le noble bourreau avait horreur du martyre qu'un bandit, trivial comme maître Gorju, avait infligé à sa victime.

Quant à ce dernier, il oublia un instant son ennemi pour admirer la pâle Christine, qui lui rappelait sa mère Ulrique dans un passé lointain et douloureux. Il rajeunissait par le souvenir, et sa passion d'autrefois attachait à ses membres une nouvelle tunique de feu. Ses yeux étincelaient d'un effrayant désir, et ses bras se tendaient vers sa blanche fiancée, lorsqu'il surprit un regard ironique du gros gentilhomme, qui glaça cette ardeur soudaine.

Le désespoir visible de Christine l'irrita secrètement, et ce fut d'une voix troublée qu'il lui dit :

— N'est-il pas vrai, mademoiselle, que vous m'avez accepté librement pour mari, sans contrainte et sans violence, devant de nombreux et honorables témoins ? Voici, pourtant, un gentilhomme de votre connaissance qui doute de ma parole, et qui vous croit plus disposée à sortir de l'abbaye sous sa protection qu'à y rester sous la mienne ?

Christine, froide et immobile, ne répondit rien ; seulement elle se tourna du côté de Zorah comme si cette question ne l'eût pas concernée ou qu'elle eût été surprise de voir un étranger soupçonner de mensonge l'abbé des Pauvres. Ce dernier s'adressa alors avec un sourire triomphant au marquis, atterré par ce silence inexplicable :

— Eh bien, monsieur l'ambassadeur, êtes-vous enfin convaincu de ma sincérité ? — Mais non, encore une fois, c'est impossible ! répliqua le colosse en se frappant le front. Ou cette jeune fille est folle, ou quelque mystère ténébreux se cache au fond de cette comédie ! Comment, vous, mademoiselle, fille noble et respectée de tous ; vous, un des soleils éblouissants de la nouvelle cour, pouvez-vous être devenue volontairement la fiancée de ce bandit ?

Christine, inerte, lugubre, impassible, restait muette.

— Mais, dites-moi donc, mademoiselle, que je fais, en ce moment, un rêve insensé... Parlez, je vous en conjure,.. vous n'avez rien à craindre. Ce misérable, qui a osé vous interroger, est sous ma main. J'expie maintenant ma lâche conduite envers vous. Sans doute, vous avez moins peur de ce tire-laine efflanqué que du gentilhomme qui vous a deux fois offensée. Pardonnez-moi. Je suis un vieux soldat brutal, et je vous ai traitée comme une aventurière. A cette heure, je donnerais ma vie pour vous défendre. Voyez ! cette meute, qui vous a fait si grand'peur, tient maintenant en arrêt votre monstrueux fiancé. Dites un mot, et je le force à nous guider lui-même hors de sa damnée tanière ! — Monsieur, dit Christine d'une voix faible et sans lever les yeux sur lui, cet homme a ma parole. — Mais, s'il vous a conduite ici par fraude, à votre insu, sous un faux nom, sous un faux costume, sous un faux visage, s'il vous a trompée indignement, vous ne pouvez repousser le salut qui vous est offert ? — Il a ma parole, monsieur ! — Votre parole, mademoiselle ! Mais s'il l'a extorquée par ses menaces, s'il ne vous a laissé le choix qu'entre cette honte ou la mort ? — Oh ! que m'eût fait la mort ! interrompit la jeune fille. Mais oublions le passé. Il a ma parole. — Je devine, s'écria M. de Langallerie, vous avez tremblé devant le déshonneur. Ce gueux, qui rampe comme un serpent sous l'éclair des épées, n'a pas respecté les larmes et les supplications d'une femme. Pour éviter les odieux baisers du misérable, vous lui avez promis d'être sa fiancée, et, vous sachant franche et loyale, il s'est contenté, pour un jour, du serment qui enchaînait votre avenir à son immonde destinée. Mais je vous rends votre liberté, mademoiselle et ce serait un crime, entendez-vous, de profaner plus longtemps votre vertu au contact des vices qui ont flétri le visage de ce coquin.

Christine laissa échapper un profond soupir, et, tendant au marquis de Langallerie sa main glacée :

— Je vous pardonne vos outrages, je vous crois sincère dans votre désir de me sauver, mais ce faux comte florentin a ma parole. Un gentilhomme ne saurait me conseiller sérieusement d'y manquer.

Le Chasseur d'hommes fut vaincu par cette logique inflexible ; d'ailleurs, il n'était pas doué d'un esprit subtil en arguties, et le sang qui empourprait ses larges joues, ne lui inspirait que des idées confuses et violentes.

Gorju, satisfait de la tournure que prenait cette scène, dit alors à Zorah : Mignonne, laissez-moi seul avec cet ambassadeur malheureux. Votre présence devient inutile.

La Bohémienne prit par la main mademoiselle de Thornstein, qui se laissait machinalement conduire, mais, profitant d'un instant où l'attention de Gorju était occupée par une attaque sournoise de Roland, elle effleura de la main la casaque du marquis et lui souffla ces mots : — Hardi Chasseur, ne soyez pas fou à demi et sauvez la belle de force !

Cette étincelle mit le feu à la colère du gros gentilhomme.

— Je vous défends de sortir de la chapelle, cria-t-il aux deux femmes.

Zorah s'arrêta :

— Tu sais, mignonne, dit doucement Gorju, la peine qui suit toute désobéissance aux ordres de l'abbé des Pauvres.

La Bohémienne n'osa résister et disparut aussitôt par la porte latérale avec sa pâle compagne.

— Ventre-saint-gris! jura le Chasseur d'hommes, il y a ordre du roi! Dussé-je y périr, il me faut à l'instant les prisonnières. C'est toi qui dégageras ta fiancée de l'imprudente parole que tu lui as arrachée et qu'elle respecte si niaisement dans sa loyauté de jeune fille, ou je te fais l'honneur d'un combat héroïque avec mes chiens.

L'abbé des Pauvres se croisa dédaigneusement les bras :

— Fanfaron, répondit-il, c'est toi qui tout à l'heure, seras trop heureux de m'abandonner ces femmes, de déchirer l'ordre du roi et de me demander grâce. Ah ! tu as cru vaincre Gorju en ruse et en stratagème, triple fou, tu as cru le traquer à sa propre table, dans son territoire, au milieu de ses compagnons ! Ouvre donc les yeux et regarde.

Le Chasseur d'hommes, furieux de cette outrecuidance, allait faire signe à ses chiens de s'élancer sur le misérable, lorsqu'il resta stupéfait à la vue d'un spectacle étrange et inattendu.

— Si tu as des chiens pour m'attaquer, j'ai des tonneaux pour me défendre, poursuivit l'abbé des Pauvres en frappant trois coups dans ses mains.

A ce signal, le marquis vit les tonneaux échelonnés sur les marches du chœur et encombrant la nef, s'agiter, fourmiller et s'entrechoquer comme s'ils eussent été doués d'une force surnaturelle. Il crut être le jouet d'un cauchemar. Ces tonneaux marchaient vers sa meute, qui reculait, terrifiée, avec des grognements lamentables. Épouvanté, il se demandait déjà s'il n'assistait pas à une scène de magie et de sorcellerie, lorsque, de chaque tonneau, surgit une face hideuse et grimaçante, aux cheveux crépus, lorsqu'au-dessus de chaque visage menaçant brillèrent des couteaux, des stylets et des épées, lorsque des cris sauvages jaillirent de toutes ces bouches avinées.

XIV. — COMMENT LE MARÉCHAL D'ANCRE OBÉIT PLUTÔT A L'ORDRE DU ROI QU'A CELUI DE LA REINE RÉGENTE.

A la lueur funèbre des lampes, c'était un effrayant tableau que cette légion de Bohémiens, de contrebandiers et de pauvres, qui, après être restée silencieusement tapie au fond de ces tonneaux à l'aspect débonnaire, faisait tout à coup explosion et allait entourer, comme une marée vivante, l'ennemi isolé qui se croyait sûr de la victoire.

Les ricanements sinistres qui éclataient dans cette foule eussent fait frissonner un homme moins audacieux que le marquis de Langallerie, mais le sentiment de l'horrible réalité lui rendit, au contraire, tout son courage.

Certes, il se crut perdu, mais il résolut de mourir vaillamment en se choisissant une sanglante et glorieuse hécatombe parmi cette cohue difforme, grotesque, sardonique, ivre, qui grouillait, et se multipliait sans cesse au fond de la chapelle.

La retraite de la meute avait dégagé l'abbé des Pauvres. Debout, au milieu du chœur, arrêtant, du geste, la marche fantastique de ses tonneaux armés, il dit d'une voix clémente à son ennemi :

— Eh bien, marquis Gaspard, t'avoues-tu vaincu ? Demandes-tu merci ? Je t'offre encore des conditions honorables! Je veux être un adversaire généreux. Mets bas les armes, livre nous tes chiens, qui peuvent être utiles à nos contrebandiers, et je te laisse libre de sortir de l'abbaye. — Non! répliqua froidement le colosse, en regardant fixement la tourbe déguenillée qui allait se ruer sur lui, tant que mon couteau de chasse ne sera pas brisé dans ma main, tant qu'un de mes chiens obéira à ma voix, tant que mes yeux pourront compter mes ennemis, je ne déserterai pas mon honneur et je ne souillerai pas mon nom par une lâcheté.

En même temps il courut s'adosser contre l'énorme pilier de l'ancien portique du chœur, qui restait encore debout, et, s'y adossant en arc-boutant ses jambes de Titan, il fit ranger ses chiens autour de lui et, l'épée d'une main, le couteau de l'autre, il attendit l'attaque des Pauvres.

— Gervais ! dit l'abbé, que les Bohêmes ramassent des pierres et lapident ces chiens hurleurs ! Que les déserteurs et les contrebandiers poussent au gentilhomme, la pointe en avant !

Cette stratégie ne réussit que médiocrement. Les gens d'Égypte n'avaient pas eu le temps de courir aux décombres, que déjà les chiens les plus vigoureux leur avaient sauté à la gorge, et ceux des assaillants qui se hasardèrent à portée de la terrible épée du colosse furent désarmés, blessés et forcés de reculer. — Pauvre gibier! dit le vainqueur en les provoquant d'un regard railleur.

Gorju dissimula son dépit sous un rire goguenard :

— Vraiment, nous sommes fous de risquer le sang de nos frères pour venir à bout d'un enragé que nous pouvons arquebuser tranquillement à distance. Mieux que cela, mes Pauvres, jetez de la paille enflammée dans les tonneaux et roulez ces bûchers contre l'ennemi. Nous aurons la joie d'un auto-da-fé, dont le Chasseur d'hommes et sa meute auront peine à se tirer sains et saufs, à moins d'un miracle spécial de saint Hubert. Le gibier assistera à la cérémonie et pourra sonner la curée.

Le marquis, dans ce danger suprême, se demanda si l'audace la plus désespérée ne serait pas le parti le plus prudent à prendre, et fut tenté de charger follement les bandits, qui, dans leur première surprise, ouvriraient peut-être leurs rangs devant son épée et le laisseraient s'échapper; mais cette chance n'était déjà plus possible; enveloppé de toutes parts, il n'eût pas fait dix pas sans être frappé par derrière, et les tonneaux formaient un rempart infranchissable. Il ne devait plus songer qu'à vendre chèrement sa vie et il s'appuya fortement contre le pilier.

Tout à coup il le sentit fléchir sous la secousse, du faîte à la base, et quelques pierres, croûlant de la voûte effondrée, tombèrent à ses pieds. Ce fut un éclair pour son esprit abattu; tandis que les pauvres faisaient crépiter la paille enflammée dans les tonneaux, il étreignit le pilier de ses bras herculéens, et, l'ébranlant de toute sa force, il s'écria :

— Tu m'as condamné, maître Gorju. Eh bien ! je te condamne à mon tour. Je veux arriver chez Pluton en bonne et joyeuse compagnie. Il est aussi triste de mourir seul que de souper sans vis-à-vis.

Le pilier se lézarda. La voûte se gerça avec des craquements lugubres. Les assaillants poussèrent des cris d'effroi.

— Ah! vous ne voulez pas vous battre en francs soldats, l'épée au poing ! cent contre un, vous avez peur. Le sanglier fait face aux chiens, et vous, vous reculez devant ma meute. Vous vouliez m'enfermer comme un renard. Je veux, moi, vous écraser comme des vers sous les décombres de votre bicoque.

Il fit un nouvel et puissant effort. Le pilier vacilla ; l'arc-boutant du portique se brisa. Une pluie de pierres tomba sur les marches du chœur et contusionna quelques têtes et quelques épaules. Un silence de terreur succéda aux clameurs forcenées. L'abbé des Pauvres partageait l'épouvante de ses compagnons, il n'hésita pas plus longtemps à donner le signal de la fuite :

— Sauve qui peut ! s'écria-t-il en tournant le dos à son adversaire : mais, au même instant, le Chasseur d'hommes répliqua d'une voix retentissante : — Que personne ne bouge, ou je vous jure qu'une dernière secousse nous engloutira tous sous les débris de cette voûte chancelante!

La légion des Pauvres, tremblante, éperdue, effarée, comme un troupeau de moutons chassé par un lion, s'arrêta. Tous les regards se fixaient avec angoisse sur ce ciel de pierres dont les craquements faisaient pâlir les plus hardis.

— Nous n'avons plus de temps à perdre, dit le colosse, qui embrassait le pilier dans une superbe attitude de force, de courage et d'orgueil. C'est à moi de dicter mes conditions et de prendre mes sûretés. Approche, coquin, mais, d'abord, fais éteindre cette paille, dont la fumée m'aveugle, et jette tes armes.

Gorju, humilié et dompté par la peur, obéit.

M. de Langallerie le regarda dans le blanc des yeux :

— Non-seulement j'entends avoir la vie sauve pour moi et mes chiens, mais je compte emmener tes prisonnières.

Gorju frissonna, partagé entre l'horreur d'une mort soudaine et inévitable, et le désespoir de perdre la jeune fiancée, dont la beauté avait remué dans son cœur les souvenirs les plus passionnés de sa vie.

Le Chasseur d'hommes impatient le saisit par le bras et lui dit à voix basse :

— L'abbé des Pauvres hésitera-t-il encore à laisser dénicher ces oiseaux, si je rachète leur liberté à haut prix? Qu'il fixe lui-même leur rançon. Pour un tire-laine, les yeux d'or des pistoles valent bien ceux d'une jeune fille, qui te hait et te méprise.

Les sourcils de Gorju se froncèrent. Jamais la passion de l'avare, qui se voit enlever ses sacs d'écus, ne se traduisit, sur un masque parcheminé, en signes plus violents que la rage de ce monstrueux gredin, qui eût voulu tuer la victime de son amour plutôt que de la livrer à un autre homme. Ses yeux de serpent, jaunes et verdâtres, semblaient lancer un venin mortel à l'audacieux marquis. La douleur creusait, sur ses joues, des rides où se figeaient quelques larmes âcres. Ses lèvres tremblaient en murmurant cette réponse brève :

— La rançon d'une reine ne paierait pas un sourire de Christine! Écoutez, mon gentilhomme! Vous n'aimez pas cette enfant, vous. Esclave d'un ordre royal, vous obéissez pour ne pas perdre l'emploi qui vous enrichit. Pourquoi ne m'abandonneriez-vous pas la colombe? Je vous paierai cher cet oubli de votre devoir. Votre pesant d'or, s'il le faut! Et vous êtes lourd, marquis Gaspard!

Le Chasseur d'hommes foudroya du regard le tentateur.

— Il paraît que tu me crois plus vil que toi-même, mons Gorju! Tu es vraiment généreux, très-généreux, trop généreux; mais c'est générosité perdue. Quand on ne peut rien obtenir de Dieu, on s'adresse à ses saints. Je vais consulter tes moines, vertueux abbé, et leur proposer la rançon que tu refuses. Peut-être seront-ils moins désintéressés que toi, et tant pis pour l'abbé s'il perd sa dîme.

Gorju fut plus effrayé de cette menace que des craquements de plus en plus formidables de la voûte, sous le poids de laquelle le pilier vacillait. Une sueur froide inonda son front. Il comprit que les Pauvres n'hésiteraient pas un instant à échanger la fiancée de leur chef contre la somme promise par le marquis de Langallerie. Il résolut de prévenir ce malheur et de céder pour le moment.

— Je suis vaincu et je courbe le front, répondit-il. Seulement, je ne lâcherai les prisonnières que contre des pistoles sonnantes. — C'est juste, fit le gentilhomme; mais j'entends que tu sois désarmé et garrotté, sous ma garde, jusqu'au moment où le marché sera exécuté. — Désarmé et garrotté! répéta Gorju, aux yeux de mes compagnons! C'est impossible!

— Je le veux. De plus, je te préviens qu'à la première tentative d'évasion, je te casse la tête d'un coup de pistolet.

L'abbé des Pauvres hésita. Il jeta un coup d'œil inquiet sur ses bons vassaux. Tous regardaient la voûte du chœur avec anxiété. Il marcha droit au marquis en étouffant un soupir de rage, et lui tendit ses poignets.

— C'est ma revanche de l'hôtellerie de l'Estrelle! dit en riant le Chasseur d'hommes, tandis qu'il le mettait très-adroitement hors d'état de manquer à sa parole.

En ce moment, la vieille Miji se précipita tout échevelée dans la chapelle, criant :

— Alerte! alerte! ta fiancée a pris sa volée, Gorju! les trois damnés peintres l'enlèvent, et Zorah nous trahit. — Que nul ne bouge, dit le marquis, je me charge seul de la besogne. Je rejoindrai les fugitifs avec ma meute. Toi, tu m'indiqueras la route. Gorju me suivra comme ôtage.

La bohémienne s'élança hors de la chapelle et guida d'un pas rapide le gros gentilhomme tout essoufflé.

De l'autre côté de l'étang brillaient des torches et fourmillaient des ombres nombreuses, menant grand bruit de voix et d'armes.

Sur l'étroite chaussée fuyaient les peintres dans l'eau jusqu'aux genoux, semblables aux Hébreux traversant la mer Rouge.

François Perrier portait Christine dans ses bras, Claude Gelée la vieille baronne, et Jacques Callot suivait Zorah, dont les pieds mignons paraissaient courir sur l'eau sans se mouiller.

Un petit bohème, qui avait traversé l'étang à la nage, accourut vers Miji :

— L'abbaye est cernée par trois ou quatre cents cavaliers, dit-il; j'ai rampé sous le ventre des chevaux, j'ai regardé et écouté; cette troupe est commandée par le marquis d'Ancre, favori du roi de France.

M. de Langallerie poussa un cri de joie :

— Tu as joué de bonheur, maître Gorju en acceptant mes conditions de paix. Un peu plus tard tu perdais à la fois ta fiancée et sa rançon. En revanche tu te trouvais pris comme un rat dans la souricière. — Vous vous arrêtez, monseigneur? dit la bohémienne. — A quoi bon courir, puisque l'illustrissime signor Concino Concini est en force pour recevoir sur l'autre rive les oiseaux dénichés.

Est-il nécessaire d'expliquer ce qui s'était passé! Zorah avait prévenu Jacques de la lutte engagée entre le Chasseur d'hommes et l'abbé des Pauvres, ainsi que de l'inflexible obstination de Christine. Le Lorrain avait résolu de profiter de cet incident pour sauver de force mademoiselle de

Thornstein. Aidé de Claude, il s'était hâté de délivrer François Perrier, et Zorah avait ensuite conduit ce dernier à la cellule des deux femmes.

Une rougeur soudaine couvrit les joues pâles de Christine à la vue du jeune Bourguignon qui se tenait respectueusement debout et la tête découverte sur le seuil : — Il faut fuir, mademoiselle, dit-il d'une voix douce et ferme.

— Je suis esclave de ma parole! répondit-elle. — Ainsi vous vous croyez engagée envers ce misérable, mademoiselle, continua-t-il, vous ne regardez pas votre promesse comme dérisoire et impie, vos fiançailles comme un rêve infâme dont il faut oublier jusqu'au souvenir; vous pourrez unir votre vie à la vie de l'abbé des Pauvres? — Oh! je n'ai pas promis de vivre! interrompit-elle avec un mélancolique sourire. — Ainsi c'est la mort que vous appelez de vos vœux, vous jeune fille chrétienne. Vous oubliez Dieu! vous oubliez votre mère! vous oubliez tous ceux qui vous aiment! Mais je ne souffrirai pas que vous soyez victime de votre naïve loyauté. Rassurez-vous, mademoiselle, vous ne serez pas parjure, car je vous délivrerai du piège où vous vous obstinez à rester. Mes amis et moi nous vous défendrons contre tous et contre vous-même.

En même temps il entraîna la belle fiancée de Gorju, et gagna la chaussée avec sa petite escorte. Lorsqu'ils aperçurent les nombreux cavaliers qui occupaient le bord opposé, ils s'arrêtèrent et tinrent un instant conseil :

— Allons en avant! dit Jacques Callot; ce sont des amis, car je les entends jurer en français! — Prenons garde, observa Claude Gelée, de tomber au milieu d'une troupe de maraudeurs qui ne respecteront pas plus des femmes sans défense que maître Gorju et sa bande. — Sans défense! s'écria François Perrier. Crois-tu donc, frère, que nous lâcherons pied devant ces reîtres.

Claude Gelée haussa les épaules : — Ils t'écraseront sous le fer de leurs chevaux sans crier gare.

— Ma mère, dit Christine d'une voix tremblante, à la lueur d'une torche je viens de reconnaître le chef de ces cavaliers. C'est l'orgueilleux parvenu qui nous a forcées de quitter la cour. — Concino Concini nous aurait poursuivies jusque dans ce hideux refuge! répliqua la vieille dame. Ne t'abuses-tu pas, mon enfant? la peur ne fait-elle pas miroiter des fantômes à tes yeux? — C'est lui, vous dis-je, ma mère. Oui, j'ai bien reconnu sa figure basanée, insolente et altière. Oh! des ennemis partout! — Vous vous trompez, mademoiselle, dit doucement le Bourguignon. N'êtes-vous pas entourée d'amis dévoués?

Mademoiselle de Thornstein secoua tristement la tête :

— Les ennemis sont puissants et nombreux. Mes amis d'hier sont de braves cœurs qui se perdront sans me sauver s'ils persistent à me défendre. Mais non! ce serait un crime que de vous laisser tenter l'impossible. Quittez-moi! fuyez, et reprenez avec le vieux Tristan le chemin de la ville immortelle. — Vous abandonner, mademoiselle, vous dont l'image sera désormais le modèle chaste et sacré qui me guidera dans mes inspirations, qui encouragera mes efforts, qui fera croire peut-être un jour à mon talent! ah! vous savez bien que je ne vous obéirai pas.

Les cavaliers faisaient entrer leurs montures dans l'étang et les torches éclairaient leurs rudes visages d'éclairs tremblants.

— François Perrier, reprit Christine avec émotion, n'aimeriez-vous pas mieux me voir tomber morte à vos pieds que devenir la femme du bandit niché comme une orfraie dans ces ruines? — Oui, murmura le Bourguignon. — Eh bien, n'aimeriez-vous pas mieux me voir morte que de me pousser dans les bras d'un haut seigneur, valet de Florence, bandit de cour, chamarré de diamants et de broderies, étincelant de vices, glorieux de ses bassesses, qui vole son roi, vend la justice, et salit l'honneur des familles.

— Oui, dit encore Perrier. — Laissez-moi donc mourir, mon ami! La mort m'est facile, douce et tentante sous cette eau sombre!... Ma fille! s'écria la baronne; quand je te pressais enfant sur mon sein, il n'est pas de malheur contre lequel je me serais réfugiée dans la mort. — Pardon, ma mère, pardon, dit la jeune fille en l'embrassant avec effusion.

Les chevaux des soldats côtoyaient la chaussée. Les torches éclairèrent les visages du groupe fugitif.

— Nous tenons la belle, monseigneur, cria un gentilhomme à la livrée Zinzolin, en saluant gracieusement Christine de son chapeau empanaché. — Pas encore! répondit-elle en se laissant glisser dans l'eau tandis que Perrier repoussait le Zinzolin d'un coup de bâton ferré.

Concini atteignit alors la chaussée et, se haussant sur ses étriers, saisi d'horreur par l'action héroïque de mademoiselle de Thornstein, oubliant l'ordre de la régente pour ne se souvenir que de celui du jeune roi, troublé par le souvenir du caprice amoureux que lui avait inspiré cette noble fille, il s'écria d'une voix tonnante :

— A tout prix sauvez-la ! ma bague de diamants à qui me la ramènera !

François n'avait pas attendu la promesse de monsieur d'Ancre pour lâcher son bâton et se jeter dans l'étang, comme s'il suivait son propre cœur se détachant de lui et plongeant au fond de l'abîme. Jamais il ne devait oublier cette scène terrible qu'il a admirablement reproduite dans un de ses tableaux. Il ne voyait pas les torches dont les lueurs couraient comme des feux follets sur la surface de l'eau, il n'entendait rien des clameurs des soldats ni du clapotement des chevaux nageant sans ordre, ni du fracas des armes s'entre-choquant, ni des appels de ses amis qui cherchaient à diriger ses recherches. Ses yeux sondaient le gouffre où pour lui s'engloutissait le monde entier ; ses oreilles écoutaient avidement pour saisir le moindre gémissement qui trahirait l'agonie de sa bien-aimée. Son désespoir décuplait ses forces et son courage. Enfin Dieu exauça la prière ardente que la douleur faisait palpiter sur ses lèvres, il saisit dans ses bras mademoiselle de Thornstein déjà enlacée de ces longues herbes perfides qui flottent comme des filets dormants au fond des lacs, il se sentit entraîné insensiblement sur ce berceau de lianes aquatiques où il eût été doux peut-être de s'ensevelir avec la pâle jeune fille ; il comprit la volupté instinctive de ces froides fiançailles qui le tentaient de s'unir dans la mort ; — mais il repoussa cette lâche et égoïste pensée. Il frappa du pied le fond et chercha par d'énergiques efforts à se dégager du réseau d'herbes gluantes qui l'attirait fatalement, en resserrant de plus en plus leurs nœuds gordiens autour de ses membres raidis.

Il rompit, déchira, souleva ces mailles à la fois légères et pesantes ; puis, étreignant contre son cœur le corps charmant et inanimé de mademoiselle de Thornstein, il parvint à l'autre rive, où il tomba épuisé sur le sable.

Jacques Callot et Claude Gelée l'y attendaient déjà, garrottés tous deux comme des malfaiteurs et gardés par quelques soldats que commandait le gentilhomme Zinzolin frappé par Perrier.

— Ah ! c'est mon bâtoniste ! s'écria cet officier, mais je lui pardonne mes contusions en faveur de sa pêche miraculeuse !

Concini s'approcha du jeune bourguignon :

— Que veux-tu pour ta peine, mon garçon ? lui dit-il d'un air important. Ma bague et le pardon de la rebellion, est-ce assez ? et trouves-tu le maréchal d'Ancre suffisamment magnifique ? — Je ne veux rien de vous, monseigneur, répliqua fièrement Perrier, que la grâce de mes amis. Ce sont de pauvres jeunes peintres qui vont à Rome pour étudier les grands maîtres de l'école romaine. — Des peintres, s'écria Concini en le regardant avec intérêt. Ah ! ils sont de cette grande famille de gueux et de vagabonds qui dînent à la table des rois et dont les empereurs ramassent quelquefois les pinceaux. Qu'on les débarrasse à l'instant de ces liens honteux qui entravent des mains faites peut-être pour distribuer la gloire et l'immortalité aux puissants de la terre.

Le gentilhomme Zinzolin obéit aussitôt à l'ordre de son maître.

— Je suis un enfant de Florence, mes amis, reprit le maréchal en adressant un sourire bienveillant aux trois jeunes gens, et mon cœur ne saurait rester indifférent pour ceux qui sont possédés du démon de l'art, ma faveur est acquise et ma bourse est ouverte aux sculpteurs, aux peintres et aux grands remueurs de pierre. Allez donc étudier à Rome les divins modèles, garçons, et revenez me trouver à Paris. Je me charge de votre fortune.

Jacques Callot et Claude Gelée s'inclinèrent respectueusement.

Cependant mademoiselle de Thornstein venait de reprendre connaissance et promenait autour d'elle des yeux égarés.

— Pourquoi m'avoir sauvée ? soupira-t-elle faiblement, tandis que sa mère réchauffait ses mains de son souffle et de ses baisers.

— Ne craignez rien, mademoiselle, dit le maréchal d'Ancre en adoucissant sa voix éclatante.

Christine poussa un cri d'épouvante.

— Ne craignez rien, répéta le favori ; c'est par ordre de notre jeune roi que je dois vous ramener avec votre mère à la cour. Vous serez à l'avenir respectée comme une princesse du sang. J'implore de vous, mademoiselle, l'oubli du passé, ajouta-t-il à voix basse. Si je vous ai montré des prétentions téméraires, votre beauté et votre rare mérite ne sont-elles pas des excuses majeures et ne puis-je espérer de rentrer en grâce ?

Mademoiselle de Thornstein troublée et confuse l'écoutait à peine et regardait involontairement François Perrier dont le visage désolé la touchait jusqu'au fond de l'âme :

— Monsieur, répondit-elle au maréchal, ne pourrai-je obtenir que ce brave à qui je dois l'honneur et la vie, nous accompagne ?

En ce moment M. de Langallerie, suivi de sa meute, s'avançait vers son puissant protecteur :

— Ce garçon est mon neveu, dit-il en riant, mais il a la rage de faire le voyage de Rome et ni Dieu ni diable n'auraient le pouvoir de le détourner de son chemin. J'ai échoué à la tâche, monseigneur, et je ne sais si la prière de mademoiselle ou vos ordres auront raison de cette tête opiniâtre.

— Faudra-t-il donc employer la force, mon vaillant peintre, demanda en souriant Concini au bourguignon interdit, pour vous faire rebrousser chemin ? Que perdrez-vous au change, garçon ? A Rome il est vrai, vous pourriez étudier et copier les vierges du Sanzio, mais à Paris et à Saint-Germain, vous pourrez retracer sur la toile des visages dont les traits, pour n'avoir pas été tracés par une main mortelle, n'en seront pas moins dignes de votre étude et de votre admiration ?

François Perrier rougit : — Je suivrai ces dames à Paris, répondit-il, si mon compagnon l'aveugle y consent. Nous recommencerons ensuite notre pèlerinage ; puis, il ajouta d'une voix si faible que Christine seule l'entendit : — Je verrai Rome et je tâcherai d'oublier dans l'étude les rêves insensés du voyage.

— Quant à ce repaire de coupe-jarrets, cria le maréchal d'Ancre en étendant la main vers l'abbaye des Pauvres, il faut le raser et pendre les habitants. — Souvenez-vous de notre traité de paix, dit vivement Gorju au Chasseur d'hommes.

Ce dernier s'entretint un instant avec Concini qui regarda attentivement l'abbé, et lui fit signe de s'approcher :

— Tu m'as servi autrefois, Ruffian ? — Vous me reconnaissez, monseigneur, répliqua Gorju avec une humilité et une inquiétude étranges. Le soleil brille sur le ver de terre, mais il ne le voit pas.

— Ta face de vautour n'est pas sortie de ma mémoire, vieux fourbe, mais à quelle besogne sinistre nous as-tu aidés ? as-tu pilé dans un mortier des herbes vénéneuses, as-tu tiré par derrière un coup de pistolet à quelque ami trop exigeant ? As-tu....

— J'ai vendu le couteau à l'homme, interrompit Gorju en se penchant à l'oreille du Florentin.

Concino Concini tressaillit et une pâleur blême courut sur son visage basané :

— Tais-toi ! tais-toi, reprit-il vivement. Je te garde avec moi. Tu pourras encore m'être utile. Tu ne partageras pas le sort de tes compagnons, quoique le meilleur moyen d'ensevelir un secret soit d'ensevelir l'homme qui le porte dans sa tête.

Il reprit à haute voix : — Qu'on cerne l'abbaye et qu'on y mette le feu, sans laisser s'échapper un seul de ses habitants.

Une vieille bohémienne se jeta presque sous les pieds du cheval de Concini :

— Vous rétracterez cet ordre, monseigneur ! — Arrière, bonne femme ! es-tu folle ! dit le maréchal surpris de cette audace. Je vous dis que vous rétracterez cet ordre, continua-t-elle en se cramponnant aux rênes du cheval, car la tribu de Miji campe dans ces ruines. — Et que m'importe la tribu de Miji et Miji elle-même ! s'écria le favori en éclatant de rire. — Que vous importe ! reprit la bohémienne d'une voix solennelle, mais Miji est la seule créature qui puisse vous dire où est votre enfant ? — Mon enfant ! répliqua le maréchal d'Ancre. Je n'ai point d'enfant. Chassez-moi cette sorcière.

Quelques soldats saisirent Miji à bras le corps. Elle se débattit en poussant des cris aigus.

— Mauvais père ! continua-t-elle, n'est-ce donc point ton enfant, ta chair et ton sang, celle que pleure nuit et jour Léonora Galigaï, notre cousine de Bohême ! la fille à qui l'orgueilleux Concino Concini pourrait transmettre l'or qu'il a fait suer au bon peuple de France, la fille à qui l'ambitieuse favorite pourrait donner pour mari un gentilhomme, un haut baron chrétien, un prince peut-être !

Déjà le Florentin avait écarté les soldats ; déjà ses yeux brillants s'attachaient sur les yeux rougis de la vieille ; déjà il secouait avec une fiévreuse anxiété sa main sèche et anguleuse.

— Parle donc, Miji ! parle, maudite. Notre petite fille volée, tu sais où elle est ? Parle ! ta robe en guenille sera brodée de diamants. Parle ! je couvrirai de sequins et de ducats tes mèches grises. Mais peut-être es-tu la voleuse, misérable ! Voler une enfant, toute petite, la cacher à ses parents, c'est un crime. N'importe ! tu auras la vie sauve, mais parle donc ou je te ferai chausser des souliers de feu qui t'arracheront les secrets de l'âme et les paroles des lèvres !

Miji sourit dédaigneusement :

— Je sais souffrir, répondit-elle. J'ai déjà subi la question. Je ne dirai rien tant que vous n'aurez pas juré d'épargner ma tribu !

Concini leva la main vers le ciel :

— Par la madone et son divin fils, je le jure. Allons ! aie pitié de moi, vieille magicienne.

Miji saisit par le bras Zorah qui assistait avec indifférence à cette scène, en songeant qu'elle allait être séparée de Jacques, et la poussa vers le favori, en disant :

— Embrasse ton père, mignonne. Nous vous avons conservé une jolie fille, monseigneur.

Zorah recula tout effarée de honte et de surprise. Le visage hautain de Concino Concini s'épanouit dans un doux et tendre sourire. Il tendit les bras à la petite Bohémienne :

— Viens, ma fille, nous te ferons oublier ton passé de misère ! c'est toi qui vas devenir l'orgueil et l'ambition de Léonora ! elle consentira peut-être maintenant à retourner vivre en Italie, dans ce pays du soleil, tout peuplé de statues, de palais, de fontaines et de tableaux ! oh ! tu seras heureuse.

— Mais je ne vous connais pas, seigneur ! disait Zorah toute palpitante. Je suis une danseuse de grand chemin. Je n'ai jamais dépassé le portique d'un palais. Comment serais-je la fille d'un homme si riche et si puissant !

Concini laissa échapper un soupir :

— Ma mignonne, nous étions pauvres à Florence et nous y retournerons riches. Nous y étions gens obscurs et de bas étage, nous y retournerons nobles. Nous habitions les antichambres, nous habiterons un palais. Mais ta mère te pleure et t'attend depuis des années, mon enfant. Hésiteras-tu à venir la consoler et à lui rendre le bonheur perdu ?

Zorah ne reculait plus, des larmes tremblèrent au bord de ses cils ; elle se laissa embrasser par son père qui s'extasiait sur sa beauté vivace et charmante.

— Adieu, ma sœur, lui dit Jacques Callot pendant que le maréchal donnait le signal du départ ; ne quittez pas mademoiselle de Thornstein ; grâce au crédit de votre père, vous pourrez encore la protéger. Adieu. Je vais tâcher de devenir digne de votre souvenir dans cette grande ville de Rome. Je suis gentilhomme, ajouta-t-il avec un geste de fierté. Puissé-je devenir un grand peintre, un de ceux que les empereurs et les rois honorent de leur amitié !

Claude Gelée tira son ami par la manche, et lui montrant les nuages noirs que la lune entr'ouvrait de son disque doré pour éclairer, comme une lampe, la vieille architecture de l'abbaye, l'étang et la campagne : Regarde, Jacques, l'admirable paysage, lui dit-il ; oh ! celui qui saurait fondre sur la toile ces teintes harmonieuses, secouer sur l'eau ces vapeurs nocturnes, allumer à la cime des arbres ces aigrettes d'argent et noircir les roches de ces ombres profondes, celui-là ne ferait-il pas une œuvre divine ? Mais que regardes-tu, Jacques ?

Callot avait les yeux fixés sur les cavaliers qui se massaient en toute hâte :

— Ce que j'aimerais à peindre, répliqua-t-il, c'est ce tourbillon de gentilshommes, de soldats et de goujats qui va troubler de son galop, de ses cris, de ses pillages et de ses incendies cette nature si calme et si mélancolique. Oh ! je veux un jour peindre les misères de la guerre, Claude. — J'aime mieux détourner la vue de ces tumultes et de ce fracas qui m'étourdit, observa le pieux paysagiste. Mais le maréchal d'Ancre s'apprête à partir. Que fait donc là notre ami Perrier, immobile comme un arbre. Regarde-t-il le ciel comme moi, ou ces bruyants cavaliers comme toi, Jacques ?

Callot sourit :

— Je ne sais si François Perrier sera jamais un grand peintre, Claude ; mais il n'est pas encore assez détaché des affections terrestres pour se plonger dans cet innocent égoïsme qui nous absorbe tous deux. Il ne regarde ni le ciel ni les cavaliers, mon frère. Il regarde mademoiselle Christine de Thornstein. C'est là l'image qui se grave dans son cœur si profondément, que tu la reverras toujours pleurer ou sourire dans toutes les têtes de femmes de ses tableaux futurs. — Jacques, répondit avec calme le jeune homme qui devait plus tard immortaliser le nom de Claude Lorrain, le grand Raphaël a aimé la *Fornarina* au point de peupler les églises de ses portraits idéalisés en madone, et de mourir pour elle. En a-t-il été plus mauvais peintre ? Laissons Perrier suivre sa voie. Ne troublons pas ses rêves. Cet amour aveugle est peut-être le gage de son génie ?

Les clairons sonnèrent le départ, et les trois amis se séparèrent, après s'être promis de se retrouver à Rome dans quelques mois.

XV — CE QUI SE PASSA DANS UNE CABANE DE BUCHERON

Deux jeunes gens chevauchaient au hasard, sous la pluie battante, dans la forêt royale de Saint-Germain-en-Laye.

C'étaient le fils de Marie de Médicis et son favori Albert de Luynes. Le premier souriait en jetant des regards vagues sur les arbres magnifiques qui les abritaient de leur dôme verdoyant ; le second maugréait tout bas en secouant ses manchettes trempées d'eau.

— Tu es triste, Albert, dit le jeune roi en remarquant les grimaces de son Ordinaire, et moi je suis joyeux, chose rare. — Joyeux de nous voir égarés et mouillés comme des barbets, sire. En effet l'aventure est plaisante. Il faut que je sois doué d'un bien mauvais caractère pour ne pas en rire aux larmes ! — Un bon courtisan doit rire lorsque son roi lui en donne le signal, Albert. Ah ! si j'étais un maître moins doux ! — Vantez-vous, sire. C'est une peine que vous m'épargnez. Pourtant je ne suis pas de votre avis. Vous êtes le maître le plus capricieux, le plus fantasque, le plus mobile... — Dis tout de suite que tu me trouves un peu fou parce que je ne tempête pas comme toi contre la pluie. — Mais est-il un homme raisonnable qui puisse se réjouir de se perdre en pleine forêt sous un si abominable déluge ! — Ah ! tu ne me comprendras jamais, Albert, dit Louis XIII avec un mélancolique sourire. Tu te plains d'être esclave de mes fantaisies, l'ombre collée à ce soleil terne et blafard qu'on nomme tout haut le roi de France et tout bas l'avorton. Tu t'ennuies d'être obligé d'écouter mes doléances au lieu d'aller battre le pavé, d'escalader un balcon où t'attirent des yeux brillants comme un phare dans les ténèbres, ou bien de boire et jouer au cabaret en bonne compagnie de mauvais sujets. Voilà tous tes soucis, Albert, sans oublier celui de tâter parfois tes poches vides. — Ce qui ne m'arriverait pas si souvent, sire, reprit de Luynes, si vous étiez plus soucieux de la détresse de vos serviteurs. — Ingrat, dit le jeune roi ; ma poche n'est-elle pas aussi flasque que la tienne. Ah ! Albert, tu es un ami égoïste. Tu ne penses qu'à t'amuser et peu t'importe la souffrance de ton maître. Tu ne cherches pas à lire dans le fond de mon cœur où l'ivraie germe, parce qu'on a soin d'y étouffer le bon grain, Je te dis, moi, que tu es libre et heureux comme l'air, tandis que moi, le maître, je suis un esclave honteux qui doit veiller sur mes regards, mes gestes et mes paroles, — me défier de mes amis comme d'autant d'espions — et de mon sommeil même comme d'un traître. On me laisse croupir dans une lâche, criminelle et puérile paresse. On a peur de mon réveil, le nieras-tu ? — Le nier ! mais c'est ce que je vous prêche chaque jour. Seulement vous ne m'écoutez pas, vous rejetez mes conseils, vous en avez peur. — J'en ai peur, dit Louis XIII en rougissant et avec une nuance d'embarras, parce que les murs de mon Louvre sont les murs d'une prison où je puis être étranglé et empoisonné par ceux qui redoutent ma justice. Ah ! tu t'étonnes de ma joie, Albert, mais c'est que sous cette pluie qui rafraîchit mon front, je me crois libre, je sens renaître ma vigueur, je ne vois pas des yeux hostiles s'ouvrir sur moi derrière ces feuillages. J'aime la chasse et ses fatigues, et ses dangers, mon ami, parce que nul n'a la prétention d'y faire ma besogne. Vienne un sanglier et je n'aurai pas besoin pour l'éventrer d'emprunter le couteau de chasse de ce laquais italien qui porte mon trône d'enfant dans ses bras comme une poupée, et qui cache sa poitrine sous les plis de la robe de ma mère. — Sire ! s'écria l'Ordinaire enthousiasmé de la sortie du jeune roi, pourquoi n'éclatez-vous pas ainsi en plein Louvre. Le Florentin serait foudroyé. Décidément, il a eu tort de ne pas vous interdire la chasse. Cette négligence lui portera malheur ! — Ne parlons plus de lui, Albert, car je sens déjà les mailles du réseau dans lequel je me débats vainement se resserrer autour de moi. Heureusement, ajouta Louis XIII avec un froid et sardonique sourire, j'ai trouvé moyen de l'éloigner, et nous ne le verrons peut-être pas de sitôt. — Votre Majesté se trompe, répliqua le favori. Concini est de retour. — Il a osé ! dit le faible roi en pâlissant. Mais non, c'est un faux bruit. Tu ne l'as pas vu. — Je l'ai vu ce matin comme tous les courtisans. Le courrier a apporté des nouvelles du siége de Réthel. Des dépêches adressées à Votre Majesté..... — Mais elles ne m'ont pas été remises, Albert. — Qu'importe ! le maréchal d'Ancre est entré dans la salle des gardes, il a ouvert les dépêches avec une hardiesse familière pendant que vous donniez vos ordres aux veneurs, et il a annoncé d'une voix triomphante à vos gentilshommes stupéfaits la prise de Rhétel.—Rhétel est pris ! s'écria Louis XIII. Ah ! la France n'est pas déshonorée dans les camps du moins. — Oui, sire, la nouvelle est sure puisque nous la tenons de votre bon Concino Concini qui se carrait dans le fauteuil royal et s'éventait le visage avec les panaches de son chapeau. Vous êtes le seul à qui on ait oublié de l'apprendre, mais on vous croit sans doute trop jeune pour vous intéresser à ces détails soporifiques de siége et de batailles. Le maréchal s'est empressé de courir chez la reine-mère, suivi de plus de cent gentilshommes, pour obtenir la première faveur que mérite certainement un si heureux messager. — Tu es cruel envers cet Italien, dit sourdement le jeune roi. Trouves-tu donc que je ne le hais pas assez ? Il est souple et rampant comme un reptile, vaniteux comme un paon, voleur comme le *Petit-Diable* qui détrousse si bien nos bourgeois, mais il ne se nomme ni Guise, ni Condé et il ne pourra jamais mettre ma couronne sur sa tête. — C'est vrai, sire, répondit de Luynes d'une voix brève, mais il peut vous l'ôter aussi facilement qu'il a déchiré vos dépêches et la mettre sur la tête d'un autre ! — Et cet autre ! demanda impétueusement Louis XIII.—Je ne le nommerai pas, sire, parce que je vous respecte jusque dans vos proches les plus frivoles et les plus inconsidérés.

Le front du roi se rembrunit, mais il n'adressa pas de nouvelle question à son Ordinaire.

— Ah çà ! il pleut toujours, reprit-il quelques instants après, et je ne reconnais plus les sentiers. En pareille aventure, mon père Henri aurait déjà trouvé quelque plaisant gîte, hutte de charbonnier ou de faiseur de sabots. Dieu me pardonne, Albert ! Mais mon cheval est fourbu ! — Prenez le mien, sire, répliqua de Luynes en mettant pied à terre en même temps que le roi. Ah ! le ciel vous protége ; voici un gentilhomme bien monté qui vient sur nous avec la rapidité de la foudre.

En effet, un cavalier accourait à toutes brides, suivi de deux piqueurs, qui conduisaient des chevaux frais. En reconnaissant le roi, il s'arrêta court, et Louis XIII, lui, reconnut le maréchal d'Ancre.

— Comment, sire, s'écria Concini avec un accent de reproche, vous battez ainsi l'estrade sous la pluie comme un petit hobereau qui a surmené sa monture achetée à la foire ! Vous allez inquiéter tous vos fidèles serviteurs. Monsieur de Luynes, est-ce ainsi que vous veillez à la santé du roi ? Permettez-moi, sire, de vous offrir un de mes chevaux ! — Vous êtes trop généreux, monsieur, dit sèchement Louis XIII, et je ne suis pas assez riche pour accepter une offre si magnifique. Je préfère acheter votre cheval, si l'état du trésor royal le permet. Vous devez mieux le savoir que personne, monsieur ? — Je n'ai jamais eu l'habitude de compter, sire, répliqua insolemment Concini. C'est une science bonne pour les commis de gabelle, les juifs et les Lombards.

Le roi s'approcha de lui avec un visage sévère, et murmura, les yeux baissés devant le regard impudent du parvenu :

— Avez-vous tenu votre promesse, monsieur ? — Je vous cherchais en forêt, sire, pour vous faire juge de mon zèle. Vous étiez déjà parti pour la chasse, lorsque je suis sorti de chez madame Marie, à qui j'ai dû lire tous les détails de la prise de Réthel, une glorieuse journée pour votre jeune règne, sire ! — Plus glorieuse, si j'y avais combattu, monsieur le maréchal, mais on me traite en enfant. On me donne des tambours et on me refuse une épée. — Votre vie est si précieuse, sire ! — Mais comment connaissez-vous la prise de Réthel, monsieur, lorsque je n'ai pas encore reçu de dépêches... — Si vous voulez me permettre, à moi seul, de vous accompagner, sire, interrompit l'insinuant Florentin, en se penchant à son oreille, je vous prouverai bientôt que je suis un serviteur fidèle et loyal. J'ai ramené au bercail la belle fugitive...

Le roi rougit et toussa pour cacher son embarras.

— Albert, dit-il ensuite avec effort, tu ne peux tarder à rejoindre la chasse. Quant à vous, monsieur le maréchal d'Ancre, vous allez remplacer mon gentilhomme ordinaire et me suivre. — Je ne vous abandonnerai pas, sire, à la garde de l'illustre signor Concini, s'écria de Luynes furieux. C'est mon devoir de vous accompagner, et je ne veux pas manquer à mon devoir.

— Vous défiez-vous si fort de votre meilleur ami, jeune homme, dit l'Italien avec un sourire railleur. Sa Majesté est libre, mais je ne puis rendre compte qu'à elle seule de la mission délicate qui m'a été confiée.

Et il ajouta à voix basse :

— Sire, j'ai dû cacher à votre mère que j'avais obéi à vos ordres. Le secret est donc rigoureusement nécessaire, pour ne pas nuire aux intérêts des dames de Thornstein.—Vous m'avez entendu, Albert, dit le roi, essayant de dissimuler son trouble. Montrez-moi le chemin, monsieur le maréchal, je vous suis.

Au bout d'un quart d'heure, ils arrivèrent devant une cabane de bûcherons, entourée d'un petit verger, où croissaient quelques arbres fruitiers.

— Voici la cage de l'oiseau ! dit en riant l'Italien.

Ils descendirent de cheval, et Louis XIII assista à une petite scène champêtre qui ne manquait pas de grâce. Un jeune et robuste garçon avait grimpé au haut d'un merisier et faisait pleuvoir les cerises sauvages dans le grand chapeau de paille de mademoiselle de Thornstein, non sans atteindre parfois le front ou les épaules de la jeune fille, et c'étaient alors des rires interminables.

Christine était vêtue d'un corsage noir et d'une cotte rouge, mais cette simplicité de costume déguisait son rang sans affaiblir sa merveilleuse beauté.

La naïveté bucolique du tableau arracha une grimace au jeune roi. Il était jaloux de la familiarité cordiale que dénonçaient ces rires si francs et si sonores.

— Le roi ! s'écria le maréchal d'Ancre.

La gaîté s'éteignit sur les lèvres de mademoiselle de Thornstein. François Perrier, interdit, se laissa dégringoler en bas du merisier.

— Suis-je un hibou pour effaroucher toute joie, grommela le fils de Henri IV. On n'ose plus cueillir des cerises devant moi !

— Sire, voulez-vous que vos sujets oublient le respect qu'ils vous doivent ? dit le Florentin d'un ton mielleux. — Ils devraient plutôt s'en souvenir quand ils ouvrent les dépêches royales, répliqua le jeune prince, dont la mauvaise humeur cherchait une issue.

Cependant il restait gauche et embarrassé devant mademoiselle de Thornstein tremblante, ne sachant comment engager la conversation.

Concini se retira doucement en faisant impérieusement signe à François de le suivre. Celui-ci était tout stupéfait de l'aventure. — C'est donc là un roi, pensait-il. Le vrai roi ! Celui qui est Dieu sur la terre. Celui à qui appartiennent nos biens et nos âmes. Celui qui juge souverainement, qui, avec son nom au bas d'un papier, fait tomber les têtes ou sauve des coupables. Celui qui vous ruine ou vous enrichit à sa volonté. Mais où donc est l'auréole autour de sa tête, où donc le sceptre dans sa main ?

Le Bourguignon feignit de s'éloigner, mais il alla se cacher derrière une haie. Le roi reprit courage lorsqu'il se crut seul avec Christine, et lui adressa la parole sans toutefois oser s'approcher d'elle :

— Pourquoi tremblez-vous, mademoiselle ?

Elle, confuse :

— Pardon, sire, mais je suis honteuse de paraître devant vous sous ce déguisement. Que ne puis-je appeler ma mère ? — Pourquoi donc ? reprit le roi d'une voix dure. L'appeliez-vous lorsque ce garçon vous égayait si bien en secouant sur votre tête les branches de ce merisier ? Avez-vous peur maintenant, peur de rester un instant seul avec moi ? Vous ai-je jamais offensée ? Il est vrai que je ne sais pas faire rire ceux que j'aime, moi. Je ne sais que leur faire peur. Hélas ! cela vient de ce que ma joie ou ma tristesse n'ont jamais intéressé personne. Ceux qui m'envient me plaindraient, mademoiselle, s'ils savaient lire au fond de mon cœur.

Étonnée au dernier point de ces étranges aveux, Christine laissa échapper les cerises contenues dans son chapeau de paille.

Le jeune roi se baissa pour les ramasser et les rejeta lentement dans le chapeau, comme s'il prenait plaisir à ce jeu ; son front effleura les cheveux de mademoiselle de Thornstein, il devint plus rouge que les cerises, et recula précipitamment, ainsi que Christine.

Il gardait à la main une grappe de ces fruits; un peu après :

— Me permettez-vous de toucher à votre bien, mademoiselle, demanda-t-il pour cacher son trouble. — Tout ne vous appartient-il pas en terre de France, sire, répondit-elle avec un charmant sourire. — Tout, excepté les cœurs, murmura le jeune prince. On ne force pas les cœurs à aimer. Êtes-vous aussi de mes ennemis, mademoiselle? — Je suis d'une race fidèle et vous êtes mon roi, sire. — Dites votre ami, votre ami sincère et loyal. Je voudrais pouvoir compter sur votre amitié, être sûr que vous ne trahirez pas le secret de mes confidences, que vous ne servirez jamais des ambitions subalternes aux dépens de ma confiance. Je vous aime, parce que vous êtes sage et chaste, comme Minerve, au milieu d'une cour corrompue par la galanterie, parce que vous ne m'avez jamais rien demandé, pas même ma protection, quand vous avez été en péril, parce que vous ne m'avez jamais flatté par des paroles hypocrites, ni embarrassé par un de ces regards ou de ces sourires impudents dont les autres femmes ne se font point faute. — Ah! sire, vous êtes véritablement un bon et noble cœur, vous êtes le digne fils du grand Henri... — Mais je n'ai pas été élevé, comme lui, dans les montagnes du Béarn. On m'a laissé végéter, chétif, dans l'ombre malsaine d'une cour dévorée par l'intrigue et la débauche. Aussi mon peuple ne me nommera-t-il pas le grand roi. Trop de gens veulent monter sur mes épaules pour se grandir. Je n'ose pas faire le bon, parce que je ne sais pas comment m'y prendre. Où démêler la vérité au milieu des mensonges que chacun me souffle ou me chuchotte aux oreilles? Il me semble que dans les camps, néanmoins, je pourrais respirer à l'aise et servir la France.

Christine fut émue de ces plaintes qui trahissaient l'esprit morose, inquiet, ombrageux et débile du jeune roi. Elle essaya de lui rendre quelque confiance en lui-même :

— Vous vous calomniez, sire. Votre père a dû conquérir son trône sur ses ennemis avoués, opiniâtres et formidables. Vous n'avez qu'à le garder de l'appui suspect de quelques faux amis, qui ne peuvent régner que sous votre nom. N'avez-vous pas déjà fait arrêter M. le prince de Condé, cet audacieux prétendant? — Ce n'est pas moi, répliqua Louis XIII avec accablement. J'ai laissé faire, voilà tout. C'est un laquais de Florence, qui a muselé mon terrible parent, et ne serait-il pas moins honteux pour moi d'être détrôné par M. de Condé que de ramper, comme un roi fainéant, sous la verge de ce maire du palais, sans noblesse, sans vertu, sans génie et sans gloire! Que dirai-je à Dieu, mademoiselle, quand il me demandera compte du peuple qu'il m'a confié, et dont cette sangsue italienne a dévoré le sang? — N'est-ce pas vous, cependant, sire, qui avez forcé cet arrogant favori à cesser de me poursuivre de ses odieuses galanteries et à me ramener sous votre égide? — Oui, mais qui sait si je serai toujours obéi... il vous faudrait un autre protecteur... et j'y ai songé, mademoiselle.

Christine, surprise de cette singulière ouverture, tressaillit et tourna un regard inquiet vers la haie qui venait de s'agiter légèrement. — J'ai un ami, reprit le roi; du moins, je suis le sien. On n'est guère l'ami d'un roi que par intérêt, par ambition, par vanité. Je ne suis pas dupe de ces amitiés maussadement jouées. Je n'ai pas la prétention d'être aimé pour moi-même par ces Pylades d'occasion; mais cet ami est un adroit compagnon en fait de vénerie, et puis, il n'aime pas le Conchine. Je veux qu'il devienne un grand personnage; mais je veux que vous partagiez ses honneurs et sa fortune.

Mademoiselle de Thornstein baissa les yeux, et ses joues s'empourprèrent :

— Je ne désire pas me marier, sire. — Il le faut pourtant afin de réduire les méchantes langues au silence. Je désirerais que vous soyez en bonne position pour rester à la cour. A côté de toutes ces âmes mercenaires et mendiantes, il est doux, pour moi, de distinguer une âme pure comme la vôtre, mademoiselle. Dans mes jours de tristesse, vous seule saurez me consoler et ramener la sérénité sur mon front; malade, vous ne m'abandonnerez pas. Mais peut-être aimez-vous quelque heureux jeune homme digne de vous. Parlez franchement; je suis jaloux et égoïste dans mes amitiés, mais je ne suis pas injuste. — Ne puis-je donc, sire, reprendre mes fonctions près de madame la reine-régente? dit la jeune fille, singulièrement embarrassée. — Ma mère vous hait, mademoiselle! — Elle me hait! s'écria Christine, stupéfaite,

mais pourquoi? C'est impossible! N'ai-je pas toujours rempli mon devoir avec zèle, avec fidélité? Que peut-elle me reprocher?

Louis XIII hésitait à répondre :

— Il est dur d'accuser une mère, mademoiselle. Oubliez-vous donc que le Conchine vous a aimée. Ne craignez-vous pas les poisons ou les maléfices de Léonora Galigaï? Elle a ses heures de jalousie italienne, quand sa rivale ne peut ni lui nuire ni la servir, comme un marchepied, pour son ambition. D'ailleurs, le soleil brûle les fleurs qui bravent ses rayons de midi. Il vaut mieux, pour vous, rester, pendant quelque temps, encore cachée à l'ombre. Vos ennemis passeront. Je viendrai vous voir quand je ne serai pas trop surveillé. — Mais c'est le maréchal d'Ancre lui-même qui m'a choisi cette retraite, sire, et qui vous y a conduit? observa mademoiselle de Thornstein, inquiète de ces paroles obscures et menaçantes.

— Je vous trouverai un autre asile, reprit le jeune roi d'un ton de plus en plus bas. Ce lâche Florentin nous a laissés seuls, parce qu'il me croit aussi lâche et aussi libertin que lui. Il veut gagner ma faveur. Il espère que mon affection pour vous tend à vous avilir. Il redoute déjà en mademoiselle de Thornstein la future maîtresse du roi; mais rassurez-vous! je ne vous laisserai pas à sa merci et à celle de ses créatures. Quel est ce garçon qui cueillait si maladroitement des cerises sur cet arbre?

Christine ne put s'empêcher de rougir.

— C'est un jeune peintre bourguignon, qui se nomme François Perrier, et qui nous a sauvées, dans notre fuite, par un dévoûment héroïque. Il est neveu du marquis de Langallerie. — Mauvaise recommandation, mademoiselle. Ce marquis est une âme damnée du Conchine. — François est brave, honnête et fidèle, sire. Je ne puis avoir un meilleur gardien de mon honneur.

Louis XIII la regarda fixement : — Ce garçon est bien jeune pour être votre champion, mademoiselle, je voudrais que l'ombre du soupçon ne pût tacher votre bonne renommée.

Perrier entendit cette observation rigide et tressaillit.

Le roi toussa violemment, et, lorsque son accès fut passé, il reprit :

— Je ne suis pas un chevalier de la Table-Ronde. Cette pluie m'a engourdi et glacé. J'ai envie de dormir. Trouverai-je un lit dans cette cabane de bûcheron?

Christine resta interdite :

— Il n'y en a qu'un, sire... et dans ma chambre. — A la guerre comme à la guerre! dit le jeune roi, rouge de confusion. Je dormirai sur un escabeau, le dos à la muraille.

En ce moment, un bruit de pas et de voix retentit dans le sentier qui conduisait à la cabane.

— Quel est ce tapage qui trouble votre solitude? demanda le prince; sont-ce des chasseurs égarés comme moi? Je ne voudrais pas être surpris en audience secrète avec vous, mademoiselle; votre honneur en souffrirait.

Mademoiselle de Thornstein siffla doucement. François Perrier se coula par un trou de la haie et vint apporter la réponse à cette question :

— Sire, ce sont des bûcherons qui veulent se mettre ici un instant à l'abri de l'ondée, et boire quelques gorgées d'eau-de-vie. Ces braves gens font parfois une courte halte dans la hutte, quand leur besogne en est voisine.

Louis XIII frappa la terre du pied et promena autour de lui des regards inquiets : — Comment faire! Je ne veux pourtant pas être reconnu par ces porteurs de cognées!

— Vous vous cacherez dans ma chambre, sire, dit d'une voix ferme la jeune fille. — Dans votre chambre, mademoiselle, bégaya le roi, c'est impossible. Si la cour le savait...

— Qu'importe! reprit-elle résolument. Il s'agit, avant tout, de votre sûreté, sire. Moi, je ne suis rien. François va vous donner sa saye bleue. Si ces gens sont trop curieux et entrent dans la chambre, on leur dira que le pâtre est malade, et qu'il s'est jeté sur ce lit pour sommeiller.

Le bruit se rapprochait. Louis XIII s'élança précipitamment dans la chambre de la jeune fille, pauvre réduit, blanchi à la chaux, et se coucha sur un lit, qui méritait plutôt le nom de grabat. Christine s'assit devant la fenêtre, et, la tête à moitié cachée par son grand chapeau de paille, se mit à pousser son rouet et à filer en chantonnant avec la précision machinale d'une paysanne authentique.

XVI — QUI CONTINUE LE PRÉCÉDENT

Presque au même instant une dizaine de bûcherons et de charbonniers, aux visages masqués de hâle et de suie, firent irruption dans la cabane et fouillèrent la première pièce de regards inquisiteurs.

— Il n'y a personne céans, dit l'un. Qui de nous se chargera du guet? L'endroit est bon pour faire le coup. Ah! voici une porte! Ouvrons-la ; nous trouverons peut-être un espion derrière!

Il ébranla le bois vermoulu du manche de sa cognée.

— Qui va là? demanda la voix douce de Christine.

Le bûcheron entra hardiment.

— Tiens, une bergerette qui file sa quenouille! A qui ce logis de couleuvres, la belle? Il pleut ; nous te demandons asile. Il y aura deux écus pour toi et dix baisers par-dessus le marché, si tu veux!

Mademoiselle de Thornstein, très-étonnée de voir ces bûcherons si délicats sur la pluie et si prodigues d'écus, inclina la tête :

— Vous êtes généreux comme un prince déguisé, mon brave homme, répondit-elle. — Qui ronfle là? demanda brusquement le bûcheron. — Notre pâtre, qui grelotte la fièvre pour avoir conduit ses chèvres dans les bas-fonds. — Bien, ma mignonne. Donne-lui à boire chaud et laisse-le dormir ; il sera bientôt guéri. Quant à toi, pousse ton rouet et ne t'inquiète pas de nous. Si tu entendais du tapage, des cris et des menaces, tu sauras que c'est notre façon de nous amuser entre bûcherons. Ne quitte pas ton fuseau! ne viens pas te jeter dans la bagarre. Les femmes, ça gêne les braveries et ça empêche de boire, de rire et de taper. Chante pour ne pas nous entendre et pour empêcher le petit de se réveiller.

Cela dit, il referma brusquement la porte et dit à ses compagnons :

— Rien à craindre, mes amis. Ce ne sont pas des mouches, mais deux innocents. L'un dort en suant la fièvre, l'autre fait roucouler son rouet. Nous pouvons causer.

Le jeune roi leva un peu la tête.

— Je connais cette voix, murmura-t-il

Christine sourit.

— Depuis quand Sa Majesté hante-t-elle des bûcherons? — Cet homme n'est pas plus un bûcheron que je ne suis un pâtre, mademoiselle.

Elle avait cessé de chanter à mi-voix et son pied avait suspendu son mouvement automatique.

— Prenez garde! dit Louis XIII, vous oubliez déjà votre rôle.

Elle reprit sa besogne, mais elle se sentit pénétrer d'une terreur mystérieuse. Les voix des bûcherons, d'abord sourdes et basses, s'animaient, s'échauffaient et montaient jusqu'au ton de la colère. Le roi se laissa glisser en bas du lit, et, marchant sur la pointe des pieds, alla curieusement écouter à la porte.

— Il faut en finir, disait un des bûcherons. Le Conchine est un colosse aux pieds de boue dorée. Qu'on me passe la cognée ; et je me charge d'abattre ce chêne altier dont le cœur est pourri.

— Mais la reine-mère le couvrira de sa robe et lui en fera une cuirasse, dit un autre en riant. — Nous le frapperons sous cette robe, dans les bras de sa protectrice, et si elle fait résistance, nous l'arrêterons elle-même.

Un murmure de stupeur suivit ces audacieuses paroles.

— Mais le roi, messieurs, dit un troisième, le roi défendra sa mère, et nous ne pouvons arrêter le roi. Nous sommes avant tout des sujets fidèles. N'envions pas aux factieux Italiens leur rêve d'accroupir sur le trône Gaston d'Orléans, cette girouette de cire molle qu'ils comptent pétrir et faire tourner à leur gré.

Christine frissonna ; la voix sécha dans son gosier. Louis la regarda sévèrement :

— Chantez donc, mademoiselle. Quand on est l'amie d'un roi, il faut tout voir et tout entendre d'un cœur ferme.

Il colla son oreille à la porte.

— Trêve aux sornettes, dit une grosse voix, nous jouons notre vie et nos biens. Il est nécessaire d'avoir en nos mains un gage qui nous réponde du peuple, qui attire toute la noblesse sous notre drapeau, et qui prouve au Parlement que le droit marche avec nous.

Louis XIII sourit amèrement.

— Oui, ils veulent aussi traîner à la queue de leurs cheveux un esclave couronné qui puisse leur partager légitimement les dépouilles de leurs ennemis.

— Vous m'avez compris, messieurs, reprit le bûcheron. Il s'agit d'enlever le roi pendant qu'il chasse dans la forêt. Nous le délivrerons de l'indigne tutelle qu'il subit, et qui est une honte pour la France. Voilà le but noble et sacré pour lequel je vous ai tous engagés à quitter vos gouvernements et vos places fortes, au péril de votre liberté, dans nous ne pouvions confier à des mains mercenaires cette sainte tâche. — Enlever le roi! s'écria un des charbonniers, dont la voix ressemblait à celle de M. de Bellegarde ; mais est-il prévenu? a-t-il donné son consentement? Prenez garde, messieurs, d'aller trop loin et de faire acte de rébellion en croyant servir les intérêts du trône. — L'heure de discuter est passée, dit le bûcheron qui montrait le plus de violence. Les mesures sont bien prises, et le roi ne peut nous échapper, car ses amis et ses confidents sont nos espions.

Louis XIII pâlit et crut à un guet-apens. Il se souvint du mécontentement qu'avait témoigné Albert de Luynes en se voyant forcé de se séparer de lui, et il douta de son fidèle Ordinaire. Il regarda mademoiselle de Thornstein, qui suffoquait de terreur, et douta de cette jeune fille, dont le pur visage était le miroir transparent d'une âme pure.

D'un geste impérieux il lui ordonna de continuer sa chanson. Il regarda par la fenêtre de la petite chambre, afin de s'assurer s'il pourrait l'enjamber et fuir ; mais deux faux bûcherons rôdaient autour de la cabane. Il se résigna à écouter de nouveau.

— Oui, nous devons sauver le roi, malgré lui, disait le duc de Bouillon, et quand le Conchine, ce mannequin doré, ce bateleur italien, ce scaramouche qui farcit son coffre de nos écus, qui arrête, comme un alguazil de comédie, nos princes du sang, qui joue avec le bâton de maréchal de France comme Arlequin avec sa batte, quand ce ridicule capitan ne pourra plus parer nos coups en se cachant derrière son jeune maître comme derrière un bouclier, quand il se trouvera seul, avec son armée de laquais, en face des princes et des meilleurs gentilshommes du royaume, vous le verrez trébucher contre un grain de sable et tomber à plat ventre. — Mais après? demanda M. de Bellegarde. — Après! Le roi choisira parmi nous ses ministres et ses généraux. Il est faible, irrésolu, indolent. Nous aurons de la fermeté, de la résolution, de l'énergie pour lui. Louis XIII sera respecté lorsqu'il sera entouré de ses pairs et qu'il ne sera plus forcé de mendier de l'argent à son geôlier florentin, homme de race vile, capable de l'énerver par de honteuses complaisances, et de lui livrer même sa propre fille dans l'intérêt de ce pouvoir éphémère qui lui a donné le vertige.

Mademoiselle de Thornstein baissa les yeux en entendant cette accusation hideuse, et Louis XIII sentit un frisson de colère parcourir tous ses membres.

— Bah! dit un des charbonniers que le jeune prince reconnut, à son accent, pour le duc de Nevers, le compagnon du petit de Luynes n'est pas plus capable de prendre d'assaut le cœur d'une dame que de coucher, cuirasse au dos, sur la dure. — Le roi est moins novice que vous ne le croyez, reprit M. de Bouillon. Conchine jure par le corps de Bacchus que l'enfant est amoureux ; il parie même le surprendre, au premier jour, en mystérieux rendez-vous, et, qui sait? malgré les apparences, Louis XIII sera peut-être digne du vert-galant, son père. Bon chien chasse de race. — Harnibieu! jura M. de Bellegarde, je voudrais bien savoir quelle est la précieuse qui fera ce miracle et qui se dévouera, corps, âme et bon renom pour déniaiser, la première, ce royal amant.

Christine frissonna de pudeur en entendant ces propos outrageants, et se leva, tendant ses mains suppliantes vers le jeune roi, comme pour implorer sa protection ; mais lui, la sueur au front, le regard inflexible, la força à se rasseoir et lui dit à voix basse :

— Mademoiselle ne vous souciez de ces bavardages de courtisans hargneux. Poussez votre rouet! Chantez, si vous ne voulez pas être surprise dans cette chambre avec un roi si dangereux pour la vertu des femmes, si vous ne voulez pas être flétrie, aux yeux de tous, du soupçon d'être ma maîtresse.

Elle obéit, la pauvre fille, mais elle chanta d'une voix altérée et vacillante, mais elle tourna son fuseau d'une main si agitée, que tous les fils s'entremêlèrent.

— Un coup de maître, dit M. de Bouillon, ce serait d'enlever la belle après avoir enlevé le roi. Il ne penserait plus à retourner sous la férule du signor Concini, de la Galigaï et de la reine-mère.

Au même instant, un cri d'alarme fut jeté à l'extérieur.

Les bûcherons s'élancèrent, en tumulte, hors de la cabane, et virent un homme à cheveux roux qui se débattait sous la main vigoureuse d'un de leurs compagnons chargé de faire le guet.

— Je tiens l'espion ! cria ce dernier. Je l'avais vu ramper dans les taillis. J'ai feint de dormir, mais je le surveillais d'un œil, et je l'ai happé au moment où il croyait m'échapper. — Que viens-tu faire ici ? demanda M. de Nevers au prisonnier. Parle vite et soit bref, sinon pendu.

L'homme roux affecta une mine contrite :

— Pourquoi menacer un pauvre diable ! J'apporte un message à la jeune demoiselle de la part de mon maître. Je croyais la trouver seule. Faites grâce à un maladroit serviteur ! Mon maître me chassera. C'est bien assez !

— Le nom de ton maître ?

Il balbutia :

— Le maréchal d'Ancre. — Je suis perdue ! pensa Christine en se tordant les mains.

Elle pencha sa tête hors de la petite fenêtre basse sous laquelle gisaient quelques brassées de fagots. Le silence de la forêt lui fit peur. Elle se sentait abandonnée. Elle eut voulu que la terre l'engloutît. Tout à couples fagots s'entr'ouvrirent et laissèrent passer la tête de François Perrier.

— Je suis là, mademoiselle, murmura-t-il, ayez bon courage. J'ai tout entendu. Le marquis de Langallerie chasse en forêt. Je vais tâcher de le rejoindre et de le conduire ici. A nous deux nous vous sauverons, vous et le roi.

Les faux bûcherons cognaient à la porte de la chambre. Louis XIII s'était déjà couché sur le lit, le visage tourné vers la muraille, et Christine se mit à filer sa quenouille avec une agitation qui devait la trahir.

Les conspirateurs entrèrent. La voix du messager la fit tressaillir :

— Mademoiselle, dit l'hypocrite en s'inclinant avec respect, vous pouvez témoigner que Jean Gorju n'est pas un espion, mais qu'il fait partie de la maison du noble marquis d'Ancre.

Elle leva involontairement la tête.

— Mademoiselle de Thornstein ! dit M. de Bouillon avec l'expression du plus grand étonnement.

Les princes et les seigneurs déguisés restèrent frappés de la beauté merveilleuse de cette jeune fille, dont les yeux hagards et inquiets attestaient une terreur profonde.

M. de Bellegarde sourit :

— Qu'avez-vous à craindre de nous, mademoiselle ? On vous disait enlevée par un magicien d'amour dans quelque contrée lointaine et absurde ! Puisque l'enchanteur vous a cachée si près de la cour, c'est qu'il ne peut s'en éloigner beaucoup lui-même ! Il mériterait bien d'être puni de sa discrétion et de ne plus retrouver ici son hamadryade !

Christine sentait les larmes noyer ses paupières et les sanglots suffoquer sa poitrine. Jamais une émotion si violente n'avait allumé la fièvre dans ses veines ; elle avait connu le danger, elle avait connu la terreur, mais jamais elle n'avait eu à rougir devant personne. Cette fois les apparences les plus singulières se réunissaient contre elle pour la déshonorer. Elle voyait le mépris public l'éclabousser, la honte qu'elle n'avait pas méritée tacher sa vie entière, le monde la répudier sans qu'aucun juge eût assez d'autorité pour la venger de cette fausse opinion et proclamer son innocence. Cependant François Perrier savait bien, lui, qu'elle n'était pas complice des odieux calculs de Concini, et cette pensée, traversant son esprit comme un rayon lumineux, lui rendit un peu de courage.

M. de Nevers continuait l'interrogatoire.

— Pourquoi ce déguisement de paysanne, mademoiselle ? — Est-ce pour mieux soigner les pâtres malades ? dit ironiquement le duc de Bouillon, c'est pousser bien loin la charité chrétienne, en vérité. Quant à ce petit berger, il dort, ce me semble, d'un sommeil bien entêté. Comment notre tapage ne l'a-t-il pas réveillé ?

M. de Longueville toucha le prétendu malade du manche de sa cognée. Louis n'osait bouger, car, s'il était reconnu, la réputation de mademoiselle de Thornstein était perdue.

— Je suis curieux, dit M. le duc de Vendôme, de voir la figure du drôle qui a pu mériter tant de bontés de la part de cette jeune Minerve, et qui dort si sérieusement pour un malade.

Et il frappa de la main l'épaule du pâtre.

Le jeune roi se dressa de toute sa hauteur sur le grabat, et son regard froid, sévère, menaçant, fit reculer ces bûcherons et ces charbonniers qui s'appelaient MM. de Nevers, de Bouillon, de Longueville, de Mayenne, de Vendôme, de Chalais, de Montmorency et de Bellegarde.

M. de Bouillon essaya de plaisanter.

— Ah ! je comprends la maladie dont souffre Sa Majesté ! — Le bon roi Henri ressentait souvent des accès du même mal, ajouta Bellegarde. — Je dédaigne de vous détromper, messieurs les ducs, dit sèchement Louis XIII. Vous vouliez m'enlever n'est-ce pas ? Eh bien ! enlevez-moi donc. Touchez à l'oint du Seigneur, mais je vous promets que vous porterez ses marques.

M. de Nevers fléchit le genou :

— Vous ne pouvez aimer le Conchine, sire. Vous ne voulez pas être un laquais de plus à ses gages. Le Concino Concini est Italien, et vous êtes du meilleur sang français, Majesté. — Ma mère est Italienne, monsieur, répondit le jeune prince. Dois-je quitter ma mère ? dois-je chasser ma mère ?

M. de Bouillon fléchit le genou à son tour :

— Nous vous ferons un pavois de nos épées croisées, sire. Nous vous aimons. Nous souffrons de voir le peuple maudire l'oisiveté et l'ignorance auxquelles vous condamne votre tyran étranger. Le royaume est à feu et à sac ! Vous manquez parfois d'argent et d'habits, et le Conchine fait suer des millions à vos sujets, Majesté ! — Et vous voudriez que ces millions fussent employés à payer vos armées, monsieur, dit Louis XIII d'un ton ironique, les armées d'un sujet qui serait plus puissant que le roi. Souvenez-vous de l'arrestation de mon cousin de Condé. En ce temps-ci les princes ont appris comme les simples gentilshommes, le chemin de la Bastille.

M. de Longueville fléchit le genou à son tour :

— Sire, écoutez-nous, suivez-nous, protégez-nous de votre présence. Le Louvre n'est-il donc pas à cette heure pour vous-même une Bastille dont Concini tient les clés. Si vous désespérez vos serviteurs, si vous brisez nos épées, si vous rejetez nos conseils vous ne serez bientôt plus qu'un fantôme de roi, un roi de parade, bon pour les processions et les fêtes. Ce misérable Conchine prendra en main l'épée de votre noble père et commandera vos armées. Le plat valet qui, pendant la vie du grand Henri, se cachait dans les antichambres derrière la jupe de la Galigaï, deviendra le vrai successeur de notre vieux maître ? Chaque jour il confisque nos gouvernements et nos places fortes, Majesté ! — Et voilà ce qui vous touche au cœur, monsieur dit le roi. Mais que m'importe à moi de voir gouverneur de Picardie M. le duc de Longueville ou le signor Concini, si tous les deux sont également rebelles et épris de leur seul intérêt ? Retirez-vous, messieurs ; je ne veux pas contrarier ma mère.

M. le duc de Mayenne s'avança hardiment.

— Sire, nous emmènerons mademoiselle de Thornstein dans notre camp comme otage ! — Et Dieu veuille, ajouta Bellegarde, que vous soyez tenté de la suivre, comme le feu roi suivait la belle Gabrielle. — Et vous, M. le duc de Vendôme, demanda Louis XIII avec hauteur, serez-vous le seul qui daignerez ne pas insulter ce roi timide que vos compagnons comblent de tant de preuves de dévoûment ? — Sire, murmura le duc d'une voix sourde, je hais le Conchine et dois le haïr jusqu'à la mort pour l'honneur du nom que je porte. Le bon Henri se contentait de mépriser le serpent dont la langue envenimait ses querelles de ménage, et le serpent l'a mordu au talon. Les Italiens sont une race de flatteurs, de bravos et d'empoisonneurs. Je vous aime et vous respecte comme c'est mon devoir, sire ; je ne vous blâme pas d'aimer votre mère, mais il me semble que vous oubliez trop facilement la mémoire de votre glorieux père, Majesté.

Le visage de Louis XIII resta impassible, mais une sueur froide baigna son dos.

Les seigneurs restèrent désespérés. Les deux plus jeunes, MM. de Chalais et de Montmorency, s'élancèrent vers Christine, avec l'ardeur étourdie de leur âge et de leur caractère, et chacun d'eux saisit un de ses bras.

— Je le jure, dit froidement le roi en les foudroyant d'un regard haineux, je le jure, par la blessure dont mon père est mort, ceux qui porteront une main violente sur mademoiselle de Thornstein périront par la hache du bourreau.

Les deux princes ne purent s'empêcher de frissonner, comme s'ils eussent eu un pressentiment de leur tragique destinée, et lâchèrent les bras de la jeune fille, sans s'être même consultés du regard.

— Dieu ne protège plus la France ! s'écria M. de Nevers. Adieu, sire. Nous retournons à Soissons, et vous regretterez plus tard d'avoir répudié nos loyaux services. L'étoile de la Galigaï l'emporte. Elle n'est pas sorcière pour rien. Votre Majesté sommeillera dans une tutelle sans fin sous la cotte de cette femme de chambre. — Oh ! l'ambition de Léonora va plus loin, dit M. de Bouillon. Que je sois pendu à la croix du Trahoir, si, avant une année, on ne vous déclare pas inhabile à porter la couronne, sire ! — On répand déjà le bruit que la santé de Sa Majesté ne lui permet pas de s'occuper du travail des affaires publiques, ajouta M. de Mayenne. — C'est fort naturel ! riposta le duc de Vendôme. La régence gagnerait plusieurs années de répit, si votre main fatiguée, sire, laissait glisser le sceptre dans celle de votre jeune frère, le fils chéri de la reine-mère.

Louis XIII fronça le sourcil, et, s'avançant vers les princes :

— Qui de vous, messieurs, s'est chargé de garrotter le roi de France, comme un voleur ou un assassin, et de le transporter, sous escorte, à Soissons ?

Nul ne répondit. Il continua :

— Vous le voyez, je suis seul et sans armes. Les gardes du maréchal d'Ancre n'oppriment pas ma pensée et ne ferment pas ma bouche. Ma bourse est vide. Ma mère ne me dicte pas mes réponses. Vous représentez, dites-vous, la noblesse tout entière et le peuple, par-dessus le marché, car vous êtes les hauts barons du royaume, et vous vous êtes déguisés en bûcherons pour accomplir votre guet-apens. Le plus faible d'entre vous peut me prendre d'une main et me charger sur son dos. Pourquoi donc restez-vous muets et inertes ? C'est que je suis le roi de France, messieurs, et qu'en me résistant, vous n'êtes que des factieux. Sachez bien que je ne serai pas, vivant, le prisonnier de M. le duc de Bouillon et de ses complices. — Mais vous êtes libre, sire ! s'écria le duc. Jamais nous n'avons eu l'intention criminelle de violenter votre volonté. Croyez bien que si le Conchine n'était pas le bras droit et sa femme la tête de votre pouvoir, nous déposerions, tous, nos épées à vos pieds. Pardonnez-nous, Majesté, d'avoir voulu vous servir malgré vous. — Je ne vous pardonnerai qu'à une condition, messieurs, reprit Louis XIII. Vous avez outragé, par d'indignes soupçons, cette noble jeune fille, dont l'honneur m'est aussi cher et aussi précieux que celui d'une sœur. Jamais mademoiselle de Thornstein n'a forfait à ses devoirs. Elle peut marcher, tête levée, au milieu des plus vertueuses dames de notre cour, je l'atteste par ma couronne. Je compte, messieurs, que vous ajouterez foi à mon témoignage. Vous tâcherez d'obtenir qu'elle oublie vos impudents sarcasmes, et qu'elle ne soit pas punie de son dévoûment au roi comme d'un crime ignominieux.

La sincérité de ces paroles ne pouvait être révoquée en doute. La chaleur avec laquelle s'exprimait le jeune prince et la rigidité connue de ses mœurs suffisaient pour disculper entièrement mademoiselle de Thornstein.

M. le duc de Bouillon s'approcha, et, lui baisant galamment la main :

— Mademoiselle, dit-il, Sa Majesté nous accorde une faveur signalée en nous permettant de vous exprimer l'estime que nous faisons de votre vertu, estime égale à l'admiration que nous inspire votre beauté. Vous serez clémente à notre endroit, et vous pardonnerez quelques propos étourdis, qui devaient s'émousser, comme des flèches impuissantes, sur votre fière renommée d'honneur.

Tous les autres seigneurs s'empressèrent d'imiter M. de Bouillon et de demander grâce à la pauvre fille, dans laquelle ils rêvaient déjà une future favorite.

Christine, blessée au cœur par ces hommages forcés, qui la vengeaient si mal du mépris secret dont elle se croyait flétrie dans la pensée des princes, se contenta de s'incliner silencieusement.

Le roi sourit, heureux d'avoir essayé la force de son autorité, et croyant, avec la naïveté de son âge, avoir réparé victorieusement le tort que sa présence avait pu faire à la réputation de mademoiselle de Thornstein :

— Place, maintenant, messieurs, je vais vous quitter et rejoindre la chasse, mais soyez tranquilles ; je ne vous trahirai pas. Monsieur de Bellegarde, vous êtes grand-écuyer. Veuillez me tenir l'étrier, ajouta-t-il gaîment.

L'ancien amant de Gabrielle d'Estrées obéit, et le jeune roi, après avoir salué avec grâce les grands seigneurs rebelles, piqua des deux au milieu d'un silence respectueux.

C'est ainsi qu'il échappa, avec une fermeté et une présence d'esprit extraordinaires, à une embûche qui eût transformé la France en un immense brasier de guerre civile, et armé la mère contre le fils.

Mademoiselle de Thornstein resta seule au milieu des faux bûcherons, qui espéraient encore la décider à les suivre volontairement à Soissons.

XVII — COMMENT L'HOMME AUX CHIENS FUT PUNI PAR OÙ IL AVAIT PÉCHÉ

Les prières et les promesses des princes ne purent vaincre la résistance opiniâtre de mademoiselle de Thornstein. Elle comprenait bien, dans la droiture ingénue de son esprit, qu'en suivant à Soissons les factieux, elle arborait une opinion politique et acceptait cette déchéance morale que tant d'autres femmes eussent ambitionnée comme un honneur. Elle s'avouait publiquement l'amie du roi, et, du premier coup, essayait de rivaliser avec Marie de Médicis en exploitant son influence naissante au profit d'un parti de mécontents. Rien n'était plus opposé aux sentiments nobles et désintéressés de Christine que ces calculs d'orgueil et d'égoïsme. Elle resta dans la simplicité et la modestie de son rôle, de sorte que les princes, quoique contrariés d'échouer dans leur tentative, ne purent s'empêcher de ressentir pour elle un respect et une admiration sincères.

A peine le galop du cheval, qui emportait le roi, avait-il cessé de ralentir dans le sentier que l'on vit accourir du côté opposé le marquis de Langallerie, précédé de sa meute inséparable et accompagné de son neveu François Perrier.

Dès que le chasseur se fut aperçu de l'absence de Louis XIII, il arrêta court son cheval, et jeta un regard défiant sur les bûcherons qui entouraient Christine. Quelques mots du jeune peintre l'avaient mis au courant de la situation, et il n'hésita pas, en reconnaissant sous ces costumes sordides les premiers gentilshommes du royaume, à porter à sa bouche la trompe de chasse suspendue à son pourpoint, afin d'attirer les veneurs de ce côté et de prendre au piége les illustres rebelles. Il saisissait toute la portée d'une prompte décision. C'était un coup de fortune sans pareil ; au bout du succès s'échafaudait une fortune gigantesque. Concino Concini allait lui glisser un million dans ses bottes. La reine-mère l'embrasserait, le doterait d'un duché, le nommerait gouverneur d'une province ou capitaine de ses gardes ! ce fut un éblouissement.

De leur côté, les princes avaient compris le danger que leur faisait courir cette agression imprévue, et, malgré le cercle formidable de la meute, ils s'avancèrent contre lui, la cognée haute comme s'il se fût agi d'abattre quelque chêne centenaire.

En ce moment, Gorju s'approcha vivement de Perrier, et lui dit d'un ton bref :

— Si le marquis Gaspard sonne du cor, toute la chasse va tomber sur les bras des faux bûcherons, c'est vrai ; mais l'asile de mademoiselle de Thornstein sera découvert, et sa réputation à la merci des mauvaises langues et sa liberté ou sa vie à la discrétion de la reine-mère qui la hait.

Le nom de Christine avait une puissance irrésistible sur l'esprit de François. Il sauta en croupe derrière le gros gentilhomme, l'étreignit fortement du bras gauche, et, de la main droite, lui arracha la trompe malencontreuse, en disant :

— Le roi est sauvé, mon oncle ! Pour l'honneur de mademoiselle de Thornstein, que pas une goutte de sang ne soit versée ! laissez les princes s'échapper, et retenez votre meute.

M. de Langallerie, fort peu touché de ce raisonnement d'amoureux, essaya de se débattre, mais Gorju et ses adversaires avaient su profiter de cette brusque surprise. Il fut jeté en bas de son cheval, entraîné dans la cabane et garrotté avec un soin particulier à une poutre grossière qui faisait saillie contre la cloison des deux pièces.

— Il ne vous sera fait aucun mal, monsieur le marquis, lui dit M. de Bouillon, mais nous avons dû vous mettre dans l'impuissance de nuire à notre retraite.

Puis, donnant à ses compagnons le signal de la fuite, il sortit de la cabane et s'enfonça avec eux dans la forêt, tandis que le chasseur d'hommes maugréait contre la chute de sa fortune en accablant de malédictions son neveu désappointé.

— Je te rencontrerai donc toujours sur mon chemin comme un ennemi, François. Aujourd'hui je viens à ton appel, et tu me trahis dans l'intérêt des ennemis du roi. Tu me livres à ces princes factieux comme Judas a livré son maître, tandis que si tu m'avais aidé à leur couper la retraite, tu assurais notre fortune à tous deux. — Pour l'honneur de mademoiselle de Thornstein, il fallait agir ainsi que je l'ai fait, mon oncle, répondit gravement le jeune Bourguignon. — Triple fou ! si les princes étaient tombés dans ton filet, les emplois et les biens auraient plu sur toi comme la grêle, et tu aurais pu épouser cette belle demoiselle, sans que personne osât lancer de propos mal sonnant sur son compte. — Monsieur le marquis, les biens et les emplois me touchent moins que l'honneur de mademoiselle de Thornstein. — Malheureux! et tu sacrifies à cette chimère la fortune de ton oncle? Crois-tu donc qu'il soit facile de retrouver une occasion semblable? oublies-tu les récompenses dont on a comblé Thémines pour avoir arrêté M. le prince de Condé? Je tenais le nid de vipères sous mon talon, et, maintenant, voilà les reptiles lâchés sur tout le royaume. Jamais je ne te pardonnerai cette sotte équipée, monsieur mon neveu! — Méritais-je donc un si grand sacrifice! murmura Christine en remerciant Perrier par un sourire mouillé de larmes. — Pour vous, dit passionnément le peintre, j'ai déserté mon art, j'oublierais ma famille, et, si vous l'ordonniez, je trahirais mon pays. — Le diable soit loué! s'écria le marquis, je n'ai jamais été amoureux, et j'en suis fier, puisque l'amour vous fait tomber en démence. Voilà de jolies maximes, mon neveu, et qui feraient rougir un lansquenet ivre. Ainsi le royaume en feu, la disgrâce de ton oncle, ton exil ou ta pendaison, ce sont là les arrhes dont tu paies l'honneur de mademoiselle. Maudit soit le jour où ta mère Etiennette t'a engendré, François! — Vous changerez d'opinion plus tard, mon oncle, dit froidement Perrier. Je vous laisse méditer à loisir sur ma folie, et vous permets, de bon cœur, de vous disculper à mes dépens auprès de M. le maréchal d'Ancre. — Comment, François, veux-tu m'abandonner dans cette solitude, garrotté comme un braconnier surpris en flagrant délit par les gardes du roi. — Il le faut, mon oncle. Si je vous rendais la liberté, vous pourriez donner l'éveil aux chasseurs et compromettre le salut de mademoiselle. — Toujours elle! grommela le colosse. Il n'a que cette pensée en tête. — Dans quelques heures M. le maréchal d'Ancre sera prévenu de votre situation, il saura que vous n'avez succombé qu'au nombre, il vous fera délivrer, et vous témoignera sans doute sa reconnaissance. — Oui, en caresses italiennes! il me consolera de mon malheur; mais les titres et les écus ne récompensent que le succès. N'as-tu donc pas confiance en moi, beau neveu! si je te promettais de ne pas bouger d'ici avant cinq ou six heures!... — Vous appartenez au maréchal d'Ancre, mon oncle, et moi je n'obéis qu'aux ordres du roi. Nous ne pouvons nous entendre.

Puis, amenant le cheval du marquis devant la porte de la cabane, il donna la main à la jeune fille pour l'aider à se mettre en selle, — et ils s'éloignèrent aussitôt, sans prêter attention aux dernières menaces de l'oncle courroucé.

Quelques heures se passèrent sans rien changer à la situation critique de ce dernier, et son inquiétude commençait à devenir d'autant plus sérieuse qu'il ressentait les atteintes d'une faim de chasseur. Heureusement une pensée consolante vint dissiper un peu les nuages qui assombrissaient son esprit. Il se rappela que Gorju avait disparu en même temps que les princes, et Gorju était au service du maréchal d'Ancre. Cette espérance, une fois éveillée au fond de son âme, lui rendit courage. Il attendit et souffrit avec plus de patience. Puis l'attente déçue le plongea dans un découragement plus profond. Il calcula les obstacles possibles, le temps écoulé, les circonstances ou les motifs secrets qui militaient contre sa délivrance. Enfin, au moment où il se demandait s'il ne devrait pas tenter quelque effort suprême avant d'être exténué par la faim, il entendit des pas crier dans l'herbe, et bientôt le salut s'offrit à ses yeux sous l'aspect de son ancien hôte, l'abbé des Pauvres.

En voyant Gorju, le chasseur d'hommes poussa un cri de joie.

— Ah! tu viens enfin me délivrer, s'écria-t-il; il était temps; mes poignets se sont gonflés, et les cordes sont entrées dans la chair. La douleur devenait intolérable. Dieu soit loué! tu me rends un vrai service d'ami, maître Gorju, et je te pardonne tes anciennes machinations contre moi.

Gorju sourit sans répondre, et jeta à terre un lourd marteau et un sac rempli d'énormes clous.

— Allons, hâte-toi! reprit le marquis impatienté. — Vous êtes pressé, mais je ne le suis pas, dit tranquillement le fourbe; ne craignez rien. La besogne sera faite à temps. Que le sort est étrange! je croyais être maître de votre vie lorsque vous vous êtes si imprudemment aventuré dans mon abbaye, et c'est vous qui m'avez vaincu. Aujourd'hui, vous êtes un des plus solides champions de notre maître Concini, le tout puissant favori; vous me regardez comme un laquais à peine digne de dénouer les cordes qui vous attachent à cette poutre, et je vais probablement me venger

à loisir de la terreur que vous m'avez inspirée à l'abbaye.
— Que veux-tu dire? demanda le marquis de Langallerie, alarmé de ces étranges menaces proférées avec une hypocrite douceur.

Gorju secoua le sac de clous et souleva son marteau.

— Vous ne savez pas, monsieur le marquis Gaspard, à quel usage vont servir ces clous et ce marteau?

Le gros gentilhomme le regarda d'un air étonné.

— A vous murer tout simplement dans cette cabane, noble seigneur. J'abuse lâchement de ce que vous ne pouvez vous défendre, comme vous avez abusé cent fois de votre force et de votre meute féroce pour houspiller vos innocentes victimes. Chacun son tour, monsieur le marquis. — Mais que t'ai-je fait à toi, misérable? — Ce que vous m'avez fait, dit Gorju. Vous vous êtes mis en travers de ma seule passion, de ma seule fantaisie, de mon seul amour. Vous avez défendu la belle Christine, et je veux l'isoler de tous ceux qui l'aiment, depuis ce roi débile jusqu'au superbe Conchine, depuis l'oncle Gaspard jusqu'au neveu François. Le ver de terre qui rampe dans l'ombre et dans la boue ne craint pas ses rivaux. J'attiserai la jalousie inquiète du prince, je trahirai le favori au profit de la reine-mère, je tuerai le brutal capitaine, et je ferai exiler à Rome le peintre enthousiaste. Je tiens dans ma main tous les fils de l'intrigue, et je réussirai, mon gentilhomme, parce que je joue avec des dés marqués, ou, si vous aimez mieux, avec les passions mêmes de mes ennemis. — Tu es fou, maître Gorju. Tu oublies qu'avant de pouvoir me toucher, tu seras déchiré en morceaux par mes braves chiens.

Le ribaud poussa un éclat de rire effrayant.

— Vos braves chiens, vos fidèles, vos loyaux, vos indomptables chiens! Pauvre ami! Mais vraiment, pour un si renommé chasseur d'hommes, vous me faites pitié, cher marquis. Décidément vous êtes plus naïf que vous n'en avez la réputation. Vous cachez un cœur d'agneau sous une peau de loup. Je commence à croire qu'on vous a outrageusement calomnié. Avouez-le, vous croyez à la vertu, à la reconnaissance, à la fidélité, non-seulement des simples humains, mais même des animaux. Votre mère a dû vous raconter, dans votre enfance, l'histoire touchante du lion d'Androclès. Pourquoi les chiens généreux seraient-ils plus rares que les lions de ce caractère? N'avez-vous pas entendu parler de dogues héroïques qui se sont laissés crever de faim sur la fosse de leurs maîtres? Si nous n'en avons jamais vu, il faut en accuser le manque d'occasion. Aussi ai-je décidé de me livrer aujourd'hui à une expérience concluante sur ce point délicat, et vous m'aiderez, n'est-il pas vrai, cher marquis, à éclaircir la question?

Et pendant qu'il harcelait le colosse de ces effrontés sarcasmes, il fermait la porte de la cabane et clouait solidement le loquet. Les coups de marteau retentissaient lugubrement dans le cœur du marquis. Il comprenait trop tard l'infernale vengeance de Gorju.

— Tu as beau faire! lui cria-t-il; si tu n'affrontes pas les crocs de mes chiens pour me tuer au milieu d'eux, je crierai à l'aide assez haut et assez longtemps pour qu'un chasseur ou un bûcheron m'entende. Et une fois libre, prends garde à ta peau, Gorju, tu auras peine à te défendre contre Roland! — Excellent marquis, répliqua le gueux sans cesser sa besogne, je vous remercie de l'intérêt que vous prenez à mon avenir. Croyez que je ne négligerai aucune précaution pour éviter de renouveler une connaissance trop intime avec vos gardes-du-corps. Du reste, rassurez-vous. Cette partie de la forêt n'est fréquentée que par les daims et les chevreuils. Peu de gens pensent à vous, si ce n'est pour vous maudire, et vos meilleurs amis seraient plus inquiets de vous retrouver que de vous perdre. J'espère donc ne pas être troublé dans mon œuvre.

Puis il se mit à clouer un large panneau de bois contre la fenêtre qui éclairait l'intérieur de la cabane.

— Au secours! à l'aide! à l'assassin! cria le gentilhomme exaspéré par la froide ironie du coquin. — Pourquoi des injures, monsieur le marquis? Je vous parle avec tous les égards dus à votre rang. Mais je vous pardonne, vous êtes d'un naturel irascible et violent. Vous n'avez jamais appris à subir avec résignation et en souriant les contrariétés de la vie. L'expérience du malheur vous manque. Vous avez toujours été obéi à souhait. Vous n'avez pas connu, comme moi, l'ignominie du cachot, la faim et la soif, les coups de bâton des archers, les huées de la populace. J'aurais tort de ne pas être indulgent, d'autant plus que dans quelques heures, au lieu de vous débattre et de me menacer, vous resterez bien tranquille et vous me supplierez d'avoir pitié de vous. — Te supplier, gredin ! — Oui, vous me supplierez jusqu'à ce que la faim vous glace les lèvres. Et pourtant les prières n'auront pas plus de succès que les menaces. Je vous ai condamné, marquis Gaspard, parce que vous êtes une pierre sur ma route et parce que vous m'avez fait peur, je l'avoue, à l'Abbaye des Pauvres.

Gorju barra encore la porte de la cabane de quelques branches qu'il cloua solidement contre le mur.

— Dois-je donc mourir de la main d'un lâche ! cria le chasseur d'hommes. — Oh ! je ne porterai pas la main sur vous, monsieur le marquis ; je ne serai que votre geôlier. Seulement, j'ai enfermé vos assassins avec vous. Oui, vous deviendrez la pâture de cette meute que vous avez dressée à chasser l'homme. En ce moment ils vous obéissent encore et vous regardent avec des yeux humides de tendresse. L'heure de la pâtée approche. Plus tard ils grogneront. Plus tard ils chercheront leur gibier d'habitude. Plus tard l'appétit exaltera leurs instincts sauvages... — Tais-toi, misérable, tais-toi ! interrompit avec horreur le marquis. — Plus tard, poursuivit imperturbablement Gorju, viendra la soif, et comme la soif est intolérable, rend les homme fous et les chiens enragés, le sang de leur maître chéri pourra seul les désaltérer ! — C'est le démon qui parle par ta bouche, maudit, reprit le gentilhomme accablé par l'évocation de ce tableau sinistre. Jamais le fils d'une femme ne se plairait ainsi à faire le mal pour le mal.

Gorju haussa les épaules :

— Osez-vous bien, monsieur le marquis vous indigner de ma cruauté, et vous condamner ainsi vous même ! Qui donc avez-vous épargné pendant la guerre et pendant la paix ! Vous avez pillé, rançonné, brûlé et égorgé sans scrupule, sous prétexte que vous étiez gentilhomme et soldat, des gens inoffensifs qui pleuraient à vos genoux. Moi je suis né laid, gueux et pauvre ; tout enfant j'ai dû mentir et voler pour vivre, j'ai été battu par mon père, vendu par ma mère à des sauteurs de corde, chassé à coups de fouet par les apprentis des boutiques dont je regardais l'enseigne et par les pages des seigneurs dont j'admirais les chevaux. A force de lutter contre le mépris et la haine des autres, je suis devenu méchant. Laid, j'ai haï tout ce qui était beau, Pauvre, j'ai haï tout ce qui était riche. Enervé par les coups, j'ai envié et haï les gens de cœur. Mon ambition a été de me faire craindre et de nuire à tous ceux dont le bonheur insolent m'humiliait. Voilà pourquoi je suis fier, marquis Gaspard, de voir votre destinée prospère se briser contre un de mes caprices et mon adresse triompher de votre force. Ne vous plaignez donc pas. Sachez mourir dignement et je croirai qu'il y a dans le cœur de l'homme un courage divin, supérieur aux instincts de la brute.

M. de Langallerie garda un morne silence. Découragé par les railleries du ribaud, il laissait un vague espoir voltiger au fond de sa pensée. A tout instant son neveu pouvait revenir. C'était un loyal garçon incapable d'une lâcheté. La nuit commençait à couvrir la forêt de son crêpe diamanté d'étoiles. Les chiens du marquis gémissaient à ses pieds, couraient çà et là dans la cabane, haletants de soif, lui léchaient les mains de leurs langues sèches et ardentes :

— Paix, mes agneaux, paix ! patience, Roland ! n'avons-nous pas chassé plus d'une fois dans des gorges stériles où nous ne trouvions ni sources ni gibier ! disait-il.

Gorju s'était assis par terre le dos contre la porte barricadée de la cabane. Il tira de son bissac une tranche de pâté et une gourde remplie de vin :

— A votre santé marquis ! cria le gueux d'un ton goguenard. Le chasseur d'hommes put entendre le glougou de la liqueur vermeille, et sa langue se colla à son gosier.

— Peut-être avez-vous soif, monsieur ? reprit Gorju, mais je suis sans doute indiscret. Un gouverneur de place forte boire dans la gourde d'un coupe-bourse, fi donc ! Excusez mon outrecuidance, marquis.

L'oncle de Perrier sentait son orgueil, sa dignité, son honneur de gentilhomme diminuer au fur et à mesure que la faim criait plus haut que ses entrailles. L'héroïsme chevaleresque lui semblait une idée creuse et vide. Il se souvenait de ses plus joyeux bivouacs et de ses bombances pantagruéliques. Des chœurs ironiques de verres et de bouteilles résonnaient à ses oreilles.

— En campagne, dit-il à voix haute, on boirait dans la main du diable. — Merci du compliment, répliqua Gorju ; mais j'ai tort de vous induire en tentation. C'est jour de jeûne et vous êtes bon catholique, marquis Gaspard, car vous avez brûlé à Nantes cent huguenots dans leur prêche.

Le chasseur d'hommes refoula un soupir de désespoir et regarda ses chiens qui poussaient des cris plaintifs. Il souffrait plus pour eux que pour lui-même. Pour eux il se résigna à supplier son bourreau :

— Gorju, je comprends que tu n'aies pas pitié de moi, mais pourquoi punir ces pauvres bêtes à cause de leur maître ? Laisse-les sortir de cette tombe. — J'ai senti deux fois leurs crocs s'enfoncer dans ma chair, et je suis rancunier, mon gentilhomme. — Prends-les ! nourris-les ! sois leur maître. Ils te seront fidèles. — Vous les aimez donc bien, marquis ? demanda Gorju avec une sorte de douceur. — Comme on aime des créatures qui ont toujours obéi à un de nos gestes ou de nos regards. — Eh bien, soyez tranquille, monsieur de Langallerie. Je les prendrai à mon service, quand vous aurez crié malédiction sur eux et qu'ils vous auront étranglé dans leurs embrassements.

Le chasseur d'hommes ne put s'empêcher de tressaillir. Les chiens rôdaient de plus en plus inquiets dans la cabane flairant aux fentes de la porte, appuyant leurs pattes sur les jambes de leur maître, la gueule contractée par d'effroyables bâillements et les flancs crispés par les frissons de la faim.

Roland léchait la main du marquis avec une ardeur convulsive comme s'il y eût cherché un peu d'humidité, et fixait sur lui des yeux sanglants. La voix rude de l'homme s'adoucissait pour flatter l'animal inquiet et irrité d'une souffrance croissante.

— Mon pauvre Roland ! nous avons couru les bois et les plaines ensemble pendant bien des jours. Tu ne m'as jamais quitté. Pendant la guerre tu m'as suivi au plus chaud de la mêlée. Deux fois je t'ai dû la vie, sans compter mon naufrage dans les fossés de maître Gorju. Tu es un chien de bonne race et tu flaires les vilains d'une lieue. Ah ! je ris encore en pensant à ce fermier récalcitrant qui refusa une fois de m'ouvrir son bissac et qui te menaçait de son fouet. Tu lui arrachas le bissac, et tu lui arrachas le fouet, non sans entamer un peu la main du rustre.

Le chasseur d'hommes poussa un cri terrible.

Roland venait de lui enfoncer ses crocs dans la main et léchait avidement le sang qui jaillissait de la blessure :

— A bas, Roland ! à bas, damnée bête ! à bas !

Gorju répondit à cette exclamation par un éclat de rire.

Mais le grand chien noir n'obéissait plus ; ses yeux brillant dans l'ombre comme des escarboucles, menaçaient son maître ; la fièvre de la soif agitait tous ses membres et la même rage gagnait les autres chiens aroupés autour du malheureux gentilhomme. Son courage s'évanouit dans cette angoisse suprême, l'instinct désespéré de la conservation l'emporta et il cria d'une voix éperdue :

— A l'aide, Gorju ! à l'aide ! ô les lâches et ingrates bêtes ! une arme pour me défendre, Gorju ! une épée ! un couteau, au nom de Dieu ! — Vous êtes un ingrat vous-même, marquis Gaspard, d'accuser ainsi ces chiens si fidèles, si vaillants, si dévoués à leur maître.

Un nouveau cri terrible s'éleva de la cabane.

— Un couteau, Gorju ! que veux-tu ? ma fortune, mon gouvernement, mon nom pour un couteau, mon ami ! — Un couteau pour éventrer ces loyaux serviteurs, vous vous prépareriez des remords éternels, marquis Gaspard, répondit l'implacable Gorju. Je ne veux pas être complice d'une si monstrueuse ingratitude. — Mais ils me mordent, ils me déchirent, ils m'étouffent, mon ami Gorju ! grâce et pitié ! cette mort est trop horrible ! un couteau pour me tuer moi-même ! ne me laisse pas me dévorer par ces monstres. — C'est vous qui les avez dressés, noble chasseur d'hommes, répliqua le gueux. Ce sont de bons élèves. Ils ont bien profité de l'éducation qu'ils ont reçue. Pourquoi vous plaindre ?

Un cri étouffé suivit seul cette réponse impitoyable. Puis, l'abbé des Pauvres n'entendit plus que des abois confus, des hurlements furieux et des gémissements qui n'avaient rien d'humain. Il veillait à la porte comme l'esprit du mal, mais il n'osait plus rire. Sa vengeance, accomplie avec un si atroce sang-froid l'effrayait lui-même, et il ne pouvait se dissimuler que les cruautés du chasseur d'hommes ne justifieraient pas de si hideuses représailles. Enfin le silence le plus complet envahit la cabane comme la forêt obscure.

Le marquis Gaspard de Langallerie avait expié des crimes qui étaient un peu ceux de son temps, et ses chiens repus dormaient autour du cadavre mutilé.

XVIII — LE TRIOMPHE DE MINERVE ET LE BALLET DES ARDENTS

Quelques jours après, une fête magnifique attirait au Louvre toute la cour. Douze cents flambeaux de cire blanche, portés par des consoles et des bras d'argent, illuminaient la grande salle et faisaient scintiller d'un éclat magique les moulures d'or qui ornaient le plafond et les murs. Des tapis de Turquie aux riches couleurs cachaient le parquet; à l'une des extrémités, sous un superbe dais de velours violet, étoilé de fleurs de lis et encadré de crépines d'or, s'élevait une estrade surmontée de trois fauteuils. En face, une toile peinte en nuage masquait le théâtre destiné à la représentation du ballet. Aux portes, des gardes-du-corps s'appuyaient sur leurs pertuisanes. Au pied de l'estrade, ou du trône royal, veillaient deux gardes de la Manche, tirés de la compagnie écossaise, avec leur gracieux hoqueton blanc et argent.

Les assistants se levèrent, et toute conversation cessa, lorsque les deux battants d'une porte latérale s'étant ouverts, Louis XIII parut, étincelant d'or et de pierreries, donnant la main à sa jeune femme, Anne d'Autriche, dont la beauté enfantine contrastait avec la lourde robe de velours violet, brodée et parsemée de fleurs de lis d'or, et la prodigalité de joyaux précieux dont on l'avait accablée. A côté d'eux, s'avançait la reine-mère, d'un air prude et sérieux; elle avait tempéré la rigueur de son costume de veuve par l'éclat des diamants qui tremblaient autour de son cou et à ses oreilles; les manches ouvertes de sa robe en laissaient voir d'autres en brocard d'argent, et son collet monté était de la plus magnifique dentelle.

Derrière ces trois augustes personnages, marchait l'élite de cette cour brillante, à l'exception des princes et des seigneurs rebelles. Leurs Majestés montèrent les degrés du trône; après avoir salué l'assemblée, le roi s'assit dans le fauteuil du milieu, et Anne d'Autriche à sa droite; mais Marie de Médicis, contrainte de se reléguer à gauche, semblait, dans son port majestueux, essayer d'annihiler ce jeune couple, qu'elle eût désiré voiler à tous les yeux.

Cependant la présence du roi ayant donné le signal de la fête, on vit soudainement le nuage qui cachait le théâtre, se diviser, s'étendre, s'avancer, et, de son sein, sortir la Nuit, avec de longues ailes noires et une robe de deuil criblée d'étoiles. Une douce musique accompagna les vers que la déesse chanta en l'honneur des deux reines, et qui excitèrent de vifs applaudissements. La nuée vint l'envelopper de nouveau, puis se dissipa elle-même peu à peu. On aperçut alors la scène, représentant une campagne digne du roman de M. d'Urfé. Les rochers, les cascades, les palmiers, les fruits et les fleurs de tous les pays y faisaient merveille, et des oiseaux sautillaient sur les branches des arbres. Les rochers se prolongeaient sur le devant du théâtre et s'avançaient jusque dans la salle; au-dessous, étaient ménagées des grottes profondes. Les danseurs pouvaient ainsi descendre sur le parquet et se dérober ensuite aux spectateurs.

Chose singulière! mademoiselle de Thornstein devait jouer un rôle important dans cette fête. Elle avait été arrêtée, dans sa fuite avec François Perrier, par les agents du maréchal d'Ancre, ce qui avait empêché le jeune Bourguignon de revenir délivrer son malheureux oncle. Le favori avait pensé se rendre agréable au roi en décidant la jeune fille à figurer dans le ballet du Louvre, et il avait résolu de s'attacher Perrier, dont le courage et la loyauté lui étaient connus, en souvenir de M. de Langallerie, dont il se reprochait la fin terrible. En effet, si le peintre avait pu comparaître plutôt devant Concini et lui apprendre la situation dans laquelle il avait laissé le Chasseur d'hommes, ce malheur aurait été prévenu; mais ni l'un ni l'autre ne soupçonnaient l'atroce vengeance de Gorju. Lorsque Christine entra dans le cabinet où elle devait se costumer, une femme, qu'elle prenait pour son habilleuse, se retourna brusquement et la couvrit d'un regard altier. Elle tressaillit en reconnaissant la célèbre Leonora Galigaï, et fit involontairement quelques pas en arrière. L'astucieuse favorite, qui ne craignait pas de traiter sa crédule et débonnaire maîtresse de créature sotte et balourde, dans son privé, savait difficilement masquer de bonhomie son visage jaune et pointu, depuis que l'arrestation hardie du prince de Condé l'avait portée au pinacle du pouvoir. Derrière cette marionnette bourgeoise, qui trônait sous le nom de Marie de Médicis, l'Europe entière ne voyait-elle pas s'agiter l'esprit remuant, téméraire, intrigant et

cupide de la grande Florentine? La peur de mademoiselle de Thornstein, à l'aspect inattendu de cette toute-puissante maréchale, était donc naturelle. La Galigaï feignit d'en être surprise; mais, au fond du cœur, elle fut flattée de ce tressaillement comme d'un ingénieux hommage à ses foudres olympiennes.

— Mademoiselle, dit-elle à la jeune fille d'une voix aigre, mais avec un sourire qui grimaçait la bienveillance, ne voyez pas en moi une ennemie. Je vous attendais, de la part de madame la reine-mère, pour vous offrir la branche d'olivier. Sa Majesté consent, dans son inépuisable bonté, à vous rendre, ainsi qu'à la baronne Ulrique, vos fonctions auprès d'elle. — Est-il possible, madame! répliqua Christine, saisie d'une émotion profonde. Comme ma mère sera heureuse de cette bonne nouvelle! Nous ne pourrons prouver notre reconnaissance à Madame Marie que par un entier dévoûment. — Bien répondu, jeune fille! dit Leonora Galigaï. La reine sera instruite du transport de joie avec lequel vous avez accueilli les preuves de sa bienveillance. Elle est indulgente pour ceux qui lui sont attachés de cœur, mais elle est jalouse de leur affection, et exige, vous le savez, la soumission la plus absolue à ses désirs, l'obéissance la plus aveugle à ses ordres. — Elle n'aura jamais à se plaindre de nous, madame la maréchale.

Lenora fixa ses yeux perçants sur le visage ingénu de Christine et reprit:

— En vous rendant ses bonnes grâces, elle sert jusqu'à votre honneur, songez-y, mademoiselle. Elle éteint les soupçons étranges qu'a motivés votre absence, et ces soupçons calomnieux, je n'en doute pas un instant, auraient pu sans cela laisser une trace semblable à ces cicatrices blanchâtres dont une brûlure légère marque la peau.

Christine froissée, de cette flèche perfide lancée comme celle du Parthe en fuyant, resta immobile, froide, la tête haute devant la Galigaï et répondit:

— Quand pourrai-je, madame, me jeter aux pieds de Sa Majesté? Hélas que puis-je faire pour elle, moi, pauvre fille à qui elle tend une main si généreuse?

La maréchale d'Ancre sourit. Elle avait amené la conversation au but vers lequel tendaient ses cajoleries ambiguës.

— Vous pouvez rendre à madame Marie la sécurité du cœur et de l'esprit, mademoiselle. Notre jeune roi vous aime et ma maîtresse n'est pas jalouse de cette pure affection qui l'entraîne vers une jeune fille au cœur noble, vertueux et modeste.

Christine se troubla et baissa les yeux.

— Soyez sûre, madame, que j'éviterai toutes les occasions qui pourraient me rapprocher du roi, répondit-elle. Jamais un mot ne sortira de mes lèvres qui puisse éloigner le fils de la tendresse qu'il doit à sa mère.

Leonora haussa imperceptiblement les épaules.

— Vous n'avez pas compris ce que vous demande madame Marie, chère petite, reprit-elle de sa voix la plus nette. Elle veut que vous soyez l'amie du roi.

Christine recula, croyant avoir mal entendu, et répéta avec stupeur:

— L'amie du roi! — Eh! n'est-ce pas un beau rôle pour vous, mignonne, reprit vivement la maréchale sans lui donner le temps de répondre, être l'Égérie mystérieuse du maître du plus beau royaume du monde? diriger son esprit vers le bien et l'éclairer quand il se trompe! guider son cœur dans la distribution des grâces! vous empêcherez les flatteurs de pervertir son inexpérience et de lui enseigner la haine, l'ingratitude, l'injustice! vous nous aiderez à deviner ses désirs! vous aurez en main la baguette des fées pour rendre ce jeune règne brillant, pour apaiser les révoltes, soulager les misères et faire bénir par le peuple le nom de Louis XIII à l'égal de celui...... de son père!

La Galigaï fit un effort pour prononcer ces derniers mots. Le visage de mademoiselle de Thornstein s'assombrit:

— C'est un tableau merveilleux que vous venez d'évoquer, madame la maréchale, et qui pourrait tenter un esprit plus élevé que le mien; mais je ne suis pas ambitieuse, et une fortune si éclatante me donnerait le vertige. Je tomberais honteusement dans l'abîme.

Leonora, ne sachant pas distinguer si cette réponse était ironique ou parfaitement sincère, répliqua aussitôt.

— Vos amis vous soutiendront, mademoiselle! — Mais si je ne suis pas ambitieuse, je ne veux pas être un instrument vénal dans la main des ambitieux, madame, dit froidement Christine.

La Galigaï se mordit les lèvres et lui lança un regard de

vipère écrasée. Cependant elle n'abandonna pas la partie et reprit d'un ton mielleux :

— La reine avait espéré, chère belle, que vous comprendriez combien il importe au salut de l'État de ne pas abandonner à des intrigants subalternes toute influence sur un roi si jeune et si maladif. Vous seule pourriez éloigner de lui ces parasites de l'oisiveté royale qui sont plus dangereux pour madame Marie que des empoisonneurs. — Vous parlez des amis du roi, madame! interrompit Christine. — De ses faux amis, oui, mademoiselle. Oh! nous connaissons leurs menées et leurs criminelles espérances. Consentez donc à les remplacer, nous partagerons avec vous les biens, les honneurs, les faveurs. La reine m'a chargée de vous offrir ce soir ce collier et ces bracelets de diamants comme gage de ses bonnes grâces et elle veut que votre parure écrase par son éclat celle de toutes vos rivales. — Vous remercierez la reine, madame, dit fièrement la jeune fille, mais je ne puis accepter un salaire que je ne veux et ne saurais pas gagner.

Leonora se crut insultée par cette résistance. Son teint jaunâtre blêmit de colère, mais elle insista doucereusement.

— Vous vous méprenez, mignonne. Notre excellente maîtresse n'a point attaché de conditions à cette bagatelle. Si vous ne portez ces diamants ce soir, elle s'en offensera grandement, je vous assure. — Madame Marie saura apprécier mon refus, madame la maréchale, et peut-être m'en tiendra-t-elle bon gré.

La Galigaï se rapprocha alors de la loyale enfant, et lui dit avec une brusquerie presque menaçante :

— Vous savez, la belle, que le roi veut vous marier au confident de ses peines, à son dresseur de pies-grièches, à son gentilhomme ordinaire, M. Charles d'Albert de Luynes. — Si telle est l'intention de Sa Majesté, je refuserai, madame, dit Christine avec une froide dignité. — Ah ça! vous refusez tout, vous refusez toujours, vous ne savez que refuser, répliqua la maréchale d'Ancre en ricanant. C'est quelquefois un bon moyen pour se faire offrir davantage.

Mademoiselle de Thornstein resta impassible.

La Galigaï, lassée de cette lutte, lui prit la main avec son impétuosité italienne :

— Allons! jouons franc jeu et cartes sur table, petite. Vous portez quelque intérêt à ce jeune Bourguignon qui vous a accompagnée du Milanais à Paris, un apprenti peintre, je crois, nommé François Perrier.

Mademoiselle de Thornstein ne put s'empêcher de rougir.

— Je la tiens! pensa Leonora. Et la cauteleuse Florentine poursuivit : — Le maréchal a remarqué ce joli compagnon; il veut l'employer et lui fournir l'occasion d'obtenir la faveur du roi comme le petit d'Albert. Si ce Perrier est adroit, il peut se pousser assez haut pour prétendre un jour à l'alliance de mademoiselle de Thornstein.

Christine parut vivement agitée, mais, dégageant aussitôt sa main de celle de Galigaï : — Cet entretien a assez duré, madame, lui dit-elle d'une voix altérée.

La maréchale d'Ancre prit une pose majestueuse :

— Ainsi vous persistez dans votre refus, mignonne. Ah! vous n'aimez pas le roi; autrement vous consentiriez à devenir son ange gardien.

Le nom d'ange gardien venait à propos pour rogner les épines de la proposition; néanmoins il sonna aussi mal que celui d'amie ou de maîtresse aux oreilles de Christine, et ce fut avec indignation qu'elle répondit :

— Et c'est vous, madame, qui m'offrez ce pacte honteux? — Oh! que suis-je, mademoiselle, sinon une sorcière qui verse le poison ou jette des maléfices à mes ennemis, répliqua la Galigaï, dont la figure sardonique se transfigura. Ne sont-ce pas là les contes de nourrice, ou plutôt les tisons dont on allume contre moi la haine superstitieuse du peuple ou les intérêts hostiles de la noblesse. Oh! que ne suis-je un homme pendant trois mois, ajouta-t-elle avec un sombre éclair dans le regard, et que ne puis-je accrocher ma jupe à la taille de mon mari, dix fois plus mou qu'une femmelette. J'ai le cœur et la tête d'un homme, mademoiselle, et c'est ce qui me rend odieuse même à ceux que je sers. Ils sont humiliés de devoir leur succès à une femme, et la force, qu'ils respecteraient, qu'ils honoreraient, qu'ils déifieraient dans le premier gentilhomme venu, leur semble ridicule dans la servante de la reine. Qui donc me tient compte de mon habileté à deviner tous ces ambitieux qui font de la cour une arène pour leurs intérêts, ou de mon énergie à opposer une barrière à ces intrigants à panaches et à écussons historiques, qui veulent monnayer la France

en satrapies féodales? Mais non, pour vous comme pour les autres, je suis une sorcière, qui aime à voler le trésor, à commander aux princes, et à balayer, de ma robe, les salons du Louvre. Je m'oubliais! revenons aux choses sérieuses, mademoiselle. Vous comprenez qu'en refusant la prière de la reine, par un puéril scrupule de fausse délicatesse, vous chassez ce François Perrier de la cour, vous ruinez sa fortune dans son germe, vous l'exilez à jamais de vous!

Mademoiselle de Thornstein avait été émue un instant, par cette explosion d'une femme supérieure, qui souffrait de se voir méconnue et réduite dans l'opinion à des proportions subalternes; mais les vues politiques de Leonora Galigaï ne pouvaient dépraver les sentiments de religion et de droiture de cette chaste enfant.

— Ce que vous exigez de moi est infâme, madame, dit-elle. Si le roi a daigné me témoigner sa bienveillance, c'est parce qu'il a reconnu ma franchise et mon désintéressement. Dois-je abuser de sa confiance et en trafiquer impudemment; dois-je le fatiguer d'avides exigences pour assurer mon bonheur futur! ce serait de la déloyauté.

En ce moment, Leonora vit s'avancer le poète Malherbe, qui venait prévenir Christine de se tenir prête à entrer en scène. Derrière lui venait le maréchal d'Ancre, accompagné de François Perrier. La favorite éleva aussitôt la voix pour que sa réponse allât frapper ce dernier au cœur.

— Eh bien, soit, mademoiselle, alliez-vous donc à nos ennemis. Vous épouserez M. de Luynes, c'est une union brillante, et je comprends que vous la préfériez.

Christine sentit des larmes trembler à ses cils en voyant le jeune Bourguignon la regarder avec un étonnement douloureux; mais elle n'eut que le temps de se revêtir d'une robe de satin rouge et bleu à passements d'or, de couvrir son visage d'un masque noir et de s'avancer vers la scène, un luth à la main.

Concini et Perrier restèrent cachés derrière un gros rocher de carton sur lequel posait un groupe de sybilles dont les costumes éclataient de paillettes et de clinquant. Ces sybilles descendirent dans la salle où elles dansèrent un ballet; puis elles s'enfuirent en lançant en l'air des rouleaux de papier remplis de vers adressés à Leurs Majestés.

L'Aurore aux doigts de rose, penchée sur un nuage doré, traversa ensuite la scène en jetant des fleurs; le Soleil, sur un char flamboyant, le suivait entouré des Heures, dieu et déesses chantant en chœur les louanges des astres de la France.

C'était le lever du jour. La scène représentait une campagne de l'Afrique. Un berger en fit le tour, conduisant ses brebis au pâturage, et récitant des stances de Malherbe commençant ainsi :

> Houlette de Louis, houlette de Marie
> Dont le fatal appui met notre bergerie
>   Hors du pouvoir des loups,
> Vous placer dans les cieux, en la même contrée
>   Des balances d'Astrée,
> Est-ce un prix de vertu qui soit digne de vous?

Perrier n'écoutait pas ces beaux vers. Il interrogeait avec anxiété Concini qui lui avait accordé la faveur de l'accompagner dans les coulisses :

— Croyez-vous donc, monseigneur, que mademoiselle de Thornstein épousera ce jeune favori du roi qu'elle connaît à peine? — Les femmes les plus modestes, maître François, répondit le Florentin, cachent au fond de leur cœur une ambition plus profonde que la mer. Leur main vaut tous les trésors de l'Orient. Un mari n'est jamais assez riche, assez honoré, assez puissant pour flatter suffisamment leur vanité. — O mon Dieu! murmura le pauvre peintre, pourquoi n'ai-je pas eu le courage de rejoindre à Rome Jacques Callot et Claude Gelée. Pourquoi me suis-je endormi dans mon rêve! — Du reste, votre amie sera heureuse, maître François. M. de Luynes est d'un naturel doux et complaisant. Il montera haut, s'il ne se casse pas le cou comme Phaéton dans son vol aérien. J'avais eu l'idée de lui donner ma fille Zorah, mais la folle enfant regrette sa vie de Bohême, elle refuse de paraître à la cour, et menace de se réfugier au couvent, si on veut la forcer au mariage. Mais attention, voici le triomphe de Minerve.

Une jeune Africaine s'avançait sur la scène; sa taille svelte, sa démarche gracieuse, l'habileté musicale qu'annonçaient ses préludes sur le luth, excitèrent la curiosité des spectateurs. Chacun demandait à son voisin le nom de cette nymphe bocagère, mais nul ne pouvait répondre.

Quant à François, ses yeux restaient ardemment fixés sur elle ; son âme toute entière tressaillait sur son visage.

Christine chanta alors d'une voix un peu émue, et dont le timbre sonore, argentin et velouté, souleva bientôt une admiration passionnée, les couplets suivants qui avaient été composés par Malherbe ; ils s'adressaient à la jeune reine, qu'on reconnut alors pour la divinité allégoriquement désignée sous le nom de Minerve.

> Cette Anne si belle
> Qu'on vante si fort
> Pourquoi ne vient-elle ?
> Vraiment elle a tort.
>
> Son Louis soupire
> Après ses appas ;
> Que veut-elle dire
> De ne venir pas ?
>
> S'il ne la possède
> Il s'en va mourir ;
> Donnons-y remède,
> Allons la guérir.

Les applaudissements éclatèrent, et la belle Anne d'Autriche pria gracieusement l'Africaine de se démasquer. Mademoiselle de Thornstein obéit, et l'éclat de son charmant visage éblouit tous les yeux. François se sentit le cœur serré. Il était jaloux de voir son culte mystérieux profané par tant de regards curieux et enthousiastes. L'idole de ses pensées lui échappait comme la Nue d'Ixion. La jeune fille, admirée par toute la cour, daignerait-elle abaisser ses yeux jusqu'à un pauvre peintre perdu dans la foule ?

— Oh ! si elle aimait ce Luynes, je le tuerais ! dit-il involontairement sans se croire entendu.

Concini et Leonora échangèrent un regard d'intelligence.

— Le voilà arrivé où nous voulions ! dit la favorite à son mari. Retournez le couteau dans la plaie. Il est temps.

Le maréchal d'Ancre toucha du doigt l'épaule de Perrier :

— Je sais un moyen d'empêcher ce mariage, mon jeune ami, et ce moyen dépend de vous. — De moi ! oh ! ne vous raillez pas de ma folie, monseigneur ! — Je vous aime, François, car vous êtes un véritable artiste, et vous me rappelez nos peintres italiens, aussi amoureux et aussi braves que pleins de génie. Ecoutez, voulez-vous faire votre chemin, vous rapprocher de cette étoile qui semble s'élever si loin de vous, enfant oublié dans l'ombre ? — Vous me le demandez, monseigneur ! répliqua le Bourguignon avec un sourire amer. — Le roi connaît déjà votre visage, François. Je puis vous attacher à son service, et commencer votre fortune comme celle de ce Luynes dont je me défie. — Mais quel emploi pourrai-je remplir auprès de Sa Majesté ? demanda Perrier violemment ému. — Bah ! nous renverrons quelqu'un de ses familiers, dit insouciamment Concini, Brantes ou Cadenet, Tronçon ou Marsillac. — J'aurai là de tristes compagnons, monseigneur ; Brantes et Cadenet sont des vauriens dont tout le mérite consiste à être frères de M. de Luynes. Marsillac vit de la débauche de ses sœurs. Tronçon a été chassé à coups de bâton de la maison de M. le prince de Condé. Le roi est mal entouré ; mais je suis un honnête garçon, moi, et il n'aura pas à se plaindre de mon zèle. — Très-bien, jeune homme, reprit le maréchal avec un fin sourire ; vous le mettrez en garde contre les mauvais conseils. Vous ne serez pas ingrat, je l'espère, envers ceux qui vous auront mis le pied à l'étrier. Si le roi se plaignait de nous... vous nous le direz franchement ; vous nous direz qui a provoqué, encouragé ou approuvé ses plaintes... Soyez surtout l'ombre de M. de Luynes.

Le front de François Perrier se rembrunit.

— Pardon, monseigneur, j'ai mal compris sans doute. — Pourquoi donc ? mes paroles sont assez claires — Tout à l'heure je vous demandais quel emploi vous me destiniez, monsieur le maréchal d'Ancre ; maintenant je le devine. L'emploi ne sera qu'un prétexte. — Que voulez-vous dire, maître François ? interrompit avec hauteur le favori. — Je serai votre espion, n'est-ce pas, monseigneur ? Je vous vendrai les paroles, les gestes, la vie de mes compagnons et le secret du roi ! dit Perrier d'une voix frémissante. — Vous êtes bien fier, mon jeune peintre ! M. Charles d'Albert est resté au Louvre à ces conditions, et celui qui le remplacera deviendra, comme lui, gouverneur du château d'Amboise, capitaine de celui des Tuileries, et premier gentilhomme ordinaire de la maison du roi, charge qui a été créée exprès pour ce fauconnier. — J'aime mieux recommencer mon voyage à Rome, en compagnie de mon vieil aveugle, le

cœur brisé, mais la conscience nette et le front levé. — Ainsi vous répudiez l'espoir d'obtenir un jour mademoiselle de Thornstein ? — Elle ne voudrait jamais d'un lâche, d'un ingrat et d'un traître, monseigneur.

Christine rentrait éperdue et étourdie de son triomphe. Elle entendit ces derniers mots, et s'approcha vivement de Perrier.

— Bien, mon ami, lui dit-elle. Ne pouvant me gagner à la mauvaise cause, on a cherché à t'ébranler. Nos cœurs ont répondu de même ; mais jamais les esprits sordides ne comprendront qu'on sacrifie l'intérêt à l'honneur.

Et elle passa. Perrier la suivit derrière un autre décor représentant un groupe de palmiers.

— Que faire, Léonora ? dit le maréchal d'Ancre, blême à faire peur. Ces tourtereaux ont notre secret. — *Caro mio,* répliqua la Galigaï d'une voix sourde, il est des poisons qui font éclater le vase dans lequel on les enferme. — Oserais-tu bien ?...

Concini n'acheva pas sa pensée.

— Il le faut, dit-elle froidement, mais notre main ne doit pas paraître. Rien d'extraordinaire ; un accident comme celui dont fut victime Charles VI lorsqu'il se déguisa en sauvage ! — Jamais je n'aurai le courage... — En effet, n'avez-vous pas aimé mademoiselle de Thornstein ? Oh ! ne niez pas, je vous le pardonne. Je me charge de tout. Envoyez-moi ce ribaud que vous avez pris à vos gages, et qui s'est vanté d'avoir vendu le couteau... Ah ! cet homme est imprudent. — Madame, pourquoi rappeler ici un souvenir...

Léonora darda sur lui un regard de mépris :

— Ayez donc la force de regarder en face le fantôme de votre action.

Concini s'était déjà éloigné. La dernière danse qui venait d'occuper la scène, s'appelait le ballet des Ardents, exécuté par neuf bohémiens représentant des feux follets. C'était un spectacle assez étrange que celui de ces danseurs habillés de satin rouge à flammes d'or, la tête couronnée d'un pot doré d'où s'élançaient des flammes, et agitant des flambeaux dans leurs mains. On eût dit des feux qui se groupaient, se divisaient et serpentaient çà et là en cadence.

Gorju figurait au nombre de ces Bohémiens, et, sur un signe du maréchal d'Ancre, il s'approcha, le ballet fini, de la favorite. Elle lui dit sous l'éventail deux mots à l'oreille. Il la regarda avec étonnement.

— Hésites-tu à obéir à l'ordre de la maréchale d'Ancre ? lui demanda-t-elle durement, mais tout bas.

Il traversa la scène en courant, comme s'il voulait se cacher dans le groupe de palmiers. Il agitait son flambeau qui frôla le voile de mademoiselle de Thornstein. En une seconde elle fut enveloppée de flammes. Elle jeta un cri d'effroi, qui retentit dans la salle. Tous les spectateurs se levèrent. Gorju tremblait de tout son corps, comme s'il eût ressenti l'horreur d'un crime qui devait passer pour un accident aux yeux des autres. Il éteignit sa torche sous ses pieds, et chercha du regard un manteau pour entourer le corps de la jeune fille et étouffer la flamme qui l'incendiait.

Mais déjà Christine avait disparu. François l'avait saisie dans ses bras, s'était brûlé les mains et le visage, et l'emportait dans l'escalier tournant qui conduisait du théâtre aux salles basses du Louvre. Il l'étreignit contre sa poitrine, et la flamme mourut en crépitant sur ses vêtements et sur sa chair.

Arrivé au bas de l'escalier, il s'arrêta et la regarda avec amour, palpitante de douleur, de honte et d'effroi.

— Christine ! murmura-t-il, égaré par un délire d'amour, tu m'as versé ce soir dans l'âme un baume enivrant. Loyale et pure enfant, je t'adore comme un ange du ciel. Maîtresse du roi, je n'aurais pu te haïr, mais je t'aurais méprisée ! — Et vous, mon ami, répondit-elle d'une voix frêle comme un souffle, je vous aime, parce que vous êtes plus honnête et plus loyal que tous les seigneurs dorés de cette cour. Vous avez refusé d'acheter la fortune au prix de la honte, d'acheter ma main au prix de la trahison ; mais vous avez gagné mon cœur, François, et nul ne pourra vous le ravir ! — Oh ! Christine, nous reprendrons le chemin de Rome, nous vivrons dans un atelier, loin des intrigues, des perfidies et des crimes qui salissent ici jusqu'à l'amour...

— Oui, si le maréchal d'Ancre vous le permet, François Perrier ; si le roi vous le permet, mademoiselle de Thornstein ! interrompit une voix stridente et railleuse.

C'était celle de Gorju, qui les avait suivis, et qui se tenait sur la dernière marche de l'escalier, immobile dans son costume d'ardent.

— Misérable ! s'écria le Bourguignon, c'est toi qui as causé ce malheur. — Mademoiselle ne sortira pas du Louvre sans la permission du maréchal.

Et Gorju, se plaçant devant eux, leur barra insolemment le passage.

— Va-t-en ! va-t-en ! dit Perrier, ou malheur à toi ! — Prenez garde, hardi François. Ici tout appartient au maréchal d'Ancre, armée, finances, ministres, seigneurs et laquais. Il n'y a pas de pouvoir au-dessus du sien ! — Tu te trompes , Bohême , répliqua une voix calme et ferme. Tu oublies que le roi Louis XIII n'est plus mineur. Messieurs , faites votre devoir. Sa Majesté vous a ordonné de vous assurer de cet homme.

Gorju voulut reculer, mais Perrier, qui avait reconnu M. de Luynes dans le nouveau venu, l'en empêcha. Tronçon et Marsillac se jetèrent sur l'ardent , le bâillonnèrent avec leurs mouchoirs, l'enveloppèrent dans leurs manteaux et le transportèrent dans une chaise fermée.

— Monsieur, dit alors le brillant Ordinaire au jeune peintre avec un bienveillant sourire, mes frères Brantes et Cadenet vont accompagner avec vous mademoiselle de Thornstein chez sa mère pour éviter toute nouvelle mésaventure. Le roi n'oubliera pas le service que vous venez de rendre à la belle Africaine de M. Malherbe.

XIX — LE DOIGT DE DIEU

Je touche à la conclusion parfaitement historique de mon récit. Le jeune roi voulut interroger lui-même le coupable dans son cabinet, toutes portes closes. L'abbé des Pauvres comparut devant lui avec une incroyable assurance : — C'est donc toi, lui dit Louis XIII, qui as eu la lâcheté... — Le mot est dur, sire. — Tais-toi, bandit ; quand on attente à la vie d'une femme..... — Cette femme intéresse donc vivement Votre Majesté, sire ? Le roi rougit et murmura : l'effronté coquin ! Il reprit : — Quel motif t'a poussé à ce crime ? Tu n'as sans doute été qu'un agent... — Maladroit, interrompit Gorju avec un soupir. — Qui t'a donné l'ordre ?... — Si je l'avoue, garantissez-vous ma sûreté, sire ? — Tu fais des conditions au roi, ribaud ? — Je suis aux gages de M. le maréchal d'Ancre, et si j'accusais mon maître... — Tu paierais pour lui ; tu serais pendu. — Je m'en doutais. Le poisson est trop gros pour votre filet, sire. Votre colère n'ose remonter jusqu'à lui. Mais prenez garde ! s'il me réclame ! — Je lui rendrai ton cadavre. Il y aura eu erreur. Comme tu auras été interrogé, jugé et condamné par le roi, Concini ne demandera pas d'autres explications.

Gorju pâlit et perdit un peu de son effronterie :

— Votre Majesté réfléchira, dit-il d'un ton doucereux, qu'un serviteur n'est pas coupable pour avoir exécuté l'ordre de son maître. Elle me pardonnera. — Non. La justice avant tout, dit Louis XIII.

Gorju le regarda fixement :

— Eh bien ! si vous ambitionnez le surnom de roi juste, pourquoi donc, sire, laissez-vous impunis les meurtriers de votre père.

Le roi et M. de Luynes tressaillirent. Le roi se leva de son fauteuil, le visage en feu :

— Misérable, comment oses-tu prononcer des paroles si hardies ? Ravaillac n'a-t-il pas été exécuté en place publique ? Gorju sourit : — Oh ! parce qu'il l'a bien voulu, le pauvre homme. Bras d'acier, mais tête faible. Les occasions de s'échapper du Châtelet ne lui ont pas manqué. Il a refusé d'en profiter. Ce n'était pas un assassin, mais un martyr, un maniaque de dévotion. Il n'était pas plus le vrai coupable que je ne le suis aujourd'hui ; mais les vrais ne se laissent jamais prendre, eux.

Le roi se tut.. Il n'osait continuer ce monstrueux interrogatoire, effrayé des révélations sortant, comme des tonnerres, de cette bouche vile et infâme. Mais, M. de Luynes, se sentant sur la trace d'un secret qui pouvait achever la grandeur de sa fortune, et n'étant pas retenu, comme le roi, par des pudeurs secrètes de famille, M. de Luynes dit avec calme à Gorju :

— Tu répètes, comme un perroquet, les propos des halles, les soupçons ramassés dans les ruisseaux et qui ne peuvent s'étendre plus haut. Gorju haussa les épaules : — Je ne parle pas des assassins du roi Henri comme un chansonnier de carrefours, monsieur de Luynes. Et, s'avançant vers le roi :

— Je les connais, sire. Louis XIII tressaillit. — Oses-tu mentir si effrontément devant moi et te jouer, à ce point, de mon indulgence. La question me fera justice de tes hâbleries. — Je ne mens pas, sire. — Nomme donc ces grands

coupables, dit le roi en frissonnant. — Jamais, sire... — Ah ! misérable, tu me trompais donc ! — Jamais, reprit Gorju avec sangfroid, à moins que vous ne me donniez votre parole royale de m'accorder la vie sauve.

Louis XIII, ému, agité, saisi d'une horreur profonde, se promena dans le cabinet d'un pas chancelant. Puis, se tournant vers M. de Luynes :

— Albert, laisse-moi seul avec cet homme, dit-il d'une voix hésitante. — Seul avec ce patibulaire bandit, sire ? — Crois-tu donc que j'aie peur, Albert ? Et, d'un geste, il lui ordonna d'obéir. — Oh ! nul autre que moi ne doit entendre ce qu'il va me dire, et si mon meilleur ami assistait à cet entretien, sa vie serait en danger, Albert.

M. de Luynes se retira :

— Je vais garder la porte du cabinet avec Marsillac et Tronçon, sire.

— Dès que vous élèverez la voix, j'entrerai. A peine fut-il sorti, Louis XIII retomba, accablé dans son fauteuil, et murmura d'un ton sombre :

— Quels sont les vrais coupables ? — La Galigaï et son mari. Ils ont soufflé le feu. Ils ont inspiré l'idée du crime. Ils ont cherché l'homme qui devait l'exécuter. — L'homme ? Dis le démon, reprit le roi ! Ah ! ma haine était donc juste. Je respire comme si tu avais soulevé une montagne qui écrasait ma poitrine. Mais étaient-ils seuls ? — Non, sire. — Nomme donc leurs complices. Tu as juré de ne me rien cacher, et ta vie dépend de la franchise. — M. le duc d'Epernon a fourni l'homme, moi, je n'ai fourni que le couteau. — Ah ! s'écria le roi avec un regard radieux, en joignant ses mains, comme pour une prière, voilà donc tous nos ennemis. Soyez loué, mon Dieu, et pardonnez-moi mes soupçons impies qui montaient si haut.. Il fixa ses yeux ternes sur Gorju : — Ainsi, tu m'as avoué toute la vérité. Tu jures sur ta vie éternelle... Gorju recula : — Je n'oserais jurer, sire. — Te reste-t-il encore quelques noms plus obscurs à me dénoncer. Gorju trembla de tous ses membres. — Un plus illustre, plus auguste et plus redouté que tous les autres, Majesté.

Louis XIII se leva : — «Tais-toi, misérable. Prends garde au nom qui va sortir de tes lèvres. Cependant il est étrange que tous ces valets et cet ami du roi aient osé à eux seuls... Quel est donc ce dernier complice ? parle, je le veux. — C'est votre mère, sire, dit Gorju en reculant. — Tu mens, infâme ! dit le roi qui s'avança vers lui avec un geste menaçant. — Sire, je l'atteste au nom de Dieu ! — Les preuves ! les preuves ! répéta Louis d'une voix rauque. Malheur à toi si tu n'as pas de preuves. — Souvenez-vous de votre parole royale, sire. — Les preuves ! les preuves ! — Je les ai en mains, mais si je les livre... — Les preuves, bandit ? Prends-tu donc le roi de France pour un parjure ! Les preuves ! Car seul je dois les connaître et je veux les anéantir.

— J'ai servi le duc d'Epernon et j'ai servi le maréchal d'Ancre, répliqua l'abbé des Pauvres avec un sourire sinistre, et je me suis payé mes gages avec trois morceaux de papier, que j'ai cousus dans la doublure de mon pourpoint. — Donne !

Gorju déchira la doublure et en retira une lettre :

— Voici le billet adressé par Concino Concini à M. le duc d'Epernon. Le roi lut à voix basse, laissant échapper des lambeaux de phrases qui le frappaient : — « Nous remuons dans son cœur l'ambition, la jalousie, la vengeance... L'idée de sang mûrit.... En Guyenne vous trouverez un de ces soudards de goupillon qui prient saint Jacques-Clément !. Un ligueur qui ait envie d'être canonisé ! » Horrible ! dit Louis XIII après avoir achevé. — Voici la réponse de M. d'Epernon, continua Gorju.

Le roi lut : « J'ai trouvé l'homme. Moine par la tête, il a des visions, il a le bras d'un boucher. Sans feu ni lieu, il cherche une place au ciel. Pour lui le roi est un huguenot et la Ligue a dit : Il est bon de tuer les rois huguenots. »

— Et ce d'Epernon m'a baisé la main ! murmura Louis XIII avec un geste de dégoût. Mais ces lettres infâmes n'accusent pas ma mère. Il s'agit de vagues suggestions. Les Florentins l'ont irritée contre son mari, mais elle n'a pas su, elle n'a pas voulu, elle n'a pas ordonné le crime. Tu vois bien que c'était un mensonge. — Vous m'avez promis la vie sauve, sire. Eh bien lisez ce dernier billet ; il n'y a que deux lignes sans signature, mais terribles, et vous reconnaîtrez l'écriture.

Le roi le saisit d'une main tremblante et lut :

— « Duc d'Epernon, comptez sur celle qui sera bientôt toute puissante pour la fortune de ses amis. »

Louis chancela sur ses jambes, et Gorju s'avança pour le soutenir :

— Ne me touche pas, maudit, toi qui as fourni le couteau à l'homme, dit-il avec des yeux égarés. Va-t-en! va-t-en.

— Suis-je réellement libre, sire! s'écria Gorju avec un mouvement de joie.

Le roi s'appuya au dossier du fauteuil et appela d'une voix vibrante : — Albert!

M. de Luynes parut à la porte du cabinet.

— Faites conduire cet homme au logis de votre frère Cadenet, poursuivit le roi, et qu'il y soit gardé à vue. Je lui ai promis la vie sauve, mais s'il tente de s'échapper, qu'on le tue comme un chien.

L'Ordinaire s'inclina et Gorju fut aussitôt emmené par Marsillac et Tronçon, chargés de lui servir de gardes-du-corps. Chemin faisant, il fit sur sa situation quelques réflexions judicieuses qui aboutirent à le convaincre qu'une prompte fuite pouvait seule le soustraire à un emprisonnement perpétuel au fond de quelque bastille d'état. Il résolut de profiter du premier embarras de foule ou de voitures qui se présenterait pour se délivrer de son incommode et honorable escorte.

L'occasion sembla s'offrir d'elle-même sur la place de Saint-Germain-l'Auxerrois encombrée par les fidèles qui sortaient de l'église. Les pages et les laquais, les chevaux des gentilshommes, les litières des dames, les chaises à porteurs des vieillards, les cris des vendeurs d'images, les psalmodies des mendiants aveugles qui assiégeaient la porte de l'église, toute cette cohue bigarrée et bruyante favorisait une tentative de ce genre, tandis que Marsillac retournait la tête pour suivre de l'œil une jeune femme encapuchonnée dans sa Mante et que Tronçon menaçait, un apprenti à l'air niais qui venait de le coudoyer, Gorju se glissa comme une couleuvre sous le ventre d'un cheval magnifiquement harnaché, se perdit au milieu de la foule et se dirigea vers l'église. Les cris de ses deux gardes augmentèrent le tapage et la confusion. On cria : au voleur! au tire-laine! Et le gueux gagnait du terrain.

Malheureusement pour lui, à peine atteignait-il le porche, qu'il s'arrêta un instant à regarder deux dames qui faisaient piteusement l'aumône à un vieil aveugle courbé sur son bâton et psalmodiant les litanies d'usage. L'aspect de ce groupe sembla étourdir l'abbé des Pauvres, comme une vision extraordinaire surgissant par miracle pour lui barrer le chemin de la délivrance. Ses crimes prenaient une forme vivante pour faire obstacle à son salut, mais il entendit résonner à ses oreilles la voix de Marsillac et de Tronçon qui fendaient la cohue. Rappelé à l'instinct du danger, il poussa brutalement l'aveugle pour s'ouvrir un passage.

Tristan, car vous avez déjà reconnu notre pèlerin de Rome, se raccrocha en trébuchant au manteau du fugitif qui, furieux d'être retenu, voulut lui arracher son bâton, malgré les murmures des spectateurs de cette scène. L'aveugle résista, se débattit et en essayant de se défendre, il frappa l'agresseur à la tempe du bout ferré de son arme de mendiant. Gorju tomba, et son sang rejaillit sur les dames de Thornstein.

— Notre besogne est faite! dit froidement Marsillac à son compagnon; mais ce drôle pourrait se livrer à quelqu'intempérance de langue. Ne quittons pas la place.

— Malheureux! s'écria Christine à l'aveugle d'une voix profondément altérée, vous avez tué cet homme.

Tristan laissa tomber son bâton et joignit les mains avec une expression d'angoisse.

— Y a-t-il donc un Dieu là-haut! murmura Gorju, en fixant un regard vitreux sur le groupe qui l'entourait. Est-ce le hasard ou la Providence qui a dirigé le bâton de cet aveugle? Pourquoi ceux dont j'ai troublé la vie viennent-ils se réjouir de ma mort? Oh! ne te lamente pas, Tristan. Tu t'es vengé. Le ciel est juste! — Que parle-t-il de vengeance? dit l'aveugle étonné. Je n'ai pas d'ennemis et ne veux me venger de personne.

Gorju essaya de redresser sa tête ensanglantée:

— As-tu oublié Jean le Roux, le rebouteur, le sorcier, le valet infidèle qui aimait ta femme, bon Tristan? demanda-t-il d'une voix sifflante.

L'aveugle et la baronne Ulrique poussèrent un cri terrible. Gorju ferma les yeux:

— Je meurs, Tristan, indigne de pardon et de miséricorde. Jean le Roux a fait du noble et heureux baron un mari jaloux, un aveugle, un mendiant. L'abbé des Pauvres a outragé de son amour pervers la fille de l'aveugle, la fille de la chaste femme qu'il avait calomniée... Maintenant je vois la mort me toucher les lèvres, et, derrière elle, je vois marcher mes crimes qui portent témoignage contre moi.

Ombre du marquis Gaspard, grâce! ombre de Henri, pitié! J'ai vendu le couteau, mais je n'ai pas frappé. Ma bouche se dessèche comme si les tisons de l'enfer la brûlaient déjà. J'ai soif! Tristan, de l'eau! J'ai horreur de mes blasphèmes et je voudrais prier... mais je ne sais plus. Priez pour moi, vous tous que j'ai offensés!

Le râle de l'agonie entrecoupait ses paroles et finit par les rendre confuses, indistinctes, semblables à des sanglots; tandis que Christine, éperdue, baisait le visage flétri du vieillard et le baignait de ses larmes en murmurant, pour la première fois, ce doux nom : — Mon père!...

Tronçon et Marsillac se hâtèrent de transporter le moribond dans la sacristie, et ne permirent qu'à Tristan et aux dames de Thornstein d'y pénétrer avec eux.

L'aveugle ne pouvait croire à son bonheur. Son passé de misères s'effaçait comme un nuage, et sa jeunesse radieuse lui semblait ressusciter sous les doux baisers de ces deux anges, dont la voix, tendre comme une caresse, enivrait son cœur de joie, d'amour et de doux orgueil. Raconter les transports, les souvenirs, les regrets, les espoirs qui furent échangés entre Tristan, Ulrique et Christine à la suite de la confession de Gorju, serait une tâche au-dessus de mes forces.

Une heure après ces événements, le roi, malgré les instances de M. de Luynes, fit demander à sa mère une audience dont les résultats furent tout différents de ceux qu'il espérait.

Marie de Médicis était encore couchée lorsque son fils entra dans sa chambre, suivi du baron de Vitry, son capitaine de gardes, qui se tint respectueusement à la porte.

— Quelle affaire importante vous rend si matinal, sire? demanda la reine-mère en étouffant un bâillement; vous ne ménagez pas assez votre santé, et vous transgressez bien facilement les lois de l'étiquette!

Louis la regarda d'un air tendre et soumis : — Vous êtes belle, ma mère, et vous êtes bonne. Pourquoi vous éloignez-vous de moi? Pourquoi me reléguer dans un coin du palais, où je suis exilé de vos caresses et de votre affection? La Galigaï envahit votre cœur tout entier. Elle vous détourne de moi!

Marie de Médicis parut irritée de ces reproches comme d'un outrage:

— Etes-vous jaloux de cette pauvre amie, qui m'est si dévouée, mon fils! Vous devriez l'aimer pour les services qu'elle nous rend, et pour les tracas de politique dont elle nous allège le fardeau! Mais vous écoutez vos plats flagorneurs, qui, dans leur sotte importance, croient aussi facile de diriger l'État que le vol d'un faucon. — Que les Concini prennent tout, ma mère, argent, places, gouvernements, mais qu'ils ne vous empêchent pas de m'aimer. Je suis faible et malade, vous le savez, madame, et je me souviens de mon père, qui jouait si complaisamment avec moi, oubliant les ambassadeurs et les dépêches! Il était bon pour sa famille comme pour son peuple, le grand Henri.

— Il m'a bien fait souffrir! murmura Marie de Médicis en évitant le regard de son fils. — Mon père était un héros, un foudre de guerre, un grand politique, un joyeux compagnon, n'est-ce pas, madame! — C'était un triste mari, monsieur mon fils, dit-elle d'une voix glacée. — Mais n'étiez-vous pas fière d'être la femme de ce petit prince qui avait conquis un si grand royaume? — Je suis Italienne, et je me consumais dans les jalousies d'un veuvage anticipé. Henri était un Dieu pour les autres; c'était un démon pour moi. — Ainsi, vous lui préfériez ces cupides parvenus, qui gâtaient vos vertus et vous irritaient contre mon père? Le trône a déchu sous eux, madame. — J'aime ceux qui m'ont aimé et servi; leur grandeur est mon œuvre. C'est la noblesse factieuse qui a déchu sous eux, mon fils. — Vous ne les abandonnerez donc pas! — Jamais. — Vous défendrez contre la noblesse, le parlement, le peuple, la France entière? — Contre vous-même, qui êtes le roi, mon fils. Je tomberai avec eux plutôt que de les renvoyer. Dites cela à ce petit de Luynes, que Concini a placé près de vous, et qui vous apprend à la fois à dresser des pies-grièches et à haïr Concini. — Il le saura, ma mère, dit doucement Louis XIII.

Marie de Médicis sentit la colère s'amasser dans son cœur : — N'oubliez pas, sire, que je vous demande le renvoi de cet ingrat, celui de M. de Vitry, de Montpouillan, de Marsillac, de tous ces insectes parasites qui rampent sous le pied de Concini et le piquent au talon. Avouez que vous leur servez de porte-voix, sire?

Louis XIII ne répondit que par un sourire forcé.

— Vous n'hésiterez donc pas à me sacrifier vos fauconniers, si vous m'aimez, mon cher fils ! ajouta la reine avec une expression de tendresse.

Louis XIII lui baisa la main :

— Vous verrez bientôt si je vous aime, madame, et si je recule devant les plus rudes obstacles quand il s'agit de votre gloire et de ceux qui ont osé y toucher. Il y a longtemps que vous ne m'avez embrassé, ma mère.

La reine triomphait ; elle se laissa embrasser, et profita de l'expansion singulière de son fils pour ajouter : — Voyez comme ce pauvre Concini est bon ! il vous a rendu mademoiselle de Thornstein !

Louis XIII resta impassible :

— C'était votre lectrice, madame, mais si vous l'exigez, elle quittera la cour. — Pourquoi donc ? C'est une jolie fille. Elle pourra vous distraire de vos humeurs noires, quand je serai empêchée par les affaires graves de l'État.

L'esprit rigide du roi fut révolté de cette ironie légère. Cependant il ne se permit aucune réflexion, et, après avoir tendrement pris congé de la reine-mère, il se retira, suivi du baron de Vitry.

Dans l'antichambre, le capitaine des gardes sentit une main s'appesantir sur son épaule. Il se retourna, et vit le maréchal d'Ancre qui le salua avec un de ces cauteleux sourires italiens, présages de tempête.

— Monsieur le baron, dit gracieusement Concini, je suis de retour au Louvre et tout prêt à vous donner satisfaction.

Vitry se troubla : — Le roi m'a défendu de me battre avec vous, monsieur le maréchal.

Le Florentin haussa les épaules.

— Avez-vous beaucoup prié Sa Majesté pour obtenir une si rare faveur, monsieur de Vitry ?

Le baron devint pourpre et porta la main à la garde de son épée.

— Allons donc ! un peu de vergogne, *per Dio !* capitaine des gardes, vous devez l'exemple. Vous me traitez d'étranger. Montrez à vos amis ce que vaut l'épée d'un vrai Français ! — Je ne puis me battre, répliqua sourdement Vitry, c'est une lâcheté de me provoquer.

Les courtisans se groupaient autour d'eux et s'étonnaient de l'étrange humilité de ce grand pourfendeur, renommé pour son brutal courage.

Concini lui-même avait peine à cacher sa surprise :

— Le prétexte est ingénieux, monsieur le baron. Vous insultez les gens et vous refusez de croiser le fer avec eux. Si, pourtant, je châtiais votre insolence de nouveau, pousseriez-vous la soumission... — Me croyez-vous un lâche ? s'écria Vitry. — Vous me forcez, monsieur, à perdre la bonne opinion que j'avais de vous. — Insultez-moi donc, mais j'obéirai au roi.

Concini ressentit une vague terreur en voyant le capitaine des gardes s'entêter dans cette déférence incompréhensible et honteuse, aux ordres d'un prince adolescent, sans prestige sans pouvoir, sans volonté.

Les courtisans s'empressaient autour des deux adversaires. Quelques-uns s'offensèrent de la patience du baron :

— Il faut te battre, Vitry, dit l'un. — Veux-tu te déshonorer, dit un autre. — Perdre ton emploi ! — Te faire chasser du Louvre ! — Nous forcer à détourner la tête quand tu voudras nous donner l'accolade ! — Et mille autres observations. — Vous entendez vos amis ! ajouta le maréchal d'Ancre. Et comme le baron gardait un morne silence, il lui arracha son épée et la brisa sur son genou en disant :

— Voilà ce que je fais de l'épée d'un poltron qui ne sait pas s'en servir !

On connaissait l'humeur terrible de Vitry ; sans doute il allait souffleter le florentin. Vitry baissa la tête.

— Décidément vous êtes malade, monsieur, dit le maréchal, mais d'une maladie bien difficile à guérir. Et on confie la garde du roi de France à un tel homme. Oh ! il ne me plaît pas qu'un Vitry soit plus longtemps maître du Louvre.

Lorsque Vitry leva les yeux, tous les courtisans s'étaient écartés de lui comme d'un lépreux. Une pâleur verte couvrait son visage. Brantes, Cadenet, Tronçon et Marsillac le regardaient eux-mêmes avec stupéfaction :

— Pourquoi n'avoir pas profité de cette heureuse occasion pour nous débarrasser du Conchine, dit Tronçon avec un geste de matamore. — Le roi l'a défendu, messieurs, répliqua Vitry en souriant ; or, j'obéirai toujours et en tout au roi. N'est-ce pas lui qui donne les bâtons de maréchaux ?

Puis, sans rien ajouter à ces paroles mystérieuses, il s'empressa de rejoindre Louis XIII, qui apprit bientôt par ses familiers la stérile provocation du favori de sa mère. Il ne témoigna aucun mécontentement de la conduite de son capitaine des gardes, mais lui ordonna de coucher dans la chambre qui précédait sa chambre à coucher.

Le lendemain matin Concini se rendit au Louvre pour saluer la reine, suivi de son brillant et nombreux cortége de lâches à mille francs. Il arriva devant la porte qui était en dehors des fossés. Le guichet seul restait ouvert ; mais bientôt les deux battants de la grande porte roulèrent sur leurs gonds. Trente et quelques gentilshommes qui précédaient le maréchal d'Ancre s'élancèrent d'abord sur le pont, et celui-ci y pénétra à son tour, suivi d'une dizaine d'autres. En cet instant la tête du cortége fut refoulée. La garde montante qui occupait le Louvre en obstruait l'entrée. Concini s'arrêta, non sans donner un signe d'impatience.

— Place ! place ! cria Vitry qui accourait en toute hâte sur le pont, escorté de tous les familiers du roi, à l'exception de M. de Luynes ; place ! continua-t-il en étendant son bâton d'ordonnance, comme s'il eût dû préparer le passage du roi.

Un homme du haut du donjon venait de tourner trois fois son chapeau en l'air : c'était un signal.

Vitry arriva facilement jusqu'au maréchal et lui posa la main sur l'épaule :

— Monsieur, dit-il brusquement, le roi m'a ordonné de m'assurer de vous. — De moi ! s'écria Concini terrifié en portant la main à la garde de son épée. — Oui, de vous, mort-Dieu ! répliqua le capitaine des gardes. Trois coups de pistolet partirent au même instant, et le maréchal d'Ancre tomba mort, au milieu d'une rumeur de surprise et d'épouvante, le long du parapet de pierre du pont tournant, la poitrine saignante, les bras étendus, le visage tourné vers le ciel avec une expression audacieuse et altière. On prit aussitôt son épée, son écharpe et son manteau. Quelques courtisans lui crachèrent à la figure ; d'autres lui écorchèrent les mains des éperons de leurs bottes, et tous coururent offrir leurs félicitations au jeune roi, qui changeait de tutelle. Vitry avait, le premier, annoncé la bonne nouvelle à Louis XIII et à M. de Luynes : — Il n'y a plus de maréchal d'Ancre, dit ce dernier avec un air de satisfaction, mais il y aura, j'espère, un maréchal de Vitry.

Léonora Galigaï fut arrêtée par le meurtrier de son mari, emprisonnée, jugée, condamnée comme sorcière, puis conduite en chemise dans un tombereau et exécutée en place de Grève. Le corps de Concini fut traîné dans les rues, accroché par les pieds à une potence au bout du Pont-Neuf, rejeté dans les ruisseaux à la lueur des torches, déchiré par les ongles et les dents des cannibales de la populace, et des morceaux de ses membres furent offerts et achetés à prix d'argent.

Grâce à François Perrier, Zorah parvint à s'échapper de l'hôtel du maréchal avant qu'une multitude forcenée l'eût mis à sac et à pillage ; mais le jeune peintre ne put l'empêcher de recommencer sa vie vagabonde et indépendante. Elle quitta, quelques jours plus tard, le logis des dames de Thornstein, et, de tous les personnages de cette histoire, Jacques Callot seul la revit une fois, appuyée contre un pilier, le jour de son mariage, dans l'église de Saint-Epvre, à Nancy. L'œuvre de ce célèbre graveur contient plusieurs portraits ressemblants de cette mystérieuse bohémienne.

François Perrier, qui avait conçu une horreur profonde de l'assassinat politique du maréchal d'Ancre, ne voulut pas rester à la cour et y grandir sous le patronage de M. de Luynes. Il retourna à Rome, où il poursuivit ses études en compagnie de Callot et de Claude Lorrain, et où le bonhomme Tristan le rejoignit bientôt avec sa femme et sa fille. Le jeune Bourguignon devint un peintre distingué, sans atteindre à la glorieuse renommée de ses compagnons de voyage, et épousa, cinq ans plus tard, mademoiselle de Thornstein, qui conserva, comme Diane de Poitiers, sa merveilleuse beauté jusqu'à un âge assez avancé. Quoique la fière Christine n'eût jamais voulu reparaître à la cour de Louis XIII, le souvenir de ce prince lui resta fidèle, et pendant toute la durée de ce règne une protection invisible veilla sur elle, malgré toutes les vicissitudes politiques qui troublèrent l'âme chétive et morose du fils de Henri-le-Grand.

FIN

VERSAILLES. — IMPRIMERIE DE CERF, RUE DU PLESSIS, 59.

RÉVÉLATIONS
SUR LES
PROGRÈS DE L'ART DENTAIRE
PAR
JACOWSKI, Dentiste, 5, rue de l'Échelle.

On demandait à Newton comment il avait fait
pour trouver le système de l'attraction; il répondit : « C'est en y pensant toujours. »

SOMMAIRE. Des déviations générales et partielles des dents. — Théorie et
pratique. — Inconvénients d'un certain cas. — De l'extraction des dents.
— Des causes qui déterminent les douleurs de dents. — De la déviation
congéniale des dents. — Leur redressement. — Nouveau système. —
Anecdote. — Des dents artificielles, système Jacowski. — Le davier per-
fectionné. — *Le compresseur auditif*, appareil consacré par l'Académie
des sciences et des arts, pour la suppression de la douleur dans l'avulsion dentaire. — Théorie de l'insensibilité locale.

Tout le monde a gardé le souvenir d'un passage du livre
qui fit la célébrité de Cervantes, où il est dit qu'il n'y a pas
de diamant si beau qui soit aussi précieux qu'une dent.

L'impression que cette pensée produisit sur nous, au lieu
de s'effacer, s'aviva de plus en plus avec le temps, et nous
détourna de la direction qui nous avions suivie jusque-là.
Nous comprîmes, en effet, qu'elle place importante occupait
la beauté des dents dans la physionomie humaine, disons
mieux, dans les contentements de la vie. Nous vîmes des
hommes et des femmes, riches, beaux de traits, élégants de
taille, aimables, avenants, pleins d'esprit, et qui, malgré la
possession de ces rares avantages, portaient sur leur visage
les signes de la tristesse et de la peine !

Cette mélancolie inavouée avait pour cause le mauvais
état de la bouche, que les dents fussent mal placées, confuses ou mêlées, soit surtout que, par leur disposition, la
partie inférieure ou supérieure du visage sortît des lignes
et des aplombs symétriques des belles lois de la structure
humaine.

Un sentiment sympathique s'éveille à la vue de ces af-
flictions silencieuses si fréquentes, si multipliées. De là
l'idée de nous attacher à l'étude de cette branche de chirurgie qu'on désigne sous le nom de prothèse, qui a pour
objet le traitement spécial des dents et des gencives.

Une vocation qui ne manquait pas d'une certaine force
d'entraînement avait précédemment concentré le travail de
notre esprit et de nos mains dans des œuvres de sculpture.
Ce fut une heureuse circonstance, à peine notre résolution arrêtée, nous comprîmes que le succès de notre entreprise dépendrait principalement de ces mêmes travaux
d'art auxquels nous nous étions livré avec ardeur.

Pour avancer avec sécurité dans la nouvelle voie que
nous adoptions, pour progresser, il fallait nécessairement
nous rendre compte du point exact où se trouvait l'art dentaire à notre époque, et la valeur vraie des découvertes ou
des inventions qui se rattachent à sa pratique. Il nous fallut donc analyser les procédés mécaniques. Plusieurs années furent consacrées à ce labeur persévérant, et après
avoir tout vu, tout expérimenté, nous nous sommes promis
que la prothèse, ou l'art dentaire, ferait un pas en avant,
un pas immense ! Aujourd'hui, nous avons la conviction
d'avoir atteint le but que nous poursuivions avec une énergique ténacité.

Les déviations générales et partielles des dents, notamment des dents incisives inférieures en dehors, constituent
une difformité considérable, contre laquelle, ainsi que l'a
remarqué le docteur Candé, l'un des collaborateurs de la
Gazette des Hôpitaux, tous les efforts de la chirurgie dentaire ont échoué.

« Les traités spéciaux les plus complets, ajoute-t-il, et
les plus justement recommandés, parlent à peine de ce vice
de conformation qu'on désigne vulgairement sous le nom
de *menton de galoche*, et encore moins des moyens mécaniques à lui opposer. » En effet, chaque praticien, à cet
égard, se livre à des expérimentations plus ou moins dangereuses. La méthode, ou plutôt la tradition qui prévaut
communément — et en pure perte — dans le redressement
des dents, est celle qui a recours au bâillon.

Dans les cas les plus simples, on emploie de dix-huit à
vingt grammes d'or ou de platine pour faire cet appareil,
que le patient est condamné à subir pendant des mois et
même des années, souvent sans résultat heureux. En aucun
cas, du reste, on ne pouvait réformer le menton avancé ou
menton de galoche.

Est-il nécessaire d'insister pour faire ressortir les incom-
modités nombreuses de ces bâillons, véritables instruments
de supplices? ils rappellent le caractère de la vieille barbarie, et par leur volume et par leurs effets. Leur grosseur
obstrue la bouche; par leur poids, ils déterminent des ul-
cères et des aphthes; par leur frottement contre les dents,
ils font dévier les unes, alors même qu'on demande à leur
action de remettre les autres en place.

Et cependant tel est l'unique agent auquel les praticiens
actuels s'adressent pour combattre les déviations dentaires,
qui parmi les accidents graves, les désordres de la bouche,
occupent non-seulement la première place, mais sont aussi
les plus fréquents.

Les déviations, il importe de le dire, ne nuisent pas seulement à la beauté du visage, à l'euphonie de la voix, à
l'élégance de la diction, mais elles sont une cause de souffrances cachées, de phénomènes physiologiques dont le
diagnostic échappe malheureusement souvent à ceux qui
n'ont que la routine de la médecine.

M. Martin Lauzer, ancien chef de clinique de la Faculté
de médecine à l'Hôtel-Dieu de Paris, cite, dans son *Journal
des Connaissances médico-chirurgicales*, un fait extrêmement
curieux qui vient à l'appui de notre assertion.

« Un jeune homme fut pris, vers treize ans, de douleurs
de tête vagues, passagères d'abord, et qui devinrent presque continuelles, après plusieurs mois. C'était plutôt un ma-
laise qu'une souffrance, mais cet état pénible amenait le
dégoût du travail et souvent aussi de tout amusement. Ces
maux de tête revenaient irrégulièrement à toute heure du jour.

« Plusieurs médecins furent consultés; beaucoup de traitement furent entrepris; l'état du malade restait le même
et durait depuis près de deux ans.

« Enfin, un médecin, chargé de suivre régulièrement la
maladie, donna la consultation suivante :

« *Diagnostic*. Tumeur fibreuse de la dure-mère.

« *Traitement*. 1° Un double cautère à la nuque, que l'on
remplacerait par un séton;

« 2° Un purgatif tous les quatre jours;

« 3° Un vomitif tous les quatre jours, qui alternerait avec
le purgatif;

« Une saignée ou une application de sangsues tous les
quinze jours.

« C'était, aux exutoires près, le traitement indiqué par
Valsalva dans les cas d'anévrisme de l'aorte, et que l'on a
quelquefois employé dans les cas d'hypertrophie du cœur.

« Le malade fut envoyé avec cette consultation près de
Bertin, de Rennes, dont la réputation était alors en grand
retentissement dans tout l'ouest de la France.

« Bertin avait interrogé et examiné le malade avec le
plus grand soin sans trouver la cause de cette céphalalgie;
quand il lui fit ouvrir la bouche, voici ce qu'il observa: les
dents étaient mal rangées, leurs bords chevauchaient l'un
sur l'autre; de chaque côté et à chaque mâchoire une dent
était cariée ; c'étaient les quatre premières grosses molaires.

« Je ne serais pas étonné, dit Bertin, que les maux de
tête de ce jeune homme vinssent d'une dentition difficile et
de l'irritation produite par l'entremise du nerf dentaire jusque sur l'encéphale. L'emplacement est trop petit pour les
dents, et leur serrement en a fait éclater quatre, qui, ayant
paru ensemble, se sont trouvées dans la même situation.
J'engage donc à faire extraire ces quatre mauvaises dents,
avant de faire aucun autre traitement.

« Quand à la consultation ci-jointe, je n'ai que deux mots
à dire : la maladie que l'on suppose n'existe pas ; en second
lieu, si elle existait, comme elle est incurable, le traitement serait encore inutile. »

« Le doute qu'avait semblé manifester Bertin n'encoura-
gea pas le malade à faire extraire ses mauvaises dents; il
continua à souffrir plusieurs années. La carie augmenta; il
survint des névralgies dentaires. On fit extraire une des
dents, puis les autres tombèrent par morceaux, et ce ne fut
que vers l'âge de vingt-trois à vingt-quatre ans que les dernières racines furent extraites et que les maux de tête disparurent complétement, après avoir duré près de dix années. »

Il résulte un enseignement utile de ce fait, que nous
avons rapporté dans ce but avec quelques développements,
c'est que la sollicitude des parents devrait se faire un devoir rigoureux de conduire leurs enfants chez un dentiste
spécialiste et habile, à l'époque où le travail de la seconde
dentition commence à se manifester.

Il importe non moins d'appeler l'attention des familles
sur les inconvénients qui résultent de la précipitation que
plus d'un praticien met à extraire les dents à la première
douleur dont se plaint un enfant ou à la moindre apparence
d'une altération. Souvent, nous le prouverons tout à l'heure,

la cause réelle de la souffrance n'est pas l'effet d'une maladie purement locale ; très-souvent aussi, l'altération dont la dent est atteinte d'une nature plus bénigne qu'on ne croit. A cet égard, nous pouvons affirmer que, sur dix cas, le mal pris à temps, bien traité, peut être guéri sans extraction ; mais, pour trouver la cause, il faut se donner la peine de la chercher, et c'est ce qui n'arrive pas toujours.

Nous n'hésitons pas, dans l'intérêt particulier des enfants, par exemple, à signaler l'inconvénient qui nous paraît résulter de l'habitude qu'ont certains chefs d'institution d'attacher à leur établissement un dentiste à l'année. Assurément, notre observation ne s'adresse pas aux hommes consciencieux à qui cette sorte de surveillance par abonnement est confiée ; mais, à côté des praticiens sérieux, combien ne s'en rencontre-t-il pas dont les uns sont imbus du préjugé que toute dent gâtée ne saurait être sauvée, et les autres, pour s'épargner l'étude attentive et la peine de suivre la maladie dont la dent est affectée, ont recours à l'extraction pour en finir au plus vite avec leurs obligations.

Il y a des causes nombreuses qui déterminent les douleurs de dents. La carie a des degrés divers, le ramollissement, l'inflammation des gencives et le kyste figurent parmi les plus actives. — Ce sont là des parties essentielles de ce que nous appellerons la *pathologie dentaire*, dont tout dentiste éclairé doit nécessairement se procurer. C'est en possédant cette science à fond qu'il combat, avec succès, les dents chancelantes, dont les exemples sont si fréquents, et notamment le kyste (ou fistule), cette affection rebelle, jusqu'ici, aux traitements routiniers de l'art médical.

Enfin, nous dirons qu'il importe surtout de recourir promptement à la consultation, — afin d'y porter remède, — lorsque les dents de l'enfant sont trop serrées, car, en se gênant mutuellement, elles finissent toujours par s'endommager.

Nous avons été très-souvent consulté sur ce point, et il n'est pas une seule de nos tentatives de redressement qui n'ait complétement réussi, quelle que fût, d'ailleurs, la complication du désordre qu'il s'agissait de combattre. Notre mode d'opération est d'une simplicité, d'une promptitude telles, qu'il obtient en quelques heures des résultats qui demandaient autant de jours, et nous avons exécuté en quelques jours ce qui ne pouvait s'accomplir qu'à la suite de plusieurs mois.

L'efficacité de ce système ne se fait pas éprouver exclusivement dans les accidents dentaires de la jeunesse ; nous avons fait céder les cas les plus rebelles, tantôt chez des sujets en pleine virilité, tantôt chez des personnes âgées.

Non-seulement nous avons modifié l'aspect des dents, mais la conformation maxillaire, au point d'opérer une métamorphose complète de la physionomie. Des hommes d'une grande honorabilité de caractère et d'une compétence médicale indiscutable ont attesté, après en avoir vu l'application, que l'appareil dont nous étions l'auteur marquait un immense progrès dans le traitement orthopédique des déviations congéniales des dents.

« Nous avons vu, dit le docteur Candé, fonctionner cet appareil, 1° sur une jeune fille nommée Louise Gebel, âgée de quatorze ans ; elle avait la mâchoire inférieure superposée à la supérieure. L'application de l'appareil a duré quatre jours, au bout desquels ce vice de conformation avait entièrement disparu ;

« 2° Sur sa jeune sœur, âgée de douze ans ; celle-ci avait de plus la dent incisive supérieure déviée en dedans, et en quinze jours, le résultat ne laissait rien à désirer ;

« 3° Sur la nommée Pauline Garchs, âgée de quinze ans ; elle avait une grande et une petite incisive de la mâchoire supérieure fortement déviée en dedans, et, en outre, une canine inférieure dans le même état. Cette double déviation, qui aurait été une difficulté insurmontable à l'*aide des appareils connus jusqu'ici*, a été vaincue en trente jours (1). »

Après ces sérieuses appréciations de nos travaux, qu'on nous permette d'exposer au sourire sceptique de quelques personnes, et à la réflexion du plus grand nombre, un épisode dont la comédie de genre pourrait peut-être tirer parti.

Un jour, un Anglais se présente dans notre cabinet. Sa mâchoire offrait un aspect très-accusé de difformité ; les deux maxillaires ne coïncidaient pas ; la partie inférieure

(1) Plusieurs autres faits, qui ne peuvent trouver place dans une simple note, aussi remarquables par la promptitude du succès que par la simplicité et l'innocuité de l'application, ont été mis sous les yeux de MM. Ehrmann, Sédillot et Hergott, professeurs de la Faculté, chargés de faire un rapport favorable sur ce nouveau système de redressement des dents.

Dr CANDÉ.

était d'autant plus proéminente que la rétroïtion de la partie supérieure était marquée ; ses dents avaient des orientations croisées, elles se déjetaient en avant et en arrière.

— J'ai entendu parler de vous en Angleterre, nous dit-il, et je viens vous demander d'user de tout votre savoir pour réparer les torts de la nature à mon égard. Non-seulement j'ai hâte d'en finir avec une difformité, mais j'ai peu de temps à moi, mon séjour à Paris étant très-limité. — Combien vous faut-il de temps pour rendre symétriques mes dents et ma mâchoire ?

A notre réponse, nous vîmes briller sur son visage l'expression de la surprise et celle d'un grand contentement.

— Dix jours me suffisent, s'il le faut absolument, lui avais-je dit.

Aussitôt nous nous mîmes à l'œuvre de ce redressement formidable et, pour ainsi dire, de cette transfiguration.

A l'expiration du délai qui avait été convenu, une métamorphose complète s'était opérée en lui. Il nous quitta, et nous ne le revîmes plus.

Au bout de trois mois, une lettre nous arriva d'Amérique, une lettre de notre inconnu, pleine des sentiments de la plus vive gratitude, dans laquelle il annonçait qu'il nous devait son salut !!! Hélas ! nous avions été le complice d'une évasion. Il s'était précipitamment éloigné d'Angleterre, sous l'appréhension d'un démêlé avec la justice, et il était venu momentanément se réfugier à Paris, pour de là se rendre aux États-Unis. Or, c'est ici que tout l'intérêt romanesque de ce récit se concentre pour nous : quelques jours après qu'il eut quitté notre cabinet pour la dernière fois, il advint qu'il s'était rencontré, dans son propre hôtel, avec un agent de la police anglaise qui, porteur de son signalement officiel, n'avait pu s'assurer de son identité.

Pour revenir au sérieux, des témoignages nombreux, de la nature de ceux que nous devons au docteur Candé, sont entre nos mains ; de plus, diverses publications spéciales se sont occupées des procédés dont l'initiative nous appartient, et même de notre personne, en des termes qui sont pour nous, tout à la fois, une cause d'émulation et un flatterie.

Nous recherchons, aujourd'hui, une notoriété de plus en plus étendue, par la raison qu'après les joies intimes qu'un esprit studieux rencontre en faisant une découverte utile, celle de propager cette découverte, de la répandre, est incontestablement la plus vive. Elle crée des efforts qui méritent du moins l'appui, le concours et les sympathies du monde.

On demandait à Newton comment il avait fait pour trouver le système d'attraction ; il répondit : « C'est en y pensant toujours. » Nous dirons que, depuis de longues années, toutes les forces de notre intelligence, toute la dextérité de nos doigts se sont concentrées exclusivement dans des études qui se rattachent à l'art de la prothèse dentaire. De cette sorte, il nous a été donné d'apporter des perfectionnements dans plus d'une branche de cet art, dans les plus usuelles notamment : la pose des dents artificielles et le mode d'extraction, où tout était à faire. Nous allons en parler.

Les accidents de la vie ou l'action des années nous mettent dans la nécessité de remplacer les dents qui nous manquent par des dents artificielles.

Cette obligation est dictée tout à la fois par les préceptes d'une intelligente hygiène et par les soins de la beauté du visage.

La nature de l'homme est essentiellement complexe : il est né pour l'état de civilisation, et, par conséquent, toutes ses habitudes doivent ressortir de cette loi originelle et concorder ensemble.

La parure du corps appartient à la civilisation, de même que celle de l'esprit. Si la symétrie, l'élégance du costume ont leur raison d'être pour l'homme, c'est-à-dire la décoration du corps dans ses dehors, à plus forte raison l'homme doit-il s'attacher à maintenir toutes les parties de cet ensemble dans l'intégrité de leur éclat et de leur configuration normale.

Les dents artificielles remplissent donc un rôle non moins marqué dans la vie matérielle d'économie plastique de l'homme que dans le charme de ses relations sociales. Et, à cause de cela, il importe que les procédés à l'aide desquels l'art se substitue à la nature, se raffinent et deviennent de plus en plus ingénieux.

Le système de nos anciens praticiens, il faut en convenir, laissent singulièrement à désirer. Ils emploient le crochet et la plaque en or ou en platine, système inhumain, qui consiste à laisser enfoncer dans la bouche toute une quin caillerie qui gonfle et déchire les gencives, empêche de manger et trouble le sommeil.

De là des inconvénients nombreux et très-graves. Les aliments, s'introduisant entre la gencive et la plaque qui la recouvre, engendre un détritus à demeure, dont les exhalaisons et la corruption deviennent, tout à la fois, un danger pour la santé et une cause d'invincible répulsion pour les autres.

L'invention des dents débarrassées de toute ligature et de crochet a fait disparaître ces funestes inconvénients, mais encore faut-il savoir à quelles mains se confier pour la pose de ces dents, puisque la plupart des praticiens ont remplacé un danger par un péril plus grand encore.

Nous voulons parler des *dents minérales* et des *dents américaines.*

Les *dents minérales* ont été, depuis longtemps déjà, condamnées par l'opinion publique et par les bons dentistes.

Mais qu'a-t-on fait lorsqu'on a vu que les dents minérales étaient tombées en défaveur ? On a fait surgir les dents américaines. C'était une nouvelle étiquette, étiquette trompeuse qui se posait sur la même chose.

Entre les dents américaines et les dents minérales, il n'existe aucune différence; elles sont formées des mêmes ingrédients : ce sont des dents en porcelaine. Or les mêmes dangers qu'offrait l'emploi des dents minérales existent par conséquent dans celui des dents américaines.

Ainsi, on ne fait usage que de deux sortes de dents artificielles : les unes sont minérales, les autres sont des dents d'hippopotame. Pour se donner le mérite de la découverte, on a cru devoir baptiser de cent noms différents les dents artificielles dont on se servait; mais toutes ces dents, que le public le sache bien, sont ou minérales ou d'hippopotame, soit qu'on les appelle masticatoires, galvanoplastiques, osanores, minérales ou américaines.

Nous n'avons jamais pu comprendre pourquoi on a fait un mystère de cette vérité ; pourquoi sans cesse donner le change au public à l'aide de désignations inexactes? Nous nous rappelons à ce sujet ces prétendus dents végétales qui ont fait aussi leur apparition sur plus d'un prospectus. Ces dents ont disparu... peut-être sous un mot spirituel qui courut dans le temps, et qui rendait justice par un quolibet à leur insignifiance. Les dents végétales, fut-il dit, sont des dents qu'on mange quand on ne peut s'en servir pour manger.

La dent américaine ou minérale, soit de faïence ou de porcelaine, se détache souvent ou se casse; heureux lorsque la dent en entier se détache simplement de son appareil, car la porcelaine, étant un émail poli, passe sans difficulté dans la gorge.

Mais lorsque la dent se casse, elle s'accroche, par ses arêtes plus ou moins aiguës soit à la gorge, qu'elle excorie, soit dans les voies digestives, où sa présence est redoutable. Il suffit de consulter les journaux de médecine pour se convaincre que ces accidents sont presque journaliers.

Nous lisons dans une de ces feuilles, qu'à un grand dîner, une dame se mit tout à coup à pousser des cris inarticulés; on s'empressa autour d'elle; elle faisait des efforts extrêmes pour rendre un objet qui l'étouffait : elle n'y put parvenir et mourut au bout de quelques minutes, au milieu d'atroces souffrances; une dent de porcelaine de son râtelier s'était brisée et lui était restée attachée entre les parois de l'œsophage.

Ce n'est pas tout encore : le crochet de la dent artificielle qui enveloppe la dent voisine, pour y prendre un point d'appui, étant de platine ou d'or, et par conséquent d'une matière plus dure, ronge la dent, la brise ou la scie en deux : par une action imperceptible et lente, là où le crochet s'accroche, il produit l'effet d'une lime. Aujourd'hui, le dentiste vous place une pièce de deux dents; c'est bien : hélas! vous le croyez..... Dans quelques années vous aurez quatre dents de moins, et ainsi de suite, jusqu'au moment où vous aurez la mâchoire tout entière perdue.

Nous avons dû reculer devant l'adoption de toutes ces routines, et nous sommes parvenu à n'employer ni ligature ni métal quelconque.

Dans le véritable art dentaire, il y a un principe et un axiome dominant : c'est que toute dent bien ajustée doit tenir d'elle-même. On n'accroche, en effet, que ce qu'on ne peut pas faire tenir par une adhérence intelligente.

Nous n'avons donc pas cherché de secrets nouveaux pour obtenir la pose des dents plus solide, mais nous avons cherché simplement à acquérir plus d'adresse que les autres dans la façon de les poser, et nous sommes ainsi arrivé à un résultat heureux, mais dont le principal mérite est dû

en grande partie au travail et à la dextérité des doigts.

Pour éviter la brisure des dents, nous avons résolument adopté les dents d'hippopotame, qui ne sont autres que les *dents osanores* ou *masticatoires* ou à *succion*; et souvent aussi avec grand succès des dents naturelles incrustées dans l'hippopotame.

La dent d'hippopotame que nous employons ne se casse jamais; car, dans nos râteliers les plus complets, toutes les dents sont adhérentes à un seul bloc de cette matière, à laquelle l'art de la sculpture donne la forme désirée. Le platine, qui sert dans les autres appareils, chez nous est un morceau d'hippopotame faisant partie de la dent même. Or, l'hippopotame est un corps aussi dur que la dent humaine, ainsi qu'il est démontré par les chimistes; il en résulte donc que les dents ou râteliers d'hippopotame sont aussi solides que les dents naturelles.

Aujourd'hui, les dents minérales ou américaines ne sont plus employées que par les praticiens qui ne sont pas en état de sculpter un bloc d'hippopotame. Ceux-ci, dans leur impuissance, ont naturellement essayé de jeter du discrédit sur l'emploi de cette matière, en disant qu'elle jaunit très-vite.

Cela n'est vrai que pour les dents qui sont en faux hippopotame. D'ailleurs, à l'aide du galvanisme particulier, qui en vivifie l'éclat, le râtelier sorti de nos mains se maintient sans altération aussi longtemps que l'on veut et sans que l'œil le plus exercé puisse jamais distinguer que ces dents ne sont pas naturelles, car elles le sont.

Nous n'en avons pas encore fini avec l'indication des usages qui, dans la pratique de l'art, se ressentent encore des grossières ressources et de la barbarie primitive. Nous avons à parler de la clef employée dans l'extraction des dents.

Jusqu'à présent, cet instrument est le seul dont on se sert dans toutes les opérations difficiles, où l'on croit impossible de donner au davier assez de force pour s'emparer d'une dent au fond de la bouche et l'enlever sans point d'appui.

La clef a un point d'appui qui est l'alvéole : plus la dent est difficile à extirper, plus la clef presse sur ce point d'appui, si bien que, presque toujours, elle brise plus ou moins l'alvéole; il est facile, du reste, de s'en convaincre en examinant de quelle façon fonctionnent la clef et le crochet.

Une dame ayant eu une dent arrachée à l'aide de la clef à crochet, l'os maxillaire a été tellement broyé que, après une fluxion de la gencive, la figure entière s'est gonflée, et que l'on a été forcé d'extraire, pendant plusieurs mois consécutifs, et morceau par morceau, toute une partie de l'alvéole qui avait été endommagée.

Les fluxions naissent infailliblement à la suite de ces opérations que l'on peut appeler inhumaines; les os de l'alvéole brisés restent souvent très-longtemps sous la gencive et deviennent une cause constante de fluxions dès que le visage subit le contact du froid ou même d'un air un peu vif.

Lorsque l'on enlève une dent avec la clef, le mouvement de rotation, qui n'a lieu que dans un sens, écarte très-fortement l'alvéole; c'est alors que nécessairement elle se brise, si ce n'est la dent elle-même; l'alternative est presque infaillible, et si les effets n'en sont pas immédiats, on n'y échappe pas pour cela.

De là naissent des maux de gencives ou d'alvéoles dont on cherche vainement la cause; on consulte un dentiste, et celui qui s'est rendu compte de l'origine de vos souffrances se garde de vous la faire connaître, car lui-même, faut-il le dire? il se sert du même instrument, et, comme un autre, brise l'alvéole ou la dent.

Du moment que ces périlleuses et redoutables conséquences de l'usage de la clef nous furent démontrées, nous nous fîmes une règle de ne jamais recourir, dans nos opérations, qu'au davier.

Il ne restait plus qu'à façonner, modifier, perfectionner les daviers, de manière à leur donner la puissance d'arracher les dents les plus tenaces et les plus profondément enfoncées dans la bouche. La difficulté était grande : tenter de la surmonter, c'était entreprendre une tâche ardue. D'abord, il fallut confectionner une sorte de davier pour les quatres grosses molaires du bas, et deux daviers pour les grosses molaires du haut ; puis un davier pour les quatres petites molaires du bas et un pour les quatre petites molaires du haut: deux daviers pour les canines et les incisives du haut et un pour les inférieures.

On comprend facilement que le même instrument ne puisse servir pour les canines et pour les incisives du bas, ainsi que pour la mâchoire supérieure. Le davier qu'il convient d'employer dans ce dernier cas doit avoir une courbe toute particulière, à cause de la proximité du nez, qui empêcherait la main et le manche de l'outil de fonctionner librement.

C'est dans l'extraction des formidables dents dites de sagesse que le davier Jacowski devient surtout un utile et bienfaisant auxiliaire. Dans ces sortes d'opérations, la difficulté ne consiste pas seulement dans la position des dents, qui se trouvent au fond de la mâchoire, mais surtout dans leur adhérence avec l'alvéole. L'opération, devenant plus rapide et plus sûre, grâce à l'emploi d'un instrument pour ainsi dire spécial et d'une merveilleuse adaption, perd son caractère terrifiant, dont l'imagination s'impressionne.

Dans la fabrication de nos instruments, nous avons dû nous préoccuper d'éviter qu'ils pussent jamais se saisir de l'alvéole, et nous avons obtenu cette précision désirable, qui exclut tous les accidents si souvent observés à la suite de l'extraction des fortes dents. Les variations atmosphériques, les influences de la température, ni le froid en hiver, ni les pluies en été, ne sont à redouter après une opération pratiquée à l'aide de nos daviers.

Nous sommes parvenus à donner à ces instruments le fini et la précision d'un véritable objet d'art, en les faisant fabriquer dans les ateliers de M. Evrard, l'un des plus célèbres mécaniciens de Londres, sur les modèles que nous dessinions, et dont plusieurs fois nous avions modifié la configuration jusqu'à leur perfectionnement. Nous avons poussé notre sollicitude au point que, pour remédier au froid de l'acier, dont le contact produit toujours un frisson involontaire chez les personnes qu'on opère, nous avons fait argenter tous nos instruments.

Le davier qui, dans des mains inexpérimentées et routinières, avait été jusqu'à présent regardé comme un instrument secondaire pour l'extraction des dents, est devenu, grâce à notre initiative, le seul instrument efficace.

Enfin, qu'il nous soit permis de le dire, nos travaux viennent de recevoir une consécration hautement flatteuse pour notre amour-propre, et de nature à confirmer notre opinion sur leur importance et leur valeur. La Société universelle de Londres, pour l'encouragement des arts et de l'industrie, nous a décerné, en date du 12 juillet dernier, une médaille d'or à l'occasion de notre nouveau système de redressement des dents et des mâchoires proéminentes.

Le plombage, au point de vue de la préservation des dents et pour arrêter la carie de celles qui sont menacées de destruction, est d'une incontestable efficacité.

Mais encore faut-il savoir ce qu'il y a de bon, de mauvais ou de dangereux dans les divers systèmes qui prévalent.

Jusqu'à ce jour, on a employé, pour prévenir la continuation de la carie, les feuilles de plomb, ou un mastic composé d'argent, de cadmium, de zinc mêlé de mercure. Cette méthode a pour très-grave inconvénient, de même que le plombage dans lequel entre le plomb ou le mercure, de faire noircir les dents.

On emploie encore les feuilles d'or, et c'est l'un de meilleurs systèmes, car la dent ne se noircit pas au contact de l'or; mais lorsque la dent traitée se trouve placée sur le devant de la bouche, la couleur jaune et brillante du métal saute inévitablement aux yeux de la façon la plus disgratieuse.

En tous cas, l'or, l'argent, le plomb, le cadmium et le mercure, matières employées jusqu'ici, sont toujours visibles, tranchent sur la nuance de la dent, ne sont jamais adhérents à la dent, et pour ainsi dire fondus avec elle par la similitude de la teinte.

Nous avons voulu que là aussi un progrès important pût se produire, et nous nous servons d'une matière à laquelle nous donnons aisément la couleur extérieure de la dent sur laquelle nous l'appliquons. Cette matière ne forme avec elle qu'un seul et même corps de même aspect; c'est un ciment qui s'attache aux parois de la dent, comme le ciment romain s'attachait à la pierre, et dont l'inaltérable solidité ne fait que s'accroître avec le temps.

Ces considérations, par lesquelles nous avons voulu éveiller l'attention du monde sur quelques points d'un haut intérêt dans la pratique de la chirurgie dentaire, se complètent par la théorie de l'insensibilité locale appliquée à l'extraction des dents, découverte précieuse et récente dont nous allons parler, et à laquelle nous avons été amené par une de ces inspirations qui se combinent du hasard et d'une étude persévérante.

Il s'agit de supprimer radicalement la douleur si redoutée de l'avulsion dentaire, sans recourir à l'éther, au chloroforme, et autres essences asphyxiantes, dont les dangers sont connus, et qui, ne devant produire qu'un sommeil passager, ont eu parfois la mort pour résultat.

Notre système, dont déjà s'est occupée la presse spéciale, notamment la *Gazette des Hôpitaux*, en date du 22 juillet 1858, agit par la compression sur les nerfs qui donnent la sensibilité à la pulpe dentaire, sur le nerf facial, nerf du mouvement et de la sensibilité, qui vient s'anastomoser dans la région parotidienne avec l'auriculo-temporal, autre nerf de la sensibilité.

Partant de ces principes incontestables, nous sommes arrivé à notre mode d'opérer, à notre nouveau système, à l'appareil par lequel nous l'appliquons. Voici en quoi il consiste : une lame d'acier élastique, courbée en cercle, à la façon des ressorts anglais destinés à la réduction des hernies, est munie, aux deux extrêmes de l'arc qu'elle représente, de deux renflements en ivoire ou en métal, de forme olivaire ou aplatie. Ce compresseur élastique passe en travers, derrière la tête ; les deux renflements sont appliqués, introduits dans les conduits auditifs, ou, mieux encore, appliqués derrière les branches de la mâchoire, en avant de l'oreille. L'action des doigts peut aussi venir en aide à la pression des ressorts ; ou même la perturbation nerveuse produite par la compression de ces branches, l'assourdissement qui résulte et l'obturation du conduit auditif, la diminution de la circulation, sont autant de circonstances qui s'ajoutent et se combinent entre elles pour déterminer l'insensibilité de la pulpe des dents pendant leur extraction.

Nous la rendons aussi complète que possible par une modification toute récente faite à notre premier instrument, celle qui nous permet d'arrêter la circulation dans les artères faciales, sur le bord inférieur du maxillaire. Telle est notre opération, simple et facile, rassurante, sans danger.

Peut-être aurions-nous pu nous dispenser d'expliquer la théorie de notre découverte, car un fait bien avéré suffit et domine tout; mais nous n'avons pas voulu déroger aux traditions scientifiques, et nous venons de prouver qu'il n'y avait, dans notre procédé, rien qui ne fût d'accord avec les notions que fournit la saine physiologie.

Aussi, dès le début, avons-nous franchement proposé la donnée de cette découverte à la science physiologique elle-même et à la science chirurgicale, comme base de recherches nouvelles à faire, d'expériences à tenter pour éteindre la sensibilité nerveuse dans une partie quelconque du corps humain : nous avons fait appel à l'examen attentif de l'Académie de médecine.

Depuis, nous avons eu la satisfaction de voir que des applications variées et fréquentes de notre système se faisaient avec succès dans nos hôpitaux, et, le 13 octobre (1858), l'Académie des sciences et des arts, après avoir entendu le savant rapport de M. Bécherand sur le compresseur auditif, consacrait le mérite de cet appareil en nous faisant l'honneur de nous inscrire au nombre de ses lauréats et en nous accordant une médaille d'honneur en or de 1re classe.

Quel que soit le parti que la science générale puisse tirer du principe de notre découverte, nous lui en laissons la recherche pour rester dans notre spécialité, où déjà nous avons pu en constater l'heureuse efficacité.

Nous avons seulement voulu la divulguer avec ses moyens et ses causes, afin de lui donner la sanction d'une publicité qui tourne au bénéfice de tous.

Plus d'une observation d'un incontestable intérêt dans la théorie et la pratique de l'art dentaire pourrait encore trouver sa place à la suite de celles que nous venons sommairement d'indiquer ; mais nous avons craint de donne à cet écrit des dimensions qui eussent pu dépasser le temp du lecteur.

Nous avons pensé d'ailleurs qu'il nous serait toujour facile de tenir le complément de nos observations à la dis position de toutes les personnes qui, verbalement ou pa lettre, nous consulteraient. Ce que nous souhaiterions par dessus tout, c'est d'appeler un examen attentif et minutieu sur les méthodes et les procédés auxquels nous devons d si heureux résultats... A cet effet, notre cabinet est ouve et accessible à la curiosité de tous.

La notoriété étendue, que nous ambitionnons n'est pas d celles qui s'obtiennent par vaine publicité ; c'est celle a contraire qui se manifeste par des progrès réels, par d modifications utiles, et dont la démonstration ou la preu même anticipée rassure le doute et dissipe les inquiétud de l'esprit le plus prévenu.

Ces révélations ne seront pas, nous l'espérons, sans attra pour le public, car tout ce qui touche à une partie quelco que de son bien-être a des titres infaillibles à son attentio

JACOWSKI, 5, rue de l'Échelle.

VERSAILLES. — IMPRIMERIE DE CERF, RUE DU PLESSIS, 59.

9 782019 264314